龙山王·侠女喋血记

顾明道 ◎ 著

民国武侠小说典藏文库·顾明道卷

中国文史出版社

顾明道和他的小说（代序）

张赣生

在本世纪（指二十世纪）二十年代末，能与"南向北赵"并称的武侠小说作家只有顾明道。

顾明道（1897—1944），原名景程，江苏苏州人。他八岁丧父，自幼体弱，上学时膝部患骨结核（中医所谓骨痨）致残，行动依赖拄拐。他毕业于教会所办的振声中学，因学习成绩优秀，即留在该校任教，并受洗为基督教徒。1922年，范烟桥移居苏州，范氏在辛亥革命的时候就曾与友人组织"同南社"，诗酒唱和；这时又于七夕会同赵眠云、郑逸梅、顾明道等九人组织"星社"，以文会友。顾氏由此结识了一批文友，他一生的文学活动大体未超出这个小团体的范围。顾明道因一直希望医好腿疾，所以结婚较迟，抗战爆发后，他和母亲、妻子全家移居上海，苏州的家产毁于战火，从此落入贫病交加的处境中。他一生以教书为业，战前一直在苏州振声中学执教，迁居上海后一面写作，一面仍自办补习学校，招生授课，直至肺结核把他折磨得卧床不起才停办。病重时生活无着落，全靠朋友周济，终年只有四十八岁，身后凄凉。

了解了顾明道一生的经历，有助于我们客观地认识和评价他的小说。

从顾明道一生经历来看，腿残、留校执教、参加星社，这三件事深刻影响着他一生的文学事业。民国初年的上海，盛行哀情小说，即文学史上称之为"淫啼浪哭"的时期。1912年，徐枕亚的《玉梨魂》和吴双热的《孽冤镜》在《民权报》同时连载，随即又连载李定夷的《霣玉怨》，流风所被，一片哀音。顾明道就在这种风气的影响下，开始试写小说，那时他只有十七岁，尚未成年。他的处女作是短篇言情小说，发表在高剑华主编的《眉语》月刊上，这是一份以知识妇女为读者对象的刊物，脂粉气很重，在该刊的创刊号上发表了一篇阐明办刊宗旨的《宣言》，其中说："花前扑蝶宜于春；槛畔招凉宜于夏；倚帷望月宜于秋；围炉品茗宜于冬。璇闺姐妹以职业之暇，聚钗光鬓影能及时行乐者，亦解人也。然而踏青纳凉赏月话雪，寂寂相对，是亦不可以无伴。本社乃集多数才媛，辑此杂志，而以许啸天君夫人高剑华女士主笔政。锦心绣口，句香意雅，虽曰游戏文章、荒唐演述，然谲谏微讽，潜移转化于消闲之余，亦未始无感化之功也。每当月子弯时，是本杂志诞生之期，爰名之曰《眉语》，亦雅人韵士花前月下之良伴也。"看了这篇《宣言》，读者当能了解此刊物的性质。顾明道在1914年左右开始写小说时，选中这样一个刊物投稿，也就表明顾氏本人的性格难免有些多愁善感的脂粉气。

我指出顾氏性格中的脂粉气，因为这决定着他文学作品的基调，丝毫也没有嘲讽顾氏之意，每个人都在一定的环境下养成他的性格，这没有什么可嘲讽的，我们要研究的只是事实。郑逸梅在《悼顾明道兄》一文中提到两件事，其一为："明道最初的作品，刊登在许啸天所辑的《眉语》杂志上，该杂志多载女作家的文字，他就化名梅

2

倩女史，撰着短篇小说。有一位读者，是登徒子之流，写信追求他，缱绻缠绵，大有甘伺眼波之意。明道接到了信，大笑之下，用梅倩具名答复他。那个登徒子欣喜欲狂，寄给他一帧照片，请他交换'芳影'，并约他会晤某园。明道到这时，才用真姓名自行揭破。这一段趣史，明道时常讲给人听的。"其二为："《江上流莺》稿成，我曾为他写一小序，有云：'江山摇落，风雨鸡鸣，我侪丁斯乱世，应变无方，干禄乏术，臣朔饥欲死，乃不得不乞灵于不律，红茧缫愁，绿蕉写恨，借以博稿资而活妻孥。社友顾子明道固与予相怜同病者也。'明道读了，亦为之感喟百端，不能自己。"当时正值日寇侵华，人民生活困苦，对此局面"感喟百端"也是情理中的事，我们不必咬文嚼字，过分挑剔；但达到"不能自己"的程度，就难免少些丈夫气了。以上两件事都可证明顾氏确有些多愁善感的脂粉气。

顾明道养成这样一种性格，固然与前述民初上海文坛的时尚有关，在当时一些人的心目中，唯其如此才配称为"才子"，少了贾宝玉味道就被视为粗俗；但是就顾氏本身的内因而言，腿残对他心理上的影响，恐也不容忽视。肢体的残疾不仅影响着顾明道的性格，也限制着他的行动。郑逸梅《悼顾明道兄》一文说："这时他在吴门振声中学担任教务，因不良于行，往返不便，所以他住在校中。"顾氏是一位多半生未离他那中学小天地的人，缺少广泛的社会生活经历，在这方面，他既不能与同时的"南向北赵"相比，更不能与后来的"北派四大家"同日而语。对于这样一位学生出身，生活面狭窄，又多愁善感的作家来说，写言情小说自然是最方便的，他可以坐在家里凭自己的情感体验来打动读者，只要情感诚挚，哪怕写的只是他个人的小天地，也总会有其可取之处。但自向恺然《江湖奇侠传》引起轰动之后，报刊编者和出版商均热心于武侠一途，顾明道为适应这一潮流，便也改弦易辙，于1923年至1924年在《侦探世界》杂志发表武侠小说。1929年，他由杭返苏，途经上海，与当时主编《新闻报》副刊《快活林》的星社文友严独鹤相会，恰逢《快活林》需要连载长篇武侠小说，严约顾撰写，这就促成了他一生的代表作《荒江女侠》的问世。

《荒江女侠》刊出后竟大受欢迎，同年冬，上海三星图书局向新闻报馆购买版权出版单行本，至1930年8月已翻印四版，1934年11月更达到十四版，这在当时是很可观的销行数。可见其轰动的程度。由于此书畅销，顾氏也就续写下去，共出版了六集，并被友联公司改编为十三集连续影片，上海大舞台、更新舞台也改编为京剧连台本戏，风靡一时，大有凌驾《江湖奇侠传》之上的势头。这部小说之所以能取得如此出人意料的效果，今天的读者或许很难理解。当时最著名的武侠小说，是"南向北赵"的作品，向恺然连缀民间传说，自有其吸引人的一面，但却少了点爱情纠葛、哀感顽艳；赵焕亭的《奇侠精忠传》据说原有不少狎媟的描写，因而触犯禁例，出版时经过删削。顾明道于此际把武侠、恋爱、探险等成分捏在一起，就给读者一种新鲜感，满足了十里洋场那特定读者群追求新奇、热闹的要求，正如严独鹤在《荒江女侠序》中所说："以武侠为经，以儿女情事为纬，铁马金戈之中，时有脂香粉腻之致，能使读者时时转换眼光，而不假非僻之途，不赘芜秽之词。是以爱读者驰函交誉。"

顾明道用以吸引读者的另一个办法是写"冒险"，他在谈及自己的作品时说："余喜作武侠而兼冒险体，以壮国人之气。曾在《侦探世界》中作《秘密之国》《海盗之王》《海岛鏖兵记》诸篇，皆写我国同胞冒险海洋之事，与外人坚拒，为祖国争光者。余又著有《金龙山下》一篇，可万余言，则完全为理想之武侠小说也，刊入《联益之友》旬刊中。又曾写《黄袍国王》长篇说部，记叙郑昭王暹罗之事，曾刊《大上海报》，后该报停版，余亦中止，他日拟出单行本以飨读者矣。又新著《龙山争王记》，则方刊于《湖心》周刊中，该刊为西湖小说研究社出版者也。囊年余为《新闻报·快活林》撰《荒江女侠》初续集，尚得读者欢迎，今由三星书局出单行本，三集亦在付梓中矣；又为《小日报》撰《海上英雄》初续集，则以郑成功起义海上之事为经，以海岛英雄为纬，以上两种皆由友联公司摄制影片。又尝作《草莽奇人传》，则以台湾之割让，与庚子之乱为背景也。"（转引自郑逸梅《悼顾明道兄》）所谓"冒险体"或"理想小说"，显然是接受了西方的小说观念，是指类似斯蒂文生《宝岛》或斯威夫特《格列佛游记》的体裁，譬如他所著的《怪侠》，写一个身负绝技的革命者，失败后率党徒逃亡海外，去非洲探险，与当地土著争斗，称雄异域，即是一例。

就顾氏的为人来说，他是一个正直、爱国的书生。"一·二八"日寇进犯上海，顾氏写了《国难家仇》《为谁牺牲》等小说，表示了他作为中国人的同仇敌忾之心。顾氏一生写过五十多部小说，以武侠和言情为主，也有社会、历史、侦探等作，他临终前，春明书店出版了他的最后一部作品《江南花雨》，这本小说具有自述的性质。

目　录

龙　山　王

1

侠女喋血记

龙 山 王

第一回

斩巨蛇山中来怪客
诛淫妇壁上题新诗

凉月一丸，照得那几个如剑如戟的山峰一片光明，森森的树木，巍巍的山石，更见得巉岩绝壑，非常幽险。这时已在深夜，山中的毒虫猛兽正在开始它们的活动。忽地一阵风起，在那丛莽中钻出一条大蛇来，周身雪白，有银色的鳞甲在月下闪闪有光。头如栲栳般大，双目如两盏红灯，伸出血红的长舌，向岭上蜿蜒而来。直等它全身从草里出现时，足有四五丈长，令人可怖。那大蛇呼呼地游到岭上，昂起蛇头，好似注意到什么东西似的，风驰电掣般向一株大松树而去。那株大松高可数丈，树身伟大，枝叶茂盛，好似撑着一顶绝大的伞盖。月光从松针漏处射入地下，筛着许多银色的圈儿，荡漾着又如万点寒星。树下有一块光滑的大青石，石上却酣睡着一个壮士，不知他何以到这山中来寻幽静的梦。可是很大的危险将临到他的身上。那磨牙吮血杀人如麻的大蛇，倏忽间已到了松树之下，一阵腥秽之气，早送进壮士的鼻管，惊醒过来。猛回头瞧见大蛇，不觉喊一声啊呀，翻身一跳，躲在石后。那大蛇见自己的目的物将

3

要逃避，岂肯放松？全身腾空一扭，箭一般地飞来。说时迟那时快，壮士早从身边掏出一柄晶莹犀利的匕首，闪过一边，一刀望大蛇身上刺来。大蛇被刺了一刀，虽然并不觉得损伤，而因得不到敌人，益发大怒。巨尾一掀，早把一株小树打倒在地，将头一昂，红灯也似的眼睛觑准了敌人，身子一挤，重又向壮士奔来。壮士把头一低，直钻到蛇腹下，才要举刀上戳，那大蛇已向旁一滚，让开他的匕首，回身要盘绕他时，壮士早知万万不能被那大蛇缠住身体的，连忙一跳，跳到大蛇身上，正骑在头部之后，左手用全力按住蛇头，右手将匕首尽向大蛇颈上直刺下去。那大蛇怎当得住这般的疼痛，全身飞也似的向山下蹿去。所过之处，树倒草靡，如飓风陡发。那壮士骑在身上，只好伏着不动，由这巨蛇狂奔。不知过了许多路，早到山下一个村庄前面，那大蛇流血已尽，伤重难活，至此伏地而死。壮士被大蛇这么一来，昏昏然的也已晕去。

　　良久苏醒，东方已白，村鸡四啼。很恼怅地走下蛇身，拔出匕首。瞧大蛇已死在地上，一路都是血迹，便在草上把匕首拂拭干净，自言自语道："这孽畜在山中横行无忌，想不知害死了多少人，现在遇见了我，把它除去，倒也很爽快的。"整整衣冠，便想要走。却有几个乡人从后面跑来，见了地下的死蛇和这位凛若天神的壮士，又惊又喜，上前询问道："这大蛇可是被壮士斩掉的么？"

　　壮士点头说道："昨晚我贪观山景，迷失了道路。天色已黑，只得在岭上松树下过夜。不料睡至夜深，这大蛇奔来，想噬我，我遂把它杀了。这是什么地方？大蛇可出来伤人么？"

　　一个乡人听了他的说话，连忙跑去村中报告消息，一个乡人告诉壮士道："此处近九华山，我们住的九华村，年来因青松岭上有了毒蛇盘踞，一般乡人轻易不敢到岭上去，万不得已时敢成群结伙而过。因为有一次村中邓氏弟兄正是樵夫，他们胆在力强，带着巨斧，仍到岭上去采樵，不料一去不回。后来他们家人不放心，到明天集合了许多人上岭去搜寻。在一个谷旁发现一担伐下的山柴，还有两柄钢斧，邓氏弟兄却不见了。又在附近见一只草履，几处血迹，可知邓氏弟兄稳稳被大蛇所害。于是村中人更加惊心吊胆，视青松岭为畏途了。这大蛇有时夜里也要到山下来搜寻人畜，供它的饱食。我们防备得很严密，设有障碍的东西，不让它来。我们时常在夜半瞧见山上有两盏红灯，忽东忽西，便知大蛇出来了。这样只恨没法来除灭它，昨夜却被壮士杀死，除去地方上的大患，我们阖村的人都是十分感谢的。"

壮士听了，微笑不语。此时一村的男女老少都听得这个消息，一齐赶来，要瞻仰这位斩蛇英雄的颜色。见那壮士年纪不过二十多岁，生得剑眉星眼，猿臂蜂腰，穿着蓝色夹袍，叉手立在那里，英气虎虎，迥异寻常之辈。

便有一位老叟趋前叩问他的姓名。少年不肯吐露真实的姓名，却说："我没姓名的，任你们怎样称呼便了。"遂要告辞。

众人哪里肯放他走，一齐挽留。老叟姓左，是九华村的村长，对壮士说道："我们正苦于蛇害，难得壮士前来，代我们除去这个巨患，我们无可报答，且请宽留数日，等我们略尽地方之谊，欢乐一回。"

壮士见村人很是诚恳，遂道："也好，我在此住几天再走吧。"

便随老叟到得他庄上。老叟慌忙杀鸡作黍，竭诚款待。壮士遂下榻在他家，那条死蛇被众乡民拖去山壑里焚化了，大家额手庆贺。只是不知壮士的来历，究竟是何许人，难以测度，因此背后称他为怪客。大家留着他，一家一家地欢宴，壮士倒觉得难以脱身了。

一天下午，他走到外边，在村中散步，走近一处沿溪的人家。却见一妇人约有二十四五岁的年纪，浓妆艳抹，十分风骚，在井边打水。远远地走来一个男子，约在三十岁左右，穿的衣服很是华丽，在乡村中不多见的。那妇人见了男子，便横波一笑道："促狭的，怎么几天没有来了？累得奴家几乎相思成疾。你好忍心啊。"

男子赶忙对妇人一揖道："大嫂休要错怪……"说到这里，两人回头，早都瞧见那位斩蛇的壮士，不由面色陡变。

男子又变换口气道："大嫂，你托我的事情还没有办妥哩，请你不要见怪，我再来通知便了。"说罢转身一溜烟地望东边趱去。那妇人也打好一桶水，走到里面，把门扑地关上。

壮士看着二人的形影，未免可疑。恰巧左家老叟身边用着一个小厮，采了一篮的桃子，匆匆从那边跑来。便过去伸出两个指头，把小厮拉住。那小厮觉得臂上有如钢铁也似的东西，嵌入他的肉中去，忙喊一声："啊呀，原来是大官人，请你放手，我的臂膊要断了。"

那壮士遂放了手，小厮问道："官人可要吃桃子么？这些蟠桃是从杨家园采来的，味道很甜，请你多尝几只。"

壮士摇头道："我哪里要吃桃子？不过有一句话要问你。"遂指着妇人的屋子说道，"你可知道这是谁家，里面有个二十多岁的妖娆妇人，又是谁？老实告诉我。"

小厮答道："那家姓罗，主人罗春生，是个巽懦无能之徒。平日被他的妻子呼来喝去，任意虐待。便是那个妇人我们唤伊作罗大嫂的了。罗大嫂为人既凶悍又是不贞。起初背着伊的丈夫和这里村中一个姓宋的私下姘识，俨然一对鸳鸯。姓宋的时常到伊家中去，后来罗春生知道了，便和他的妻子理论，却被罗大嫂大吵大闹，扭住他撕打，反把他逐出家门，不许回转。说他无力赡养妻子，不要这个丈夫了。可怜罗春生从此离开九华村，不知飘荡到哪里去了。罗大嫂逐去了伊的丈夫，更是悍然无忌，和那姓宋的打得火一般热。村中人都知道。"

壮士听了小厮的说话，勃然变色，遂说道："那么你们村中出了这种奸夫淫妇，为什么都是寒蝉噤声，没个人儿出来惩治他们呢？"

小厮道："大官人有所不知，那个姓宋的也是这里的歹人，他仗着几路拳脚，在村中耀武扬威，谁敢去惹他？而况罗大嫂又是著名淫悍的，伊把前妻养的女儿阿翠虐待得不成样儿。"小厮一边说着话，一边指着壮士背后说道："你看阿翠打柴回来了。"

壮士回过头去瞧时，见有一个十四五岁的女子，形容憔悴得很，头发蓬乱，身穿破衣，背负一大捆乱柴，慢慢儿地走来。直走到那个门前，叩门进去了。

壮士看得分明，说道："村中竟有这等淫妇，却比大蛇一样毒了。"

小厮接口道："大蛇有大官人前来除灭，但不知那淫妇还有何人来收拾啊？"

壮士听了，一声儿也不响，撒开大步，踏着夕阳走去。不多时，天色已晚，壮士散步归来，左家老叟又端整了酒肴，和壮士对酌。壮士却不多言，只管将大杯喝酒。直至二鼓后，酒阑席散，老叟掌着灯，照常送壮士回到客房，告辞而去。

壮士见老叟已去，又听四下人声寂静，便将桌上灯吹熄，推开了窗，轻轻一跃，已到外面。再把窗关上，然后将长袍前后结束起，从怀中取出那柄匕首，将身跃上屋檐，出了左家，扑奔罗家而来。不消片刻，已在罗家门首。墙垣不高，一跃而入。见是一个三开间的小院落，左首纸窗里有灯光射出，遂过去用匕首在窗上很轻地一点，已戳了一个小孔，从孔中张进去。见室中残灯犹明，人已睡熟。帐前清清楚楚放着一双妇女的睡鞋和男子的靴。壮士暗想是了，撬开窗户，跳进室里，掀开帐子，见床上合欢被内，那个罗大嫂正和姓宋的人更加偎抱着，鸳鸯同梦。壮士将手中匕首先向姓宋的颈上一勒，只听咔嚓声，一颗人头已滚落枕畔。罗大嫂顿然惊醒，张开眼来见了壮士，认得他便是斩蛇的英雄，又见姓宋的已被杀死，不觉大吃一惊，忙喊救命。命字声还没有出口时，壮士早喝一声："淫妇，你的末日到了。"白光一起，罗大嫂也已身首两分。壮士杀了奸夫淫妇，把匕首拭得干净，依旧藏在身边。回顾沿窗果子上有一柄刷子，遂去蘸着血，在壁上题一首诗道：

> 泱莽风尘到处游，
> 男子志气未能酬。
> 长蛇斩去人心快，
> 匕首又飞淫妇头。

题罢抛去刷子，跳出窗户，把窗依旧掩上，奋身一跃，倏忽不见。

到了明晨，阿翠起来发现这一对死尸，大惊大喊，报与村中人知道，都来观看。看奸夫淫妇双双被人杀死，十分奇异，心中都很爽快。但不知是谁来诛掉的，又读了壁上题着的新诗，才知杀死奸夫淫妇的人，便是那位斩蛇的壮士。同时左家老叟也觉察那位壮士忽然不见了，门不开，窗不启，室中只剩着空榻，人已如黄鹤之杳。大家估计壮士一定为了此事，所以不别而行。但他这么一来，竟为村中除去两害，神龙见首不见尾，更使村人景慕无穷，怀想不已。遂唤宋家人来收尸，罗家的事自有老叟前来料理一切。村人纷纷传讲出去，播为奇闻。所憾的一个人也没有知道壮士姓甚名谁，以及来历如何。只有壁上遗着的一首诗，笔走龙蛇，算为无名英雄的遗迹罢了。

欲知后事，请看下回。

第二回

峻岭夺金相逢戆侠
田场练武忽来番僧

　　一条峻险的山岭，自西徂东，从岭上仰视上去，但见岭上怪石罗列，如熊如罴。黑压压的森林，遮蔽了天空的浮云。山坳里也都是些乔松古柏，被野风吹着，发出怒吼之声，如波涛卷至，令人身上也有些寒意。因为这时已近凉秋九月。

　　这时有一个蓝袍的健儿，举步若飞，很矫捷地走上岭来。一口气走到岭上，也觉得有些疲乏，见那边长松下有一块很光滑而大的青石，他就坐在石上稍憩。仰起头来，睹着空中盘旋的苍鹰，颇涉遐思。你道这健儿是谁？原来他便是在九华山上斩大蛇，九华村中诛淫妇，题诗壁上，神龙见首不见尾的那位怪客，那位壮士。

　　他自在村中杀掉了一对奸夫淫妇，不欲惊动乡人，也不欲贻祸他人，所以在壁上题下一首诗。他出行目的本不欲多在那地方淹留，所以乘此机会，不告而行，来到这里皖赣交界的尖帽岭。因为这岭十分峻险，高可接天，形如一顶尖削的帽儿，土人遂称为此名了。

　　壮士在石上休憩一会儿后，又觉得有些口渴，听北面有水流潺潺之声，便立起身来，循声寻去。穿过一重松林，果见石壁间有一清泉，自上下坠，从石上流到潭中，潴成一个小池，复由池边石上奔流而下，跳珠溅玉，恍如通明之帘。池边石壁上镌着许多字，大大小小，有些已漫漶不辨。壮士也不去细瞧。却伸出双手，掬着泉水，饮了一番，解得口中的渴。

回身走到原处，却见石上早又坐着一个黑面大汉，须如刺猬，绕颊丛生。一双三角的眼睛，两道板刷般的浓眉，身材魁梧。穿着一身黑布的衣裤，脚下踏着一双皂靴，靴跟已有些破敝，露出乌黑而光的脚踵来。瞧他相貌甚是凶猛，很像绿林中人。身边却放着一只长方的木箱。一见壮士走来，那黑面大汉便从石上立起，背着那只木箱，拔步就走。壮士瞧着那木箱十分沉重，那大汉行踪又很令人猜疑，一定是个盗跖者流，掠得金银财物归去了。自己身边本来阮囊羞涩，缺乏盘川。那么他既然得的不义之财，何不夺过来用些？取之也不伤乎廉，好教那厮悖入悖出，得一个惩戒。

想定主意，遂从腰际掣出那柄牛耳尖刀来，飞步抄过大汉前面，喝一声："不要走，你那箱子里的东西快快取出来，让人家用些，才是晓事的。否则你这厮休想轻易过去。"

那黑面大汉起初不防到有这么一着，倒使他怔住了。后来听得壮士之言，明白他的意思，遂哈哈狂笑道："好小子，胆敢向你家伍爷剪径，也太不知自量了。你要我木箱里的东西么？也罢，待我送给你受用一下，看你受得起受不起。"

说罢，便将背上木箱取下，向地上咚的一掷道："小子，你瞧着吧。"跟手把木箱掀开，取出一对又圆又大的紫金锤来，双手握住，晃了一晃，喝道："我这一对家伙很倔强的，我虽情愿送给你，不知道它肯不肯，瞧你本领如何吧。"抡起左手紫金锤，向壮士头上一锤打来。

壮士却不防那黑面大汉的木箱里安放着这一对家伙，知道他不是平常之辈，但是业已和他翻脸，凭仗自己一副好本领，也不甘向人示弱。便迅速地向右边一跳，避过了那一锤，遂把牛耳尖刀戳向他胸口去。黑面大汉把紫金锤格住，铛的一声，那刀早已枭开一边，右手一锤又向他拦腰打来。壮士便将手中尖刀使开，凭着身子便捷，左跃右跳地乘隙向大汉要害处进刺。那大汉也将双锤使动，如雨点般一上一下，尽向壮士猛击。壮士见他的锤法使得果然紧密，而且膂力尤大，每一锤打来，沉重非凡，自己手中只有一柄牛耳尖刀，决计难以敌得过他的双锤的，只有取巧一法，避重就轻，乘间蹈瑕，和那大汉周旋得他力乏了，然后可以取胜。

那大汉和壮士鏖斗到七八十合，饶他双锤凶猛，却不能打到敌人身上，心中好焦躁。暗想我这一对家伙不知打倒了多少英雄好汉，今天却遇到劲敌了。那厮手中只有一柄短刀，却和我能够战上许多时候，而且轻身功夫很好，我倒不可疏忽，急须奋勇将他打死。遂把双锤换了一路锤法，打将过去。这一来壮士有些抵敌不住，渐渐向后退走。退到一株枣树旁边，那壮士蓦地吼了一声，拔起那株枣树来，作为兵器。粗枝巨干，直向那大汉扫来。那大汉也把双锤抡动，两个人虎斗龙争般杀在一起。

忽然岭下人喊马嘶，拥上一大队人马来，个个面目狰狞，黑布裹首，手中各持着刀枪棍棒。有许多人扛着很重的箱子，背着很大的包裹。原来是一伙盗匪行劫回来，见二人在岭上厮杀，也觉有些惊呆。为首一个坐着黄骠马，手握双刀，年纪约有二十左右，生得一脸疙瘩，大喝道："你们在此厮杀作甚？也识得狗头夏四么？"

黑面大汉瞧见盗匪到临，便向壮士虚晃一锤，跳出圈子。虎跃一般奔至盗魁马前，喝道："什么狗头羊头？吃你家老子一锤。"呼的一声，左手紫金锤向狗头夏四头上打下。狗头夏四把双锤架开，铛的一声，身子在马鞍上一晃，虎口震裂，右手一柄刀也被锤头击飞了。说声不好，才想退后，黑面大汉右手锤打来时，正中狗头夏四的头颅，一颗狗头击个粉碎，从马上跌下地来。

壮士见黑面大汉回身杀盗，喝声爽快，也举着枣树向盗群中冲杀过来。大汉更把双锤使得如两颗金星，一齐把盗匪痛击，谅这些盗匪哪里是二人的对手，早被二人杀得落花流水，死了一大半，余众鼠窜逃去。

黑面大汉飞步而前，抓住一个盗党，掷在地下，一脚踏住，喝问道："你们是哪里来的狗盗？"

那盗战战兢兢地说道："求爷饶命，我们是离此三十里打虎山上的弟兄。那被爷击死的狗头夏四，便是我们的头领。今天从郑家村行劫回来，不料遇见了二位爷。如今头领死了，弟兄们逃了，求爷饶了我一条性命吧。小人也是第一次做强盗啊。"

大汉等他说完时，喝道："谁管你第一次第几次？你既然做了强盗，我也饶你不得。"手起一锤，把那盗打成个肉饼。

回顾壮士把枣树拄在地上，看他做事。许多箱子包裹都抛丢在地，不由带笑向壮士说道："我们厮杀了一会儿，觉得你的武艺真是不错，很够得上是一位好汉。凑巧来了盗匪，被我等合力歼毙，也是他们自来送死。现在我们可以不必打了。你起初要看我箱子里的东西，以为中有金银，谁知是我的家伙。讲起我的家伙，无人能当得起我三锤的，你能受得下，还得起，所以我说你是好汉。现在盗党抛弃下的财物，你要取时，尽可拿了。"

壮士见他说得十分干脆，遂把枣树向旁边地下一掷道："好，承蒙谬赞，愧不敢当。你也可算一位好汉。方才领教过你的双锤，很是使我佩服。我们萍水相逢，惺惺相惜，如蒙不弃，愿闻姓名。"

黑面大汉哈哈笑道："岂敢岂敢，我们坐了再谈如何?"

二人便回到那块大青石边，一齐坐下。大汉把双锤仍放在木箱中，然后说道："我姓伍名震子，别号伍三锤。自幼父母双亡，一向在冀北设立镖局，很有一些虚名。至于我的武术，一半是天生大力，一半是随从邻人纪翁学习而来的。那纪翁以前是僧王亲格林沁麾下的骁将，只因被人妒忌，所以愤而辞职。他和我很是相契，可惜我只有蛮力，不谙武艺，遂把十八般兵器一件件教授给我。我悉心练习，后来我无意中从荒刹里得来这一对紫金锤，知道是很名贵的东西。守寺的老僧告诉我说，去年有一个四十开外的伟丈夫，途过这里，病卧庙中，十分沉重。不到几天就病死了，所留下的只有这一对金锤。他因没有用处，搁置在荒刹中。我出了五两银子留下，取归与纪翁审视。纪翁也赞叹好锤，谅那人必是一位有能耐的好汉，可惜不知姓名，已奄然物化了。纪翁遂把锤法一一教导我，我遂使用这一对东西，倒也很是得手。以后开设镖局，凭仗着这一对双锤，打倒了黄河南北不知多少英雄好汉，所以人家称我伍三锤。不幸后来得罪了贪官，诬我一家通匪，竟乘我在外之时，将我的镖局封闭，一家老幼杀害，并且画影图形，要捉拿我到官治罪。我一口怨气无可发泄，改装回乡，将那贪官一家也杀个一干二净，报得血海大仇，从此便流落江湖间了。今日到此，得遇尊驾，相逢很巧，谅尊驾必

14

是一位有来历的英雄，也愿请教大名。"

壮士听伍震缕述身世，非常直爽，遂也把自己的家世告诉他知道。原来那壮士姓黄名猛，是浙江天台山畔黄家村中人氏。那村中人民大半黄姓，黄猛的父亲黄克夫是一个乡间的守财奴。黄家村里要推他家为首富了，可是克夫虽然有了许多田地房产、金银珠宝，自己一些儿不肯享用。他的夫人周氏是个佞佛的老妪，膝下只此一子。按常理而论，黄猛席丰履厚，坐拥许多遗产，当然是个千金之子。可是黄猛少时不学一般富家公子模样，征逐于绮罗丛中，出入在脂粉队里，反倒对于女子十分厌恶，只歆使枪弄棒，练习些武功。又花了五百两银子，买得一匹名马。那马周身毛色如银，可以日行千里，夜走八百。黄猛时时骑着那马，出去奔驰为乐。他父亲也管他不住，请了一个宿儒在家教读，他哪里有心研究什么经书，勉强读些，时常跑出书室去了。

偏偏这位老师是个经学家，十分严厉，以为师严而道尊，要想拘束黄猛的自由。哪知有一天，触恼了黄猛的性子，把他的老师揪翻在地，拳打了数下。打得这位宿儒大喊饶命，方才住手。这么一来，这宿儒也不肯再在黄家教授了，气得几乎要死。黄克夫送了数百两纹银，又向他再三道歉，送他回乡。从此克夫也不再请先生了，为了他的儿子也觉得十分气愤。

有些亲戚在旁劝说道："大概令郎是武曲星降世，教他念书是不行的。不如请个武术老师来教授他各种武艺，他倒肯真心实意飞练的，他日必能成就。也好考武场，立功名，如古人班定远傅介子为国立功，荣宗耀祖。况且汉朝如绛灌之俦，富至王侯，何必一定要他学文呢？性之所近，不可勉强的。"

黄克夫听了人家的说话，觉得也很有理，于是便延请一位武老师姓侯名瀛的，到来教授。果然黄猛很愿意地学习了。这样学了两年，已尽得侯瀛之传。侯瀛说他青出于蓝而胜于蓝，自愧没有再高深的武术可以教导他，所以立即辞去。黄猛自侯瀛去后，自己依然朝夕练习不辍，只苦无名师教授，然而他的武艺已是一乡闻名了。

　　这时黄家村中自有许多少年，都来跟从黄猛一起练武。黄猛便做了里中游侠儿了，在他家的门前有一块广大的田场，黄猛每天早上聚集了一辈少年，便在那里使枪弄棒，习以为常。恰巧有一天他们在田场上练武，黄猛因为他们使的枪法不好，于是他就拈了一支梨花古锭枪，嗖嗖地上下左右使开解数来，枪花足有碗口大，晃动时使人目眩。愈舞愈快，正好像银龙戏海，怪蟒翻身，众少年见了，不由得喝声彩。

　　不料彩声未已，忽然西方一声冷笑，好似怪鸦夜鸣。众人都很奇怪，黄猛顿时把枪法收住，立定了回头向西首瞧视，却见一个番僧，双目突出，浓眉乌黑，颧骨突起，颌下有些短须，皮肤粗而且黄，身穿直裰，脚踏芒鞋，背上背着一块铁牌，胸前悬着一个斗大的木鱼，腰间却佩着一个刀鞘，隐隐露出一半，立在那里，兀然不动。方才的笑声正是他发出来的。

　　黄猛心中有些恼怒，把枪向他一指道："你这贼秃，不去募化，却来这里闲看什么？谅你也不懂什么武艺。方才你家小爷舞枪的时候，你冷笑作甚？难道小爷的枪法看不上你的眼睛么？"

　　那番僧听了黄猛的话，不慌不忙地说道："小居士，你不要这样动火。出家人此来，正是要向你募捐了。你是不是这里黄家的公子？出家人虽然不懂武艺，只是刚才瞧见你的枪法，实在不甚高明，忍不住笑了一声，请你不要见怪。"

黄猛听了番僧的话，好似火上浇油，愈加发怒。众少年也说道："这番僧口出大言，岂有此理。"

黄猛便对那番僧说道："你说我的枪法不好，那么你必然是此中的内行，胆敢口出大言。你家小爷倒要试试你的本领。"说罢把手中枪一挺，又说道："你这贼秃恐怕受不起小爷一枪，便要把你扎个对穿。"

番僧又是一声冷笑道："黄公子，我索性说了吧。像你这样的本领，在我们寺里还不够有徒弟的资格。只好挑挑水，劈劈柴了。你要和出家人较量，好好好，我就领教你几枪便了。"说罢，走进圈子。

黄猛气得了不得，把手中枪向外一抖，照准番僧头上扎去。那番僧只低头绕了一个圈儿，黄猛的枪便扎个空，收转枪来，又向番僧当胸使一个苍龙取水，一枪向番僧胸前刺来。那番僧却很快地一跳，早已跳到黄猛的背后。黄猛明明一枪刺去，却把番僧刺得不见影子，不觉一怔。却听那番僧在背后带笑说道："我在这里，黄公子，请你高抬贵手，再刺一枪吧。"

黄猛回转身来，先把枪向番僧的下三路虚晃一晃，一枪刺去。果然那番僧在避开这枪，便将身子向上一跳。黄猛眼上手中一齐留心，说时迟那时快，陡的一枪翻挑上来，觑个亲切，枪尖正向番僧咽喉刺到。自以为这一枪总要把番僧刺个着了。却见那番僧张口向下一咬，竟把黄猛的枪尖紧紧咬住。黄猛骤吃一惊，趁势把枪向番僧口中一送，哪知枪尖已被番僧咬住，好似生了根的一般，不能推动半毫。番僧举起右手，轻轻把枪一拽，那一支梨花古锭枪已脱去

17

黄猛的掌握。黄猛此时还是不服，便向旁边一跳，又从一个少年手中取过一柄大砍刀来，使一个刀花，说道："我和你比刀。"

番僧笑道："任你刀吧枪吧，出家人总领教的。"便把枪向旁边地上一丢，说道："来来来。"

黄猛便把刀使急着，一个箭步跳过去，照准番僧头上劈下。此时番僧不躲让，反将他一颗光头向上一迎。那大砍刀正劈在他的额角上，铮的一声，好如劈在石上一般，反而把那刀激退回去。黄猛又吃一惊，暗想这番僧莫不是生就的铜头铁额？怎么我的大砍刀不能操作他的毫末呢？

番僧却笑道："你要砍时，快快再来一下。"

黄猛依然不信，把刀使个御带围腰，一刀向番僧腰中横扫而来。番僧却又轻轻一跳，跳至黄猛背后，用脚在他腿上轻轻一钩，黄猛早已撒手掷刀，扑地跌倒在地。众少年齐吃一惊，黄猛爬起身来，只是对那番僧呆看着。

番僧哈哈笑道："黄公子，还有什么家伙，请使出来吧。我的说话如何？"

黄猛又对那番僧相视一下，忽然朝他拜倒在地，说道："师父，你不是寻常之人，恕我肉眼无珠，多多得罪，务望师父海涵勿责。"

那番僧连忙将他扶起，说道："黄公子不要多礼，出家人是不敢当的。我本来要向你家募捐，至于武艺一项，我还是个门外汉。"

黄猛又说道："师父不要客气，你的本领比较我以前的教师侯瀛要好得十倍百倍，现在要请师父不弃微贱，便到我家里去小息。我情愿拜你为师，请师父不吝指教。至于师父若要募化，只要我对父亲说了，他老人家一定肯答应的。"

18

番僧说道："孺子可教。我鉴你态度诚恳，盛气已折，且是个可造之材，我就跟你去吧。"

黄猛遂教众少年退去，自己领了番僧走进家中。黄克夫正坐在书房里核算账目，一见他儿子伴着一个形容奇怪的番僧步入，不由一怔。黄猛便对他父亲说道："方才孩儿在田场上练武，忽然这位师父到来，说我的本领不济事。孩儿不服，和他比赛，果然武术高强，远出以前侯教授之上。所以孩儿再三邀他到家中来，要求他教授孩儿武艺。难得这位师父已经答应我的请求，所以孩儿引导他来和父亲相见。"

黄克夫听说，立起身来，含笑相迎，请番僧上坐。番僧放下大木鱼，解去背上的铁板，黄猛见铁板上刻有韦陀神像，便过去接了，供在桌上。番僧就老实不客气坐下，黄克夫也在对面坐了，黄猛垂着手，立在一边。

黄克夫便向番僧问道："请问大师父从哪里前来？法名为何？还乞赐教。"

番僧答道："我们地方离开这里很远了，乃是从青海石门寺出来。因为寺中要重修大雄宝殿，塑造十八尊金身罗汉，所以方丈派遣我等到内地各处来募化。我们同行二人，指定江浙两省，乃是富饶的区域，劝募当然较易。一路过来，已募得七八千两银子，遂由我的同伴护送回去。我一人来到这里，闻得居士是村中首富，要想来向居士募化，却逢小公子在场上练武。在旁看得口痒，笑了一下，小公子以为我有意轻视，遂一定要和出家人比试身手。出家人不敢得罪，只好敷衍一遭，幸得小公子自知其短，要我前来教他武艺。出家人见他如此好学，当无不允之理。"

说到这里，黄克夫接着说道："大师父真好本事。小儿的性情是十分刚强而高傲的，能够使他诚意屈服，拜倒膝下，足见大师父自有非常本领了。但是说了半天，还没有知道大师父的法名。"

番僧笑道："我也忘记通报了。出家人名唤法刚，在寺中略习得一些防身之术，不足称道的。因为我们这种人出来募化，五湖四海，无论什么地方都要去的，募化下来的银子也要回去交账，不能短少。可是外间歹人很多，我们若不懂得武艺，不要吃亏么？"

黄克夫点点头道："不错，大师父真是方外奇人，难得依小儿的请求，不胜荣幸。现在请大师父便在寒舍小住，教授小儿的武艺。至于大师父出来募化，也是十分辛苦的，自憾绵力浅薄，不能多多解囊，愿出一万之数，不知大师父以为如何？"

法刚道："居士如此慷慨，不可多得。出家人谨代敝寺感谢。"

黄克夫道："算不得什么的，这笔款子待我慢慢筹措起来，他时等到大师父回去的时候，必当如数奉上。"

法刚又连声道谢，黄克夫又问法刚可吃荤腥，法刚哈哈笑道："我是个酒肉和尚，不论牛肉羊肉猪肉都吃的。在青海的地方，酒是非常名贵而难得的，食物又是很苦，哪里像此地大江以南的锦衣玉食，优游舒适呢？所以我踏进了江浙之地，便觉得样样都好，一切吃的食物，比较青海大有天壤之别。江南人当然福气得很，民风也大大柔弱，没有像我们地方的人民能够耐劳而吃苦了。居士，我既已答应住在这里，请你千万不要客气。你们吃什么，我也吃什么便了。"

于是黄克夫便教厨下预备一桌酒菜，到晚上宴请法刚，宾主尽欢。从此法刚便住在黄家朝夕教授黄猛，黄猛悉心学习，法刚又把自己佩的番刀给黄猛观赏，黄猛见番刀是用百炼钢制成的，刀的形式长有二尺左右，却只有两个指头般的阔。背厚也只有一分多，首尾笔直，锋利无比，光可鉴人。上面嵌有金丝纹，镌着几个番字。确是外间不多经见的宝刀。刀鞘是桃木质，外面裹着银皮，上铸一尊小小佛像，还镶着两颗小小宝石，这样装潢也是精美无伦。黄猛看了，十分心爱。

法刚又对他说道："我们这边的风俗，崇尚佛教，喇嘛最是尊贵。我是红教中的喇嘛，以外尚有黄教，都是很占势力的。我们喇嘛或是尊贵的番人，随身都要带四件东西，不可缺少。缺少了不尊贵。"

黄猛听了，便问道："是哪四件东西？"

法刚笑了一笑道："孺子少安毋躁，待我细细讲来。"

欲知法刚说的什么四件东西，请看下回。

第三回

窗外闻淫声春光微泄
樽过数罪状杀气横生

法刚便对黄猛说道:"这四件东西可称随身四宝。第一件东西便是藏佛。佛像并不一定,什么如来观音罗汉韦驮等等,都是有的。每人身边揣着一尊佛像,有金银铸成的,有宝石雕就的,也有佩黄教的始祖宗喀巴像的。两掌只有米的大小,手中所持的念珠细小如沙,必须尽目力去看,方才可以辨别。手工的精细可知了。藏佛像的匣儿是用金银或紫铜做成的,佛像坐在匣中,放满了红花,只露出一个佛头。匣面盖着玻璃片子,可以瞧见。匣有两耳,用哈达穿了,这样可将佛像悬在自己的项下,垂在胸口,藏于怀中,可以行坐不离。因此有怀中佛的名称。第二件东西便是骏马。因为我们青海地方都产良马,最好的一日可行千里,状貌也神骏异常,各头目所骑的更属上驷之材。所以我们番人爱马如命,千金不易。有钱的人所有鞍鞯鞭镫都用赤金装饰起来的,因此番人善骑,不足为怪。第三件东西就是各人身上要佩有番刀。方才你已看过了,有些尊贵的蒙番,他们所有的番刀,宝贵异常,不肯轻易示人。比较我的更要好上数倍呢。"

黄猛听法刚提起番刀，双眼注视着法刚的腰际，十分歆羡。法刚又道："第四件东西便是鼻烟。因为在我们那边的番人，都有鼻烟的嗜好。烟味虽不甚佳，宝贵的却在烟瓶。有古瓷的，有玉石的，有用竹木挖成的。最大的鼻烟瓶可以容得下一合米，其大可知。用鼻烟的人将烟瓶看得极其宝贵，用毡氍做成一袋，宝藏起来，行坐起卧，手不忍释。遇有再好的，他们情愿将牛羊去换来。所以烟瓶一物，也是随身四宝之一了。"

法刚说到这里，顿了一顿，又道："这四件东西，只有良马，此番我没有骑来，其余我都有的。番刀你已见过了，我再把藏佛和烟瓶给你看吧。"

遂从身边取出一个小匣儿来，从玻璃中望进去，是一尊韦驮神像。又有一个鼻烟瓶，是玉的。黄猛看了，觉得这两样东西并没有什么宝贵，他所心爱的便是宝刀和名马。法刚给他看了，又从身边摸出一个匣儿，内中藏着一尊小小罗汉神像，塞满着红花，只露出着一个头。把来送与黄猛道："这个东西我多带得一尊，就奉送给你。只是你要好好地藏着，不可亵渎神佛的。至于其他三宝，恕我不能奉赠，只得待诸异日了。"

黄猛接过藏佛，口中虽向法刚道谢，其实心里却是志不在此，最看得中的便是那柄宝刀，可惜法刚十分珍贵，不肯送给他啊。

从此师徒两人天天习练武术，约莫过了四五个月，黄猛的技艺比较以前格外进步，脱胎换骨，化腐朽为神奇，前后判若两人。因为以前侯瀛教授他武艺，都是虚表面的好看，解数没有实用。一遇能人，无不失败。现在法刚教授给他的，却都是真功夫了。

法刚见黄猛技艺大进，和自己的功夫比较，已得七八分光景。自己不欲再在黄家逗留，要紧早日回寺。所以他就把这意思告知黄家父子，预备在日内动身。黄家父子苦留不得，遂设宴和他饯行。黄猛向法刚拜谢师恩，法刚对黄猛慨然说道："青海虽然远在塞外，和内地隔膜，但是地方广大，物产丰富。目下的荒凉正足以供后来的开拓，可惜内地人视为化外，又因梯航不易，所以前往的人很少。其实大可经营，前途希望很多的。深愿黄猛将来有机会时，可以到青海走一遭，自有不少奇迹异闻，十分有趣的。"

黄猛在平常时候屡次听法刚谈起青海的风土人情，和内地大不相同，很想将来能够跟着法刚前去一游，广广眼界。此时听了法刚的话，便道："他日如有机会，我当到青海找寻师父的。"

法刚道："很好，我希望你能够如此。将来你可到柴达木石门寺来找我。柴达木是青海有名的地方，而石门寺是柴达木第一著名的寺院。内中喇嘛多至数千，但是只要你提起我的名字，他们都知道的。"

黄猛诺诺答应，黄克夫早把他自己允许捐助的一万两银子预备好了，点交给法刚。因为其时尚没有银行钱庄可以汇到，况且青海远在关外，更没有金钱来往，所以法刚也不到别处去了，就护送这笔款子回去。

隔了两天，法刚就要动身。黄克夫代他雇得一舟，把几箱银子运入船中，载着法刚而去。好在法刚本领高强，途中登山涉水，虽有许多困难和危险，他自能安渡，不用旁人代他多虑了。

黄猛自从法刚去后，依旧朝夕练习。众少年投拜他门下的更多。这样过了两三年，黄克夫忽然患病逝世，遗留下来的财产正是不少。

黄猛哪里有这种心思去盘算阿堵之物？好在黄克夫在世的时候，本来已有一个族中的穷亲戚，名唤惟一，跟着黄克夫过日子的，黄克夫便教他帮助管账。惟一善于逢迎，很得黄克夫的信任。其实暗中已被他刮削了不少钱去了。等到黄克夫故世后，惟一当然帮着黄猛料理丧事，办得井井有条，一些儿不用黄猛费心，所以黄猛便把账目全权托他掌管。

在黄猛的家中人口很少，因为他是个独生子，没有兄弟姐妹。他的母亲周氏早已先死，黄克夫因为内中无人，所以纳了一个小星曹氏，是温州地方的小家碧玉，十分妖娆。年纪很轻，到黄家来也有好多年，和克夫感情很好。对待黄猛也是很亲近的。克夫本来想要把伊扶正，但是自己忽然病倒了，自知不起，在弥留的时候，叮嘱黄猛说："你的庶母年纪尚轻，做了寡妇。你须要看为父的面上，好好待伊。不可恃强欺侮，免得伊抑郁不欢。但是伊若然不守妇道，有失节的时候，你也不要轻恕伊，以致败坏我家门风。"黄猛含泪应允。

所以克夫死后，黄猛把曹氏待得如自己的生母一般。可是曹氏水性杨花，不知贞节为何物。年纪方轻，姿色未衰，一旦空闺独守，形单影只，这未亡人的生活，教伊如何忍受呢？黄猛又一天到晚不是打拳便是弄棒，对于女色避之若浼，一些儿不懂风流的事。曹氏背地里常说他的心肠恐怕是铁石做的，异乎寻常，与众不同。所以在一宅之内，除掉奴仆们，和伊最接近的便是惟一了。

惟一外貌虽然诚实，然而胸中却很有城府。以为黄猛对于账目是门外汉，可以欺骗，从此不难靠着一把算盘嘀嘀嗒嗒地逐渐把他家的钱财算到自己囊中去。但是他年纪虽有三十多岁，尚是鳏夫。

眼瞧着如花如玉的曹氏，心中不能无动，很想染指。凑巧曹氏也很有意于他，两人眉来眼去，很容易燃烧起来。更加黄猛以君子之心待人，疏于防范。所以隔得不多时候，两下里竟如愿以偿。惟一时常趁无人的当儿，或是夜间，便偷偷摸摸地溜到曹氏房中去作幽会，又把曹氏贴身的一个婢女双喜也玷污了，好使伊不至泄露风声。其他虽有两个女仆知道了这事，也是不敢多事，肯在黄猛面前吐露一句半句的。因为黄猛性烈如火，疾恶如仇，倘然给他知道了，一定要闹出大祸殃的。谁敢多嘴多舌？所以黄猛好似蒙在鼓中，一般丝毫没有知道。

可是他见曹氏在他父亲终七以后，渐渐谈笑如常，没有悲哀之色，也觉得这种人是不可靠的。想伊未闻诗书之训、柏舟之誓、黄鹄之吟，自难责备伊了。这样过了半年，黄猛很想出外走走，要把家事托付给惟一。惟一听得黄猛要到外边走走，一口答应他担任掌管家务，并且怂恿他早日动身。黄猛因为天气尚热，要等秋凉后出门。

恰巧这几天村中忽然有二三家人家失窃，村人遂谣言来了飞行大盗，要抢村中富户。遂有个人告知黄猛，意思请他出来捕盗。惟一便对黄猛说道："侄儿有这样大的本领，若有盗贼前来，不是有眼无珠么？"

黄猛也冷笑道："我也最好他们前来光顾，管教他们来时有门，去时无路，识得黄某的厉害。"

黄猛说过这话也不放在心上，一天晚上，天气稍觉凉爽，他上床早睡。睡至二更过后，忽然听得屋瓦上咯噔一声，使他不觉惊醒。暗想，莫非真的有那话儿来了么？一骨碌爬起身来，向枕边取了一柄晶莹犀利的匕首，轻轻将后窗推开，跳上屋去。只见后边屋上有一条小小黑影，很快地蹿了过去。他遂举起匕首，连蹿带跳地追去，黑影已不见了。自思好不奇怪，对面来了如何本领高大之人，怎么会得一刹那间不见影踪呢？正在这个时候，忽听屋脊背后瓦楞里呜呜地叫了两声，跑过去一看，原来是自己家中豢养着的那只大黑猫。不禁哑然失笑，啐道："这不是活见鬼么？我道是来了什么飞行大盗，谁知是这个东西。我上了畜生的当了。"

此时一阵阵凉风吹来，胸襟清爽。抬头见天上繁星如沙，天河已在当头。刚要想走回去，那猫却向他呜呜地叫了两声，跑到东面屋上去了。黄猛跟着瞧去，见东边天井里的墙上映着灯光，有一棵木樨树，树枝伸到檐边的，正是他庶母曹氏的卧室。心中暗想，此刻伊难道还没有睡眠么？在那里做什么呢？又隐隐听得那边有一二笑语之声，他忍不住轻轻跑到那边，跳在木樨树上，向下观察。那里因为夏天，曹氏房中的窗都开着，伊以为这个天井是独的，没有人可以走来窥破他们的秘密，所以很放心地开着。黄猛因此瞧得清清楚楚、明明白白，原来曹氏正和惟一在室中幽会，一种淫声浪态触入黄猛的眼帘，不由气怒交加，要想立刻奔进去，将这一对奸夫淫妇处死。

却听曹氏对惟一说道："你怕黄猛么？"

惟一道："是的，别人我都不怕，唯有黄猛是不好惹的。我与你的事情若然泄露一二给他知道了，他一定不肯甘休的。那么大祸临头，非同小可。所以我和你虽然时时寻欢作乐，却是心中总有些害怕，不能畅快。因此我想和你一同远走高飞，做天长地久之计。好在我已积得些钱财了。"

又听曹氏说道："好人，你虽舍得走，我却舍不得走。黄家有这样多的财产，我若一走，便宜了这小子了。"

惟一又道："事无两全，我看还是走的好。"

曹氏咬着牙齿说道："不走不走，我不走。难道没有别的方法可想么？"

惟一道："你有什么方法想呢？"

曹氏声音说得稍低道："后天是七夕，我们可以预备些酒肴，请这小子喝酒。我藏有一包毒药，是那死鬼的东西，现在可以孝敬他的儿子。把来放在酒里，请这小子喝了，把他毒死，灭了我们的后患，向外面人只说黄猛得着暴病而死，当然可以遮掩过去的。"

惟一道："这样是很好的，不过你若把毒药放在酒中时，我们是要陪他喝的。那么我们岂不也要中毒么？"

曹氏道："这个你不必多虑。我已想到稳妥的方法，可以预备两把酒壶，一把红滴子放下毒药，请他吃，绿滴子的不放药，仍旧是好酒，我们只要心里暗暗记好，便不致有误的。"

惟一在伊颊上吻了一下，很得意地笑道："妙计妙计，你不愧是聪明的女子，所以想得出这妙计。将来黄猛死了，我与你平平安安，永远做一对恩爱夫妻。还有那个双喜，可以当她做个小妾，好不好？"

曹氏立刻将他拧了一把，狠狠地说道："你这人好不可恶，还想双喜么？你不知道此刻我们要利用伊，所以我让你有时和伊乐一会儿，将来大事成功，我们无所畏忌，也用不着伊了。你要伊做小妾么？我断乎不肯答应，把伊立刻嫁去，看你还有什么法儿想呢。"

惟一说道："不敢不敢，我也不过说说罢了，请你不要认真。"

28

这时黄猛在树上完全听个明白，一想他们既然要设计害他，不如故留他们的性命，待到后日，看他们怎样对我？到那时再把他们结果性命，好使他们死而无怨。

想定主意，飞身一跃，回到屋上。一些儿声息也没有，跑回自己的卧室，要想重睡，心中充满着一腔怒气。暗想我父亲在世的日子，何等爱惜名誉？却不料娶得庶母，遗下隐忧。曹氏究竟是这种无知无识的女子，不知礼义廉耻为何物，自然守不来什么节的，还有那个狼心狗肺的惟一，他不想自己衣食无有，全赖着我父亲的照顾，他以致有今日的日子。不想报答，反而引诱曹氏，堕落伊的节操，真是罪不容诛，断不能轻恕他的。

他这样地想着，直至天明没有合眼。便一骨碌起身下床，早餐过后，见了惟一和曹氏的面，只作不知。二人自以为安排妙计，稳取荆州，也没料到昨夜他们的说话尽被黄猛听了去了。黄猛仍去场上练武，做他的工作。

饭后曹氏对黄猛说道："明天晚上正是七夕，我预备些可口的肴馔，请你喝酒，好不好？惟一叔叔久在我家帮忙，顺便请请他，你想好不好？"

黄猛心中明白，便点点头说道："很好，不过又要有劳庶母了。"

曹氏笑笑。到得次日晚上，曹氏早忙了半天，把酒肴一齐预备好，设席后厅，请黄猛和惟一畅饮。黄猛和惟一对坐着，曹氏坐在下首陪着，使女双喜站立在一边伺候。桌上先放着四个碟子，曹氏指着一盆卤鸭，对黄猛说道："这个鸭子因为你喜欢吃，所以我特地预备的，你可以多用些。"

黄猛点点头，却不举筷，因他恐怕肴里面也有毒的。后见曹氏先吃了一块，他遂放心跟着吃了。惟一也吃了一块，啧啧称赞道：
"滋味大佳。"

曹氏回头对双喜说道："壶中的酒大约已烫热了，你可去好好儿
地取来。"

双喜答应一声而去，不多时托着一只小盘走来，盘中放着两把
酒壶。黄猛瞧得分明，果然那两把酒壶的滴子是一红一绿的。双喜
就把红滴子的酒壶放在黄猛一边，绿滴子的酒壶放在惟一的一边。
黄猛心中暗暗又好笑又好气。曹氏便提起红滴子的酒壶，代黄猛斟
着一满杯的酒，带笑说道："这酒是上等的好酒，请你尝尝看，味道
好不好？"又把绿滴子的酒壶代惟一斟了一杯，也说道："叔叔在我
家执掌庶务，十分辛苦，今晚也痛饮数杯吧。"

惟一谢了，趁手也代曹氏斟了一杯。曹氏立即端起酒杯，向二
人说道："请请。"

黄猛把他面前的酒杯双手端起，却不送到他自己口边去，反送
到惟一的面前，也照样说道："这酒是上等的好酒，请你尝尝看，味
道好不好？"

这样倒使惟一尴尬了，喝又不好，不喝又不好，但他还没想到
他们的秘密计划业已泄露，以为黄猛万万不会知道的。就将双手拱
拱，说道："不要客气，请侄儿自己快喝，我这里也有酒，都是一样
的，没有什么分别。"

黄猛又说道："叔叔在我家里掌庶务十分辛劳，今晚也痛饮数杯
吧。我因为肚子痛，不能喝酒，有负庶母的美意，所以请你喝了吧。
这酒是庶母代我斟着的，十分名贵，请你千万不要客气。"说罢，硬
逼着惟一要喝。

30

二人瞧着这情景，大大惊异，惟一知道黄猛的酒中已有毒药，教他怎样肯领情呢？就把自己面前的一杯酒很快地端起来，喝下肚去，说道："我这里也有。"

黄猛道："无论如何今晚你必要喝这杯酒。我是敬你的，你怎么不喝？"

惟一被逼不过，只得接过酒杯，却不就喝，放在桌上，露出为难的情形，和曹氏面面相觑。黄猛瞧着他们的形景，忍不住向惟一大声说道："你怎么不喝？难道这酒里有毒药么？"

二人听了黄猛的说话，究竟贼人心虚，都觉得手足失措。黄猛见惟一拼着不喝，欻地立起身来，走至惟一身边，将他一把揪住，一手举起那酒杯，要硬灌到他嘴里去。惟一一定不肯答应。黄猛脸色一变，双眉怒竖，向二人喝道："你们今晚请我吃酒，究竟怀的什么意思，快快直说。你们这一双狗男女，胆敢包藏祸心，要想用计毒死我么？为什么不肯喝我的酒？嗯，我知道你们已在我的酒里潜置了毒药，所以不肯喝我的酒了。红滴子酒壶里有毒，绿滴子酒壶里没有毒，是不是？天诱其衷，你们的诡计已被我说破了，我怎肯轻恕你们呢？"

二人听黄猛的说话，句句说到他们的心里，知道自己的计谋业已被他识破，但不知怎样泄露的，心中一齐大惊。曹氏先向黄猛跪倒，苦苦哀求道："我们实在不该欺骗少爷，自取其咎。现在觉悟自己的不是了，望少爷宽恕我们吧。"

黄猛冷笑一声道："哼，有这样轻易的事么？你们存心害我，被我识破了秘密，就可以几句话了事么？我若然没有先知，今晚喝了你们安排的酒，不是白白给你们害死了么？"

此时惟一也跪倒在地，向他求告道："这是嫂嫂的主见，我是附和的，实在我并不要害你，千万请你饶恕了我吧。"

黄猛见他们这样无耻，更是大怒，将桌子一拍，对惟一说道："你赖得干净，这是你们二人一同想法的。你们都是寡廉鲜耻的狗男女，我也老实说了吧，前夜你们在房中做的事、说的话，都被我听得了。所以今晚没有上你们的当。"说到这里，掉转脸指着曹氏骂道："我父亲在世的时候，待你何等恩爱？他逝世以后，我也待你十分敬重。却不料你不能洁身守节，保全我父亲的名誉，竟和这狗贼做出无耻的事。你自己想想，还对得起我的父亲么？不但如此，还要用计把我害死，丧尽天良，真是一个淫恶凶狠的女子。我父亲临终的时候，曾叮嘱过我说，如若你有失节辱身的事，教我一定不能饶你的。所以我今晚把你们的秘密索性揭破了，万万不能放你们过去。"

说到这里，又对惟一斥责道："你这贼子，忘恩负义，丧天害理。全不思我父亲在世怎样把你一手照顾。你不该奸淫他的妻子，毒害他的后裔。你这个人还有灵心么？今日被我宣布你们的罪状，你们还有何说？"

此时黄猛怒颜数说，声色俱厉。惟一和曹氏跪在地上，汗流浃背，一齐惊得呆了。曹氏只向黄猛磕头求饶，双喜立在一边，也吓得如木偶一般，动弹不得。

黄猛一边说，一边提起那把红滴子酒壶，对二人说道："你们只要情愿把这一壶酒喝下肚去，我就饶你。"

曹氏又向黄猛说道："大少爷，你饶我是妇女之辈，一时意志不坚，被人引诱而失身了。现在我真心懊悔，情愿终身守节，忏悔前过了。"说罢低倒头呜呜咽咽地哭着。

黄猛把酒壶向桌上一摆，陡地一翻衣襟，掣出一柄明晃晃的牛耳尖刀来，对二人说道："你们这一对狗男女，天诛地灭，天地也不容你们。我岂肯轻易饶恕？今晚便是你们的末日，把你们一刀两段，送上鬼门关去，也使我黄猛出了这口气。罪状昭著，休得多言。"

说罢，将尖刀霍地向惟一颈上一挥，早把惟一的头颅割了下来。曹氏吓得将双手掩着脸，倒在地上，只喊救命。刚才喊得一二声，黄猛早奔过去，一脚踏住，撕开伊的衣襟，当胸一刀，把曹氏的心鲜血淋漓地挖了出来，掷于地上，说道："看看你的心黑不黑。"跟着又是一刀，把曹氏的头也割了下来。

双喜在旁瞧着，浑身只是发抖，倒在地上，好似瘫了一般。黄猛走过去说道："你这淫婢，我也饶你不得。"手起一刀，把双喜结果了性命。

回转身来，又将曹氏和惟一的头颅连着系在一起，抛在一旁。连杀三人，心中觉得爽快了许多，遂将灯挑亮，独自坐在桌子旁，把绿滴子酒壶里的酒，斟着痛饮。一边喝一边思量，早定了主见。把死尸踢开一边，吹灭了灯，回到房里去睡。这一幕流血的活剧，一时竟无人知道。

次日天明，黄猛起身，有几个女仆早见了后厅的死尸，一齐大惊大喊起来。黄猛喝住她们，不许声张。他将早饭吃罢，便提着曹氏和惟一两颗人头以及一柄红滴子的酒壶，跑出大门来。村人们见了，不知怎么一回事，莫不惊骇。黄猛并不向人说话，大家见了这情景，也不敢拦住他查问。于是他一口气跑出村子，径奔天台县而来，要向县衙自首。

欲知黄猛可能免罪与否，请看下回。

第四回

愤冤屈越狱走天涯
慕声名跑城寻义贼

黄猛提了两颗人头以及一把酒壶，一口气跑到天台县的衙门里自首。众人见了，都是惊讶。天台县姓章名承恩，闻得左右通报，立刻升堂受理。黄猛便把两颗人头掷于阶前，将酒壶交给差役呈上去察验。章承恩认得黄猛的，便喝问道："你是世家子弟，何故行凶杀人？"

黄猛立而不跪，把手一拱道："县太爷，我杀的是一对奸夫淫妇，也是丧天害理之辈，所以特来自首。请县太爷公断。"遂将曹氏和惟一怎样勾通成奸，怎样设计毒害，种种经过情形详细禀白。

谁知章承恩以前和黄猛的父亲克夫有些嫌隙，他是一个阴险的小人，常想乘机报复。现在他的机会来了，所以就责备黄猛说他不该擅自动手杀人，至于曹氏和惟一通奸，也没有确切的证据。壶中的毒药也不能断定就是曹氏放下的，安知黄猛不为着别的缘故而杀死他们的？这事须得他亲身到黄家村去查看明白，然后可以定谳。于是将黄猛暂行收押入监，把人头和酒壶收起备案。

当天章承恩坐了轿子，带同差役仵作等，一路呼五喝六地到得黄家村。村中父老已知道县官必是为了黄家的命案，大家出去迎逛。章承恩到了黄猛家中，便将三个尸身细细查验，又把黄家的仆人传来问讯。因问不出什么口供，黄家有几个族人趁此机会想觊觎黄家的财产，大家要求章承恩要把这案审查明白，为死者伸冤。都不认同黄猛的所为，便说黄猛种种不好之处。章承恩有意和他们联络，勘验了一番，方才打道回衙。

次日又把黄猛提上堂来审问，反说黄猛故意杀人，想把自己所犯的罪卸在他人身上。至于曹氏和惟一的通奸以及谋害黄猛，都没有确切证据，不能成立。而黄猛反有杀人之罪。气得黄猛哇呀呀大叫大跳，痛骂狗官无知，颠倒是非，不能为民父母。章承恩不容黄猛分辩，便将黄猛钉镣收监，备文上宪，听候核夺。

黄猛被系狱中，深恨章承恩不将是非审查明白，反把自己定罪，明明是借端陷害，那么我不是自钻圈套么？想想自己昂藏七尺之躯，前途正有一番事业，岂可坐禁囹圄，束手待戮呢？国家吏治黑暗到如此地步，我何必枉徇非法之刑？好在自己有了一身本领，不如早些想法，一走了事，看这狗官怎样奈何我？

想定主意，隔了两天，在一个月黑夜的晚上，待到夜半，狱中四下悄悄的没有声音，黄猛遂运用力气，把足上的镣手上的铐一齐挣脱，飞身向上，拍去数根椽子，到得屋面，施展飞行术，越出县衙，离了天台县，出走异方，做了一个天涯漂泊之人。自己家中虽有许多财产，便是现在一些儿也拿不到，白让他人去享受了。

他在浙东漂泊了好些时候，甚觉无聊，于是他想起他的师父法刚所说的话，决计到青海去走一遭，一则拜访师父，二则游历塞外奇景。大丈夫志在四方，应当到远的地方去走走，也许遇到好的机会，能够增进自己的见闻呢。他遂离开浙东，一路向西北去。在九华山斩了大蛇，杀了淫妇，聊吐不平之气。不想在这里尖帽岭又遇见了伍震子。

二人谈吐之下，很是投契。真所谓同是天涯沦落人，相逢何必曾相识。大家一见如故。伍震子听得黄猛要到青海去，他也愿意随往。黄猛正苦长途无伴，难得伍震子答应同去，十分欢喜，于是二人将得来的金银分藏在身边，伍震子又把他的一对紫金锤安放在木匣之中，依旧负在背上，二人遂走下尖帽岭，向前赶路。一路朝行夜宿，无事可表。

一天早到得河南的许昌，借宿在一家旅店中，夜间却听店里人正在纷纷谈论，二人一听，方知城里新近来了一个飞贼，专偷富有之家，城中的富户已有一大半被窃，最奇怪的是那飞贼行窃的时候，往往门窗不开，一些儿不留踪迹。任你怎样严密防备，他总会想法取去的，正是来无影去无踪，有通天本领。而且每次被窃的人家墙壁上总留着一个蝙蝠的记号，县衙里虽然有许多著名捕快，用心踩缉，却是总不能破案。这样一来，城中的富家莫不叫苦连天。而贫穷之家却往往会有意外之财。因为有许多穷苦之人常发现有许多银钱，不知怎样地送到他们的家中。大约都是那个飞贼偷了富家的银钱，去散给穷人的。所以许昌城中传遍了这件奇怪的事情。大家背地里称呼那位妙手空空唤作义贼。东门富绅金家雇了两名保镖，在家中防护，又添用数名更夫，打了一夜的更，也不曾听到什么声息，瞧着什么影踪。可见那飞贼神勇广大了。

二人听了这件新闻，饶有趣味。伍震子对黄猛说道："这样的飞贼倒也不可多得，他偷了富家的钱，去散给穷家，为谁辛苦为谁忙呢？"

黄猛道："他这样游戏三昧，专取不义之财，并不自己享受，便把来周济人家，不能称呼他是贼了。我倒想去见见这个人呢。"

伍震子笑道："人家说他来无影，去无踪，当然不肯轻易露出庐山真面目来。况且城中许多捕快各处搜查侦察，也不能发现他的行踪，何况你我陌生生的人，到哪里去见他呢？"

黄猛道："天下无难事，只怕有心人。我们不妨在此多留几天，明日我同你出去走走看，也许可以有些机会。"

伍震子很高兴地答应着。到了明天，黄猛便和伍震子到城中四处乱走，只拣僻静的地方，以及庙宇古塔之处，细细察看。这样走了一天，哪里有什么踪迹可寻？二人走得力乏，回到客寓，吃了晚饭，倒头便睡。次日起身，却听外面人声嘈杂，又在那里大讲飞贼了。原来昨夜西城邱家又告失窃，墙上留下一个蝙蝠的记号，可知又是那个义贼去过的了。

伍震子道："可惜可惜，我们错过了机会。"

黄猛笑道："我们岂知道他要行窃哪一家？顶先去仗着等候呢？不要慌，我们总要和他见面的。"

于是二人将早饭用过，又出去四下打转，直走到夕阳衔山，没有什么可疑的地方发现。走过一家小酒店，一个酒帘子随风招展，里面坐着许多人，在那里喝酒。伍震子道："我们走得辛苦，不如到里面去喝些老酒，润润燥吻吧。"

黄猛点点头，二人踏进店中，见店堂里已坐满了许多人，一个空座也没有。伍震子嚷起来道："哎呀，怎么没有座头？如何喝酒？

你们可能让出一个来给我们坐坐么？"

众人见他有些傻气，不由都好笑起来。早有一个酒保走上前招呼道："二位爷是要喝酒么？里面有地方的，请你们跟我来吧。"

二人遂跟着走向里去，有一个很空敞的庭院，两株梧桐植立在庭中，桐叶已黄，一叶一叶地飘下来，穿过庭院，却有一间很精美的小屋，里面安设几个座头，座上供些菊花，倒也雅洁。也有几个客人坐在那里喝酒。靠东的一个座头尚空着，酒保过去略一拂拭，对二人带笑说道："二位爷请在这里坐吧。"等到二人对面坐下，又问道："爷们要喝高粱么？用什么菜？"

黄猛道："酒家你先代我们找两斤酒，切一斤牛肉，带几包花生米前来，就得了。"

酒保答应一声而去，不多时早送上酒和牛肉，二人将酒斟在杯中，各喝了一大杯，觉得味道真是不错。伍震子将手撕着一大块牛肉，一边送到口里去嚼，一边对黄猛哈哈笑道："黄兄，我们俩不是像痴子么？一天到晚在这许昌城中尽走，却苦了我们的两腿。这样走了两天，也瞧不到什么影踪。横竖我们又不是公差捕役，不干我们的事，你也不要去见这人的面了，明天我们动身去吧，何必多管闲事？"

黄猛道："我也一时被好奇性所驱使罢了。我想这人总在城中，必有个藏身之处。白昼倘然找不到，夜间总可窥见一二的。我想今天晚上费些工夫，去碰碰看。倘然再找不到时，我们明天走路可好？"

伍震子道："好的。"

二人正说着话，忽听后面座位上有人喊起来道："酒家，与我煮一鲜鱼汤来喝喝。怎么答应了我，到此时还没煮来呢？"

喊声未毕，那酒保已匆匆跑来，走到后边座位去了。二人跟着回头看时，见靠里朝外，坐着一个男子，身躯非常瘦小，身穿紫酱色的棉袍，外罩一件一字襟的黑缎马甲，坐在那里，好似一头猢狲，但是两个眼珠子滴溜溜地四下打转，十分灵活，眼光非常厉害。手里托着酒杯，面孔上却是笑嘻嘻的，并无怒意。

酒保走到他面前，恭恭敬敬站立着答道："今天有屈爷要多等一些时候了。小店一时没有鲜鱼，不活鲜的也不敢胡乱煮与爷吃。现在小店老板已到市上去找了。倘然找得到，一定可以煮上的，请爷耐心稍待。爷的白鸡吃完了，可要再添一个或是煮些别的汤儿？"

那男子听了，将酒杯放下微笑道："怎么要找一条鲜鱼竟会如此万难？那么要找一个活人，无怪有人跑断了狗腿也找不到了。天下竟有这种冤桶？"

那酒保见他嘴里叽咕着，恐怕他要动气，又赔着笑问道："爷要喝汤时，先煮个雪笋汤可好？"

男子将手一摆道："很好，你就去吧。"

酒保回转身来，见黄猛桌上的牛肉已将吃光，便问道："可要再添一盆？小店里的白鸡是很好的。爷们可要一个？"

伍震子便道："来一个也好。"酒保答应着走出去了。

此时黄猛早听出那男子话中有因，明明是听得了伍震子的说话，故意借题发挥的。伍震子是个粗心之人，还没有觉得。所以他对这个男子有些注意起来，刚侧转头去瞧他时，却见那男子也正在瞧着自己。两个滴溜溜的眼珠发出锐利的目光，直射到他的脸上。四目相视了一下，那人才别转脸去。黄猛暗想，此人有些蹊跷，莫非就是那个寻找不得的飞贼？否则至少也和飞贼有些关系，不然他怎会做冤桶呢？

伍震子什么也不管，只顾倒着酒喝。隔了一刻时候，那酒保早托着一个大盘进来，先把一盆牛肉和一盆白鸡放在二人桌上，又走到后面座前，把一碗热腾腾的雪笋汤端上，又放上一盆白鸡，对男子带笑说道："爷，我来报个消息给爷听，我们的老板已从市上归来，买得一大条鲜鱼，十分肥美的，居然被他们找到了。现在他老人家亲自动手去煮，停一刻便可送上来了。"

男子点头微笑。黄猛很留心地用冷眼去瞧那男子，伍震子却把筷夹着一块送到口中，嚼了几下，便咽下去对黄猛说道："这白鸡滋味真好，又嫩又鲜，黄兄怎么不吃？"

黄猛被他提醒了，也就把筷去夹鸡吃。伍震子又吩咐酒保快快再添一壶高粱来，酒保答应一声，退出去了。不多时已将酒添来，黄猛和伍震子斟满着酒，刚又喝得一口，只见外面有个四十多岁的男子，嘴上却有些小髭，身穿一件黑布袍子，外面束着一个青色围巾，手里托着一盘，一直走到那男子的座旁，带笑说道："客官对不起，累你久待了。这条鲜鱼是我亲自到市上去找来的，现在请客官尝尝味道美不美。"一边说，一边把一大碗鲜鱼汤端到桌上。

男子点头说道："老板辛苦你了。这条鲜鱼竟被你找着，总算你有本领。若是换了别的酒囊饭袋时，恐怕跑上两天，走断了脚筋也难找到的。"

黄猛听了这话，心上又是一动，连粗心的伍震子也有些听出来了，回转头去，向着那男子紧瞧。

那店老板就带笑说道："客官的话不错，这条鱼是我走了两三家鱼行方才得来的。因为你客官要吃，所以我们不敢怠慢。若是换了别人时，我们也不高兴去跑上一趟了。"

那男子听了，便用匙去舀了些鱼汤喝着，不由啧啧地称赞道："好滋味，好滋味。"一连吃了几口，对那老板说道："很好，你能够这样巴结，我也决不要你白跑的。你可吩咐酒保再添一壶酒来。"

老板说声是，回身出去。黄猛又想，瞧他们这种情景，大约这个男子是常来喝酒的老主顾，我何不暗暗去叩问他们一遍，或可得知一二端倪。

想定主意，假作要出去出恭，便对伍震子说道："伍兄，我腹中忽然有些疼痛，想要上厕去，请你一人独喝吧。我去去就来。"说毕立起身子，走到外边去。

见那个老板正坐在柜台里吸旱烟，遂走上前去说道："老板，我们也想煮个鲜鱼汤喝喝，不知道你们还有么？"

老板吐了一口烟气，立起身来说道："客官，并非我们推托，实在到了这个时候，鲜鱼汤是得不到了，除非预告关照。对不起，请换别个汤可好？"

黄猛猛把脸色一沉道："哼，你这店好不欺人。我们一样都是客人，做成你的生意，为什么方才那个男子教你们煮鲜鱼汤，你们就代他办呢？难道我不出钱的么？"

那老板带笑说道："客官莫要见怪。方才那位客官一来是这里的老主顾，二来他吃酒时早已吩咐，我们不好意思回绝，所以我自己去跑了一趟，好容易只找得一条鲜鱼，没有第二条了。此刻叫我们仓促间再到哪里去找呢？请你原谅吧。"

黄猛故意顿了一顿，再问道："那个男子是何许人？既然是贵肆的老主顾，你们必然知道他姓甚名谁，家住哪里，请你顺便告诉我一声。"

老板摇摇头答道："客官你问这个么？恕我不能尽知。里面那位舒爷虽然是小店里很熟的主顾，却只知道他姓舒，也不知住在哪里。最近半个月以来，那位舒爷天天晚上在我们这里喝酒的，以前并没有来过，大概他是新近迁到此间的外省人吧。我们老实说，因为他挥金如土，非常豪爽，每次付给的酒钱，比较随便什么客人来得多，所以小店里的人对他自然格外巴结了。其余却不知晓。"

黄猛听了，点点头，听说那人来历不明，心中更是疑惑。于是向老板说道："原来如此，大概他是一个很有钱的人吧。你们接着财神了。"

店主笑笑，于是黄猛又到外边去踅了一遭，走回自己的座头时，伍震子已把第二盆牛肉吃完了。黄猛说道："现在出去了肚中的东西，舒松得多了。"

伍震子道："黄兄，你要吃什么菜，可以再点两样。"

黄猛道："要的。"一边说，一边偷眼瞧那个姓舒的男子桌上，又添了两样菜，正在吃饭了。于是便对伍震子说道："酒已喝够，我们不如吃饭吧。"遂把酒保喊来，点了几样菜，赶紧和伍震子也跟着吃。在他们吃到一半的时候，那姓舒的早已吃毕，酒保过去伺候，送上面巾和茶。只见姓舒的从身边摸出五两银子放在桌上，说道："今天不用细算了，多下来的算作小账够么？"

酒保撮着笑脸道："谢爷赏赐。"便见那姓舒的立起身来，伸了一个懒腰，大步便往外走。

黄猛岂肯失掉这机会，立刻放下饭碗，对伍震子说道："伍兄，请你少吃一碗吧，我们有事哩。"

伍震子第二碗饭刚才吃得一口，只得放下碗筷说道："莫不是你要跟着人走么？"

黄猛点点头道："是的，请你不要声张。"

恰好酒保在旁，黄猛摸出三两银子，向桌上一掷道："我们吃的东西大约这三两银子够了，我们要走了。"说罢，连忙拉着伍震子一同赶快走出店去。酒保见了，不知怎么一回事，不觉一愣，可是人已去了，只得收拾残肴，报销账目。

黄猛和伍震子跨出店门，两头一望，见那姓舒的正向西边大道上走去。相隔已有一丈多远，二人加紧脚步，从后追去。走了一段路，只见那人回首望了一望，似乎已觉察有人追踪在他身后，但是仍坦然地前走。渐渐到了荒凉的地方，正近西城的子城，丛林中有一带黄墙，乃是一个古刹。遥见那人穿到林中去，二人跟着走进林中，已不见了那人。前面显露着一座庙宇，遂走到庙门前，一看上面匾额有"报恩寺"三个字。黄猛回头对伍震子说道："那人在此忽然不见影踪，正是奇怪。我想他或者就是那个著名的飞贼，他的巢穴当然是在寺中了。"

伍震子点点头道："是的，我们何不就到这寺中去探个水落石出？"

黄猛道："这个未免不妙。因为我们注意他的情形，他也许有些觉得的。倘然我们冒昧进去，不是打草惊蛇么？不如待到夜间，我们再到这个地方来，伏在暗中等候。他若然要出来的话，我们可瞧见他的真相了。"

伍震子道："黄兄说得有理。"

于是二人回身走出林子，一路走回客寓，天色已经黑暗了。到了旅馆中，正是吃晚饭的当儿。黄猛对伍震子带笑说道："方才我们一顿饭没有吃完，你的肚子尚是空虚，可要再吃些？"

伍震子道："很好，苦了我们的腿，不要再饿我们的肚子，这是犯不着的啊。"

遂喊了店小二进来，吩咐一遍。不多时，店小二已将晚饭和菜送上，二人坐下，重又吃了一个饱。吩咐店小二收去，二人又坐了一歇儿，见旅店中人声渐静，黄猛道："此去路途很远的，我们可以走了。索性不要给店中人知道，从屋上走了吧。"

伍震子道："好的，待我带了家伙同去，也许要有一番争斗。"遂取过木箱，把一对紫金锤取将出来，背在背上。黄猛也带着匕首，关上房门，熄了灯火，轻轻开了后窗，一齐跳将出去。正是一个小小天井，二人一耸身，跳上屋面，越过一重屋脊，便是后院边墙。伍震子的轻身本领不十分高明的，在屋面上早踏碎了两片屋瓦，幸亏屋下人没有注意。二人一同跳将下来，且喜无人瞧见，遂取道往西城而去。

不多时，早到了目的地。其时已过二更，一钩明月人云中涌出来，照到古刹的黄墙上，很是光明。二人遂伏在林子的一头，正对着报恩寺的左侧面，也是出入的扼要所在。等候多时，恰巧有一阵凉风吹来，吹得林叶戚戚有声。突见一个黑影从古刹的墙里蹿将出来，疾如飞鸟。月光下瞧得分明，见那人浑身穿着黑衣，背上负着双刀，十分瘦小，异常灵活。不是那酒店里遇见的一个还有谁呢？

那人立定脚步，四下里听了一听，飞步向林中而来。伍震子忍耐不住，首先将双锤一摆，跳将出去，对那人拦个正着，喝道："你

44

这厮可就是飞贼蝙蝠？半夜三更出来作甚？我们寻找你已有两天了。"

那人出其不意，也吓了一跳，倒退几步，倏地从他背上拔出雪亮的双刀。此时黄猛也跟着跳出，那人认得他们就是酒店里注意自己行径的两个，便喝道："你们莫非是捕役的鹰犬，要想来捉你家老子的么？那么真是梦想了。我就是全城寻找不到的飞天蝙蝠舒捷老爷，你们想把我怎样？"

伍震子喝道："要孝敬你几个锤头。"说罢，抡起左手紫金锤，一锤向他头上打去。舒捷把双刀架住，还手一刀，向伍震子胸窝刺来，伍震子将右手狂望下一压，铛的一声，早将舒捷的刀打开一边。吼了一声，双锤一起，向舒捷面门直打过去。舒捷见来势凶猛，轻轻一跳，早跳到伍震子身后，避开双锤，也把双刀向伍震子下三路扫来。伍震子回身迎住。

黄猛因为要试试那人的武功，所以很镇静地在旁观看。伍震子和舒捷狠斗起来，足足斗了二三十合。黄猛觉得伍震子力气雄厚，一锤一锤的十分紧密，而舒捷全仗着身子灵便，忽跳到前面，忽而跳到后面，手中的双刀也还不弱，所以伍震子不能取胜。遂抽出匕首，跳上去助战。黄猛手中虽只有柄短刀，但是他的本领高大，纵跳也异常灵便，便把舒捷围在垓心。舒捷本和伍震子战个平手，现在平添下一个生龙活虎的黄猛，自然难以抵御了。但是他还咬紧牙齿，拼命决斗。三个人在月光下叮叮当当地一场恶战，惊得林鸟飞起。欲知究竟谁胜谁负，请看下回。

第五回

虎斗龙争愿交侠士
香温玉暖疑入天台

黄猛和伍震子双斗舒捷，战够多时，舒捷觉得二人都是劲敌，倘然久战下去，自己不免将要失败，不如早想脱身之计，三十六着，走为上着。但是心中却很纳闷，因为平生藐视天下英雄好汉，没有逢见过敌手，想不到要在此地丢脸。不知这两人究竟有何来历？一边想，一边把手中双刀使急了，才欲觑个间隙，以便免脱，黄猛忽然收回匕首，跳出圈子，指着舒捷喝问道："你这人也不愧是位好汉，但不知你何以干这种鸡鸣狗盗的生涯，我很代你可惜。"

伍震子见黄猛停战问话，也就将双锤缩住。舒捷不料有这么一着，且闻黄猛的语气并无恶意，也即收住双刀说道："二位倘非公门中人，存心要来捕我的，那么我就不妨直说。"

黄猛又道："我们并不是捕役们的鹰犬，请你放心。只因我们前天路过这里，一时动了好奇之心，所以有心要来找你，瞧瞧你的本领。现在彼此交手一番，见你的本领果然很好，却不知何以如此，因此要问个明白。"

伍震子也哈哈笑道："飞天蝙蝠，咱们因为寻找你这只蝙蝠，累得咱的两腿也跑得苦了，方才你在酒店不是骂我们狗腿么？"

舒捷听了伍震子的话，不觉笑了一笑，遂把双刀插好，走上数步，向二人拱拱手道："二位都是江湖英雄，今日舒某逢到敌手，高出舒某之上，不胜钦佩。既然二位是局外之人，我也老实奉告了。我本是湖南桃源人氏，先祖舒进忠，以前在明季湖广总督何腾蛟麾下做总兵。和清兵决战数次，殉国而死。先父大翼，在乱军中逃出，带了家眷，避居在桃源，隐姓埋名，终身不出。不过他也有一身好武艺，可惜就这样埋没了。无事时遂把武艺教导给我，我悉心学习，且练习得轻身本领。因恐满奴知道我们是明将后裔，必要陷害，所以我也只得在乡耕田读书。虽然学得武术，却苦没有用处。后来先父病笃，临终时还叮嘱我毋望君国之仇，切不可觍颜事贼。他日若有机会，仍须为大明恢复河山，驱除胡虏，重光汉族。我秉承了先父遗言，始终不出去谋功名。可是我们家世被一个汉奸知道了，要想贪功获赏，便去官府告密。县中遂派了兵丁和捕役前来，大肆搜捕。幸亏我得信较早，且无家室，所以就逃到外边。只是我家的祖坟却被他们刨掘了，岂不痛心？

"从此我在江湖上东飘西泊，萍踪靡定。缺少钱用时，便仗着我的本领去向一班富户借取。虽然这是不正当的行为，可是我抱定宗旨，不取非义之财，所偷的都是为富不仁之流、达官贵人之家。并且将得来的阿堵物提出三分之二去周济贫民，自己只用三分之一。我想同是爹娘养的人，为什么有些享尽快乐，用不完的金银，有些却啼饥号寒，苦极不堪？其间竟有天壤之隔，真是不平之极了。所以我偷了有钱的人家，散给没钱的人家，自问在良心上也尚交代

47

得过。"

伍震子听到这里，又笑道："你做贼做得可称特别。其实那些贪官劣绅，用出种种手段去欺骗良善弱小之类，榨取人家的财物，丰肥他们的私囊，真是大盗不操矛弧。与你相较，反不如你呢。"

舒捷道："承蒙兄台谬赞，使我甚是惭愧。这样混了数年，江湖上代我起了一个别号，唤作飞天蝙蝠。因我每次施行肤箧手术的时候，总在人家墙壁上留下一个蝙蝠记号。不过我一则是表明自己的飞行术尚是平常，像蝙蝠一般，飞不甚高。二则承认我一个人做的，免得累及别人。想不到因此出了微名哩。为一次我从安徽省到此，因闻许昌城中富户很多，所以在此小做勾留，显些神通。饶那酒囊饭袋的捕役，决不能损伤于我。即使被他们发现踪迹，他们也奈何我不得的啊。至于我的藏身所在，便借这个报恩寺为托足之所。因为不但这里地方僻静，可以避人耳目，且因我探听行寺中藏经阁时常有狐仙出现，颇著灵异。我就宿在那个藏经阁上，好使人家不疑心。平常时候也无人上来的。"

伍震子笑道："亏你找着这种地方，无怪人家难以寻觅了。不过狐仙是喜欢清洁的，你和它同居，不怕它作祟么？"

舒捷笑道："我住到阁上去后，从没有见过狐仙的影踪。大概它对我客气，让到别地方去了。最可笑的，记得有一次月明之夜，我开了楼窗望月，忽被一个秃驴窥见，疑心我就是大仙，赶紧向我下拜。我也恐怕他们或者要疑心，故意在夜间将寺中物件移东搬西，游戏三昧，因此他们相信不疑了。我因为白天无聊，常常出来的。一日三餐也是到外边来吃，不过有时懒得出来，带些干粮在寺中暂充饥肠。至于那家小酒店，是我饮酒的所在，时常去的。今天见你们形迹可疑，有意讽刺几句，果然你们后来在路上跟踪。我料你们或者是捕役请来相助破案的人，所以要寻找我。但我一向自大惯的，并不畏怯。却不知二位都是英雄，幸恕冒昧，尚请二位将尊姓大名见告。"

黄猛和伍震子听了舒捷的一大套说话，也就将他们自己的来历约略奉告。舒捷听了，更是佩服。

黄猛又向舒捷说道："我们惺惺相惜，很愿意常聚一起。此番我同伍兄到青海去访师探险，同伴愈多愈妙。不知你可愿意和我们一起到塞外去？或者可以做些事业。"

舒捷连忙说道："小弟生来漂泊天涯，到处为家，难得一个知己。今逢二位意气相投，正是有缘千里来相会，事非偶然。承蒙不弃，招我同行，小弟自愿追随鞭镫，一同前往。本来在这关中东奔西走也是无聊得很，大丈夫志在四方，到远处去走走也是很好的。"

黄猛见舒捷答应了，很是快活。又将他们住的所在告知舒捷，且说："今晚你也不必再出去辛苦了，明天请你到我们寓中来会合了，然后一起动身，不必再在此间逗留。"

舒捷道："很好，我也将要离开这里了，明天准到你们客寓来拜访。我们有话明天再谈吧。"说毕，向二人点点头，回身跑出林去，一刹那已不见了影踪。黄猛和伍震子也就藏好兵器，很得意地回转客寓，一个人也没有知道这件事。

伍震子把双锤仍去放在箱子里，对黄猛带笑说道："我们跑了两天，可算没有空劳，却结识了一个贼同志。"

黄猛也不觉笑道："我看舒捷这人非但很有本领，而且像是个有义气的人。你不要笑他做贼，他也是隐于贼的侠士啊。"

那时已近四更，二人也就脱衣安睡。

到了次日起身，用过早餐之后，便见店小二引导一个客人入内相见，便是舒捷前来了。看他穿上了华服，俨然是个任侠少年，哪里知道他就是大名鼎鼎窃案累累的飞贼呢？一身之外，并无行李，只有一个小小包裹，可知他偷人钱物非为自私，早已分散给他人了。三人相见以后，不胜喜悦，又谈了一些闲话，提早将午饭用毕，黄猛付去了店饭钱，三人遂带着包裹离了客店，一齐上道。伍震子仍把那只木箱背在背上，当作随身法宝。出了许昌城，便望潼关进发。黄猛出门的时候，本来只有他自己一个，现在无意添得两位风尘知己，一同赶路，所以旅途中颇不寂寞了。

过了潼关，已是陕西境界。那地方土地硗瘠，人口稀少，路上沙土蔽天，所见的都是高山大河，和家乡风景大不相同了。黄猛等又上华山去游览一遍，见华山气势雄壮，黄河奔流浩荡，慨然想见古时的豪杰，使他的胸襟宽畅，更觉得大丈夫生在这个天地间，当该做些伟大的事业了。

这样的朝行夜宿，向前赶路。这一天正近凤翔府境。黄猛忽然身体微有不适，头疼脑涨的，微微有些寒热。但是他依旧熬着赶路，哪知晚上宿店时大发寒热，周身似火烧一般，昏昏糊糊地睡了一夜，次日竟不能起身。英雄只怕病来磨，这句话真不错了。黄猛虽然挣扎着勉强想要起身，可是脚下如腾云一般不由自己做主，双目望出去，也觉得天旋地转地抬不起头，只好颓然卧倒。伍震子和舒捷见了，很是心焦，不得已在这客寓中耽搁下了。过了一天，黄猛仍不见好，而且饮食也进得很少。伍震子有些发急，遂和店主商量，请了本地一位大夫前来诊治。

乡间并无能医，这位大夫是个教书先生兼行医道的，年已六十有余，扶杖而来。看过一遍，开了一张方子，说黄猛在路中受了风寒所致，只要出得一身大汗，便可轻松。不过天气正冷，格外要求暖热，不可再受风寒，要多多休息。说毕遂取了诊金，告辞而去。舒捷遂代黄猛去赎了药，煎给黄猛吃喝，黄猛吃了药后，蒙被而卧，果然出了一身汗，但是还不大畅。次日果觉轻松一些，遂又请那大夫前来继续诊治。黄猛一连吃了两帖药，病势已退，饮食也渐渐要吃了。舒捷、伍震子心中稍慰。那大夫又叮嘱黄猛要多睡几天，千万不可再受风寒，恐防反复。

　　又过了一天，黄猛已下了床，行动自如，照常吃饭，不再服药，哪有耐性再睡在炕上？便对二人说道："我此番患恙不过是受了些风寒，并无大病。以前我在九华山露宿了一夜，正在深秋，大概风寒已受了进去。后来路上也不免再受些，所以此时发作了。幸而服了药后，把风寒驱散，病体已复，不必再在此间多事逗留。我想明天我们便可上道了。"

　　舒捷道："黄兄病体初愈，最好略略休息，然后赶路。那大夫的说话是要听了。"

　　黄猛摇头道："在这里怪闷气的，不必休息了，决定明天要走的。"

　　舒捷和伍震子见黄猛坚执要行，又瞧他的神气尚好，因此也不反对了。次日黄猛付去了店资，三人遂依旧前进。舒捷恐怕黄猛乏力，便雇了一辆骡车代步，这样又赶了四五天，已过得凤翔府地方，正是荒凉。骡车夫不肯过去了，对三人说道："前面已近陕甘交界之处，盗匪很多，杀人越货的事时常听得的。并且还有一种女贼，她们的本领比较男子还厉害。你们前去不可不防。"骡车夫一边说，一边瞧伍震子背上的木箱又道："客官最好小心些，请个有名的保镖保护同行也好。"

黄猛听了，说道："这里的盗风如此大盛么？"

骡车夫又说道："此地本非富饶之区，又兼地方官朘削小民，赋税繁重，对于一般乡民桁杨桎梏，肆意荼毒，所以迫得人民卖儿鬻妇，去偿还田租。加着连年荒旱，赤地千里，地方上愈弄愈苦。老弱的死于沟壑，强梁的铤而走险，自然盗匪日多了。至于一班女子也因此寡廉鲜耻，淫风大盛。眼瞧着她们的父兄干那杀人的生涯，她们也就练习武艺，跟着父兄出去放马劫掠，土人称为胭脂贼。"

伍震子听了笑道："这三个字的名称倒也很是香艳。"

骡车夫又道："那些胭脂贼虽然身为盗匪，却是很有节气，和寻常一般习歌舞当土娼的妇女迥不相同。她们并不荒淫，大都凭着自己的目光，选择一个如意郎君，终身事奉，并无二心。倘有两个丈夫的，同道中的人都要唾弃的。她们专抢劫过路客商，有钱的十九不能幸免，对于本地的大户却是秋毫不犯。因此地方官虽欲缉捕，而一班乡绅胥吏有的通声气，有的得重贿，百计庇护，不使破案的。"

舒捷问道："你可知在那胭脂贼的里头可有著名的女盗么？"

骡车夫道："有的。其中有个飞飞儿，听说伊轻身的本领很好，能够从平地跃起丈余，横身空中，到数十步外轻轻落地，杳无声息。因伊以前在凤翔宝塔上从四层楼腾跃而下，身轻如燕，所以有此名了。伊的性情很是残暴，劫物时必伤人，是胭脂贼中最凶恶的一个。但是伊的容貌很美丽，年纪也很轻呢。"

伍震子听了，对舒捷哈哈笑道："你听得么？这个飞飞儿除非你飞天蝙蝠有本领去收服伊了。"

舒捷笑笑，骡车夫又道："此外还有什么玉蝴蝶、紫霞儿、月姑娘等，都是著名的。劝你们不可轻忽。"

黄猛笑道："我们也不需保镖，倘然此去遇见她们，倒要试试她们的本领哩。"

骡车夫道："客官们的胆量真不错，那么请你们好好儿前往，但我是不去了。"

黄猛见骡车夫胆小，只好付了车钱，打发他回去，三人遂向前步行而去。因为听了骡车夫的一番说话，心中便戒备着。可是向前走了两天，并没有半个胭脂贼，以为骡车夫的说话有些夸大而诞妄，不可尽信。但是一路过去，村落稀少，前面隐隐有一座大山，不知何名。这一天，日已过午，路上却找不到人家可以借饭，只得向着那大山拔步走去。

忽然黄猛身上又有些发冷，觉得精神不振。恰巧这天天气又是阴寒，没得日光，朔风刮面，宛如利剪，黄猛愈觉打熬不住。舒捷见了，遂说道："黄兄本来病体未复，不宜赶路的。现在果然又发作了。前面不知有没有村落可以借宿？"

黄猛哼着道："我们且走上去再说。"

三人遂很静默地走路，看看天色渐晚，前面的大山越走越近。遥见那边有一重树木，隐隐露出些屋宇。舒捷道："好了，前面已有人家，可以到那里去想法了。"

三人打起精神，赶到那里一看，见树林那边有一条小河，只有数间村屋，临流而筑，并非村庄。三人只要逢见人家，也不去管他，走到一家门前来，有两扇白杨木门，紧紧闭着，墙里面有一株大柏树，高出屋上，亭亭如伞盖一般。伍震子便提起拳头，咚咚咚地向门上敲了几下，便见那扇门呀地开了，里面乃是一个敞大的庭院，有一老妇，白发飘萧，当门而立，问道："官人们从哪里来？何事叩门？"

舒捷说道："老太太，我们三人是赶路的。因为有一个同伴忽然患起病来，一时找不到宿头，天色又将晚了，没奈何，只得要向府上借宿一宵，不知老太太可能允许么？"

那老妇对三人相了一相，指着黄猛说道："就是这位官人身有贵恙么？此处村庄很少，往来旅客也不多，所以没有旅店。既然如此，官人们就在这里下榻吧。"

舒捷道："多谢老太太了。"

于是老妇将门关上，引着三人走到里面一间客堂去。正在大柏树的左侧，暮色笼罩的屋子里，更觉瞧不清楚什么。黄猛觉得身上更是发冷，支持不住，勉强在凳上坐下。舒捷把包裹放在一边，伍震子也将背上的木箱卸下，咚的一声放在地上。

老妇便向里面喊道："玉娘子，快些掌灯，有客人在这里。"

只听左边房中娇声答应道："来了。"那声音十分清脆，宛如雏莺弄吭。三人听在心里，不由一动。

跟着门帘一掀，两个妙龄女子掌着灯走来。一个年长的，穿着一身黑衣，不过在二十岁的光景。年轻的方在十六七妙年华，身穿紫色的衣服，脚下都是很瘦削的三寸金莲，穿着蓝缎的绣花弓鞋。一个掌着灯，一个托着茶盘，姗姗地走到桌前。紫衣的放下灯，黑衣的倒了三杯茶，献给客人。伍震子却双目骨碌碌地向二女子身上看个不住。紫衣的见他这种傻气的样儿，不由掩着口，将娇脸贴在黑衣的肩上咯咯一笑。

老妇便向三人问道："客人们从哪里来？到什么地方去的？"

舒捷答道："我们三个人不是在一起出发的。"遂指着黄猛道："这位黄兄的家乡远了，在浙江天台山。"又指着伍震子说道："这位伍兄是在安徽地方和黄兄相交的。我姓舒，是湖南人氏，在河南地方和他们相识的。现在我们一起到青海去。"

老妇道："呀，你们要到青海去么？干什么呢？"

黄猛忙抢着代答道："我们也没有别的事情，不过是去游历罢了。"

那黑衣女子也在旁边说道："你们三位倒是萍水相逢的好朋友了。"

舒捷说道："正是，只因这位黄兄在途中忽然生起病来，服了药后虽然好些，可是还没有十分复原。而黄兄不肯多在旅店中耽搁，依旧挣扎起来，向前赶路。但是天气很冷，大概路上又受了些风寒，旧病复发了。这里一时又找不着宿头，他又急于要休息。我们正无法可想，难得府上竟肯收留，我们感谢得很。但不知府上姓什么，敢请老太太见告。"

老妇道："我家姓魏，一向住在此间的。这里名唤白虎村，前面的大山便唤白虎山。小儿是时常出去做买卖的，近数天凑巧不在家中。"遂指黑衣女子说道："这是小媳香玉。"又指着那个紫衣女子说道："这是我的甥女小樱。伊家姓石，便住前面白虎山边。现在我接伊到我家中来盘桓，所以一同在此。她们年纪都轻，不知礼节，官人们休要见笑。"

黄猛一边听老妇说话，一边借着灯光向二女细瞧，见老妇的媳妇香玉面庞较为瘦长，美目斜盼，十分妖媚，而两道柳叶眉边却露着一些杀气。那老妇的甥女小樱却生得一张小圆脸儿，颊边有两个小小酒窝，在灯光下红红的，好似涂着胭脂一般。眼波眉黛十分透气而娇媚，还有一张樱桃小口，露着雪白的贝齿，没一处不可人意儿。肌肤更是白皙而嫩泽。二女都挽着凤髻，并立在一起，好似江东二乔一样艳丽，而小樱更觉娇小可爱。想不到在此等偏僻之地，却有这样的丽人，真是难得。又想起骡车夫所说的话，心中不免有些怀疑。

这时二女也对着黄猛饱看，觉得他虽然患病，而生得英姿挺秀，气宇轩昂，自有一种光怪之气，不像寻常的蠢俗男子。此间难得瞧见这等美丈夫的。

黄猛见二女向他看时，自己却不好意思再瞧了。老妇对黄猛说道："今日天气严寒，官人既是有病，可要早些睡卧。"

黄猛点点头道："多谢老太太的美意。"

老妇便对伊媳妇说道："这位官人就住在我的外房炕上吧。今晚小樱好和你同睡的，我也可以住到背后厢房中去的。还有右面的客室，少停待我们生了火，就请这二位客人住宿。"

黄猛和舒捷道："很好很好，蒙你们如此招待，何以报答？"

老妇笑道："出门人生了病，是怪可怜的。不要客气。"遂吩咐二女道："你们快引导这位黄官人入室去吧，我要到厨下端整晚餐了。"

二女答应一声，走上前要来扶持黄猛，黄猛摇摇手道："多谢二位，但我还能行走，不消搀扶。"

56

二女好像没有听见他的说话，一边一个把玉臂扶着他，走向左边房里去。伍震子瞧着，却向舒捷睐睐眼睛。

老妇又道："二位官人在此小坐，我要进去煮饭，你们肚子想必饿了。"

伍震子大声说道："老太太不要忙，我们随便吃些什么便了。"

老妇道："不忙的。"说着话，走向客室后边去了。

黄猛被二女扶进室中时，觉得比较外面大为温暖，因为室中间生着一个围炉，炉火熊熊，一室尽暖了。炉上安放着一个小小瓦缸，里面炖着水，正在沸响。靠里有一张炕，炕边有一三抽屉的桌子，桌子上放着一盏灯，西边放几只几椅，还有一座木橱。壁上挂四条对联，对联旁边挂着一张大弓。黄猛见了暗想，谁有这大力气去开这张硬弓呢？二女却将他扶至炕边，教他脱衣而睡。

香玉又说道："官人跋涉长途，真是苦了。早些睡息吧。"

黄猛便不客气，脱下外面的袍子，小樱接去挂在壁上。黄猛又将帽子取下，顺手向桌上一放，香玉却指着黄猛腰间说道："这是兵器啊？"

黄猛道："是的，出门人路上恐有危险，所以带这柄匕首防备的。"

香玉问道："官人可懂武艺么？"

黄猛恐怕她们要疑心，故意说道："实在一些儿也不会的，吓吓小贼而已。"一边说，一边将匕首解下。小樱早伸手接去，抽出鞘来，在灯光下一看，赞道："好一柄犀利的匕首。"依旧插入鞘中，轻轻放在一边。

黄猛早横身睡下，香玉代他将棉被盖上。黄猛觉得枕上有些香气，香玉便指着小樱说道："这是我妹妹和婆婆睡的炕，今晚让给官人，你好好儿安心睡吧。"

黄猛道："多谢你们了，我身上冷得很，不能不睡哩。"

二女见黄猛已睡，却不走开去，一同坐在炕边和黄猛谈话。先是香玉说道："我们这里是穷乡僻野，一些儿也没有好玩的。常闻人说江浙之地山明水秀，人物风雅，和这里大不相同。每恨天爷偏偏把我生在此间，以致没福到江南一游。并且江南人也难得经过这里的，他们住在好地方，满眼繁华，哪里肯到这苦地来呢？记得我在小时候，曾经见过一位白面书生，打从这里行过，在我母家借宿一宵而去的。我母常常说起那位书生怎样斯文，怎样温和，皮肤又怎样白，面貌又怎样俊，是难得瞧见的。这个说话我一生不会忘记。而且那书生的洁白的手和现在你这位官人仿佛。他还抱我在膝上逗我玩笑呢。"

小樱接着说道："江南人的确生得风雅，皮肤个个是白皙的，不像这里的男子面貌恶劣不堪，肤色黝黑，满身臭汗，使人难和他们亲近。哪里有这位官人一样好呢？"

黄猛听了忍不住微笑道："你们这样称赞江南人，使我有些惭愧了。你们这边的男子虽多丑恶，然而女子却生得倒是非常美好，别有风格。即如你们二位，都是北地佳人，肌肤一样也是白皙的啊。"

小樱听了黄猛的话，咯咯一笑，香玉也笑道："啊呀，官人你这话是谀我们呢，还是骂我们呢？"

黄猛道："我哪里敢骂人呢？实在是真心的说话。"

香玉听了，遂点点头，又对小樱说道："妹妹，我们能得接待这位江南来的官人，可谓有缘啊。"

小樱点头微笑，又问黄猛道："我们冒昧要问官人们，为什么不悼远道跋涉，要到青海地方去？那里比较此间还要来得苦啊。"

黄猛道："苦么这也未必尽然，我虽是江南人，却不怕苦的。"说时将棉被望里紧紧一拉，两肩一缩，似乎怕冷的样子。

香玉问道："官人冷么？"又伸一只手到被里来，摸着黄猛的手腕道："果然冷得很，内里真有寒热要发出来呢。"握了一刻，方把手缩出来。

小樱也将纤手伸进去，握住黄猛的手掌，双眉微蹙说道："官人如此怕冷，怎么好呢？室中已生火炉，炕下也生着火，我们没有别的法儿再使你温暖了。"

黄猛道："多谢你们如此关心，停一刻我这发冷自然要过去的。"

三人正在说话，却听老妇在背后唤道："玉娘子，快来帮我搬饭出去。我已烧好了。"

香玉答应一声，遂走出室去，帮着伊婆婆将饭和菜肴搬给伍震子和舒捷同食。二人坐候好久，肚子也早饿了，遂狼吞虎咽地吃了一个饱。在他们吃饭的当儿，老妇又和香玉到右面客室中去生火，等到二人晚餐已毕，便道："二位官人请早些进去睡息吧。"

二人重重道谢，伍震子又说道："老太太，我们这位患病的黄大哥交托你们了。"

老妇道："你们尽可放心，我们一定小心服侍的。"

舒捷遂提着包裹和伍震子入室去了。老妇遂又走进左边那间外房来，见小樱正伴着客人闲谈，便点头说道："这样很好，小妮子与人客气得多了。"又问黄猛道："官人，二位同伴已用过晚餐，却不知官人可要用些？"

黄猛摇摇头说道："老太太，多谢你。此时我不要吃。"

老妇又道："那么可要喝些粥汤？"

黄猛道："也不要。"

老妇便对小樱说道："现在时候官人虽不想吃，可是一到半夜里或者要喝些粥的，不如预备一些吧。你可把一个瓦钵盛些小米，便在这炉上煮一煮吧。"

小樱答应一声，便立起身来，和老妇走出室外去了。一会儿托着一个瓦钵进来，将炉上的瓦缶取下，冲了一壶茶，放在茶壶里，就将这瓦钵放到这炉子上，又添了几块炭，走到炕前说道："官人且安睡一刻吧。"

黄猛道："多谢姑娘。"于是小樱轻轻走到外边去用晚膳了。

黄猛将双目一合，觉得身子十分疲倦，昏昏沉沉地睡去。睡梦中好像还在那里赶路，又如跨着马在天空奔腾，不知过了几多时候，忽觉得自己从千仞的山峰上一失足跌了下来，不由一惊，睁眼醒来。耳边忽听得有人柔声低问道："官人何事惊呼？"

黄猛回头见小樱正盘膝坐在炕的里面，同时又觉得右面有一只手伸来，摸他的额角，一看乃是香玉坐在炕的外面。便说道："怎的二位还在这里服侍我呢？真使我不敢当的。"

香玉道："官人不要客气，婆婆吩咐我们今晚当心你的。你要什么可唤我们便了。"

黄猛道："老太太呢？"

香玉道："婆婆早已睡了，你唤我们一样的。"

黄猛道："出门人难得碰见你们这样殷勤伺候的。但是教我怎样过意得去呢？"

小樱道："你不要说这种客气话。我们是不会客气的，我要问你，你睡得正熟，我们也不敢惊动。你为什么惊呼起来？可是有些不适意么？"

　　黄猛答道："我梦见自己从高山上失足下坠，所以惊极而呼了。"

　　香玉笑道："原来是梦魇。官人你尽放心，你睡在这炕上，有我们坐在两边陪伴你，就是猛虎前来，也不会把你衔去的。"

　　黄猛笑笑，香玉又问道："官人口渴么？可要喝些茶还是用一碗粥汤？"

　　黄猛道："粥不要吃，倘有茶喝些也好。"

　　香玉听说，连忙走下炕来，取出茶壶倒了一杯茶，送给黄猛。黄猛坐了起来，双手接过，说道："对不起了。"将一杯茶一饮而尽，遂由香玉接去，小樱拍着他的肩胛，仍旧教他睡下。香玉也放了茶杯，仍坐到炕上来。

　　黄猛见她们如此服侍，心里不安，觉得二人太和他亲近了。她们都是青年妇女，一个是有夫之妇，一个是黄花闺女，自己却是一个男子，大家陌陌生生，怎好如此？虽然北人好客情形和南方不同，她们或者是不以为奇的，可是我却有些难以为情了。和她们亲近下去呢，还是坚持冷静的态度？自己不可不审慎。并且这家人家我们也不明白她们的底细，何以一个男子也没有？在此荒僻之地，她们倒不怕盗匪么？一眼瞧去，又瞧见了壁上悬挂的这张大弓，暗想骡车夫不是说过，这里有胭脂贼的么？莫非她们正是这一类的人么？继思二人如此婉娈，不像做盗贼生涯的，况又这样殷勤款待，岂是女盗所能做到的呢？自己不要疑心好人了。即使她们真的是女盗，我虽然生病也能勉强对付一人，况且又有舒捷和伍震子在此，难道

61

敌不过这三个妇女么？想到这里，心上安宁得多，并不疑惑了。

小樱忽然问道："官人敢是在那里转念头吗？"

黄猛摇摇头道："不是，我总觉得你们二位倘在此间全夜这样服侍我，我是万万不敢当的。"

小樱道："不打紧，你只管放心安睡是了。"

黄猛摇摇头道："承蒙你们如此好意，我心里总是对不起的。"

香玉道："既然如此，那么我们二人可以轮替伺候官人吧。现在我先回房去睡，少停妹妹倦了，可以换我的。这样官人可以不说对不起了吧。"

小樱点点头道："很好，那么表嫂你先去安睡，我在此间陪伴他。等到下半夜，我再来唤你便了。"

香玉又问黄猛这样可好，黄猛点点头道："很好，只是你们太辛苦了。"

于是香玉走下炕来，说道："官人请安眠了，我去了。"走了几步，又回头对小樱笑了一笑，说道："妹妹，你好好儿在此伺候他吧。"说罢，便一掀套房的门帘走进去，呀的一声，将两扇房门掩上，却又隔着门说道："妹妹，少停你唤我便了。"小樱答应一声，方才没有声音了。

黄猛闭了双目，要想睡去，却不知道何以睡不着，睁开眼来，见小樱坐在一边，正瞧着自己，一些儿没有倦容。见黄猛向伊看，便嫣然微笑，凑上前来问道："你要进粥么？"

黄猛道："还不要，因为肚子里实在不觉得饿。"

这时夜已经渐渐深了，冷气更甚，黄猛对小樱说道："你这样坐着不冷么？"

小樱道："不，只有足上稍觉冷一些。"说着，将足尖一翘。

黄猛瞧到了伊的瘦小的蓝缎弓鞋，却伸手到被外来，握住了伊的足尖说道："那么你何不放在我被窝里，可以得到一些温暖。"

小樱点点头，趁势就将双足伸到黄猛的被里，恰巧搁在黄猛的腹上，说道："你不嫌肮脏吗？请你代我脱下绣鞋如何？"

黄猛听说，便将小樱的鞋子脱了，放在一边，两手握着小樱的三寸金莲，恰盈一握，情不自禁地在被中抚弄起来。小樱低着头，不则一声，可是颊上却更红了。黄猛又把手去分擘小樱的双腿，小樱却一用劲说道："官人，你别小觑我，休说你病了，就是强壮的男子一时也擘不开我的腿呢。"

黄猛觉得小樱两腿一并，果然变得铁铸一般地不能擘动。暗想这小妮子却很有力气，外面一些儿也看不出。但是自己是何等样的人，只要用出气力，恐怕饶你怎样有力，也要将你擘开两边的。然他不欲露出行藏，也就不用力气出来，带笑说道："姑娘这般厉害么？佩服佩服。"也就不动了。便又有意向她调笑道："姑娘正在待字之年，他日不知嫁得怎样一位好夫婿。那时你便肯情情愿愿地给他分擘了。"

小樱道："别胡说。"

隔了一歇，黄猛身上更觉发冷，大概寒热在里面发作得更是厉害。小樱见他虽然在被里，仍在那里发抖，便问道："你觉得还是冷么？"

黄猛点点头道："是的，不知怎样冷得如此厉害，也许是发疟疾了。"

小樱道："啊呀，你怎么尽管冷呢？要不要我来温你一番？"

黄猛道："怎好如此？"

小樱早脱下外面紫衣，只剩里面一件粉红绒衫，一掀被角，钻进被窝来，双手将黄猛一抱，和黄猛并睡在枕上，把一颗头贴在黄猛肩上说道："我这样偎着你，好使你得到温暖，可好么？"

黄猛不好说好，也不能说不好，却觉得温香暖玉一齐在抱，几疑此身像刘阮之入天台了。欲知这一番的温存如何，请看下回。

第六回

别绪万端换刀赠紫帕
情丝千缕走马追黄郎

黄猛被小樱抱着同睡，小樱身上的热度慢慢传到黄猛身上，此时黄猛冷得很，也需要得着这个活火炉。觉得自己好像通了电一般，很是舒适，比较那室中的火炉更来得熨帖了。

小樱将手抚摩着他的胸口说道："你安心睡着吧。"

黄猛道："难为你了。"

小樱笑笑，黄猛遂闭目宁神，酣然睡去。等到一觉醒来，身上出了一身汗，发冷的时期已过，反而还热了。瞧见桌上残灯犹明，近外有一二声鸡声，知道天快明了，侧转头看小樱时，见伊也睡得酣甜，一只纤手正放在自己的胸口上，全身紧贴在他身旁，便戏将两个手指去在伊的颊上轻轻弹了一弹。小樱睁开星眸，见黄猛已醒，便对他笑了一笑，说道："官人醒了么？觉得怎样？"

黄猛道："谢谢你，当我睡着的时候，出了一身汗，便觉松快得多了，也不发冷了。"

小樱点头道："这样很好。"又把手一摸黄猛的额角说道："你的额上虽然仍有些热，可是已有些汗，寒热已发了出来，只要一退凉便没有事的。"

黄猛道："但愿如此，英雄只怕病来磨。人若病了，什么事都觉得没有精神。方才我冷得发抖，幸亏姑娘能够这样不惜轻舍千金之躯一熨帖我，使我得到暖气，我心里真是非常感激的。"

小樱道："啊呀，我已睡得模糊了，没有去唤表嫂。"

黄猛道："就是你睡在这里很好的，不必再去惊动伊了。"

小樱道："明天见了伊的面，恐怕要被伊笑我的。"

黄猛道："难道姑娘如此怕羞吗？"

小樱微笑不语。黄猛瞧着伊桃窝上两点春色，十分娇美，情不自禁，将手去抚弄伊的玉乳。小樱也不避缩，却只是咯咯地笑着。黄猛觉得胸中热辣辣地有一缕柔情荡漾而起，既而一想，自己是个光明正直的好男儿，一向不亲女色的，怎的今天逢见了香玉和小樱，也会得颠倒不能自持起来？可见得妇女的魔力是非常伟大的。我觉得小樱娇小玲珑，处处讨人欢喜，引得我一颗心也会活动起来。伊好似一盏红灯，我仿佛草间的飞蛾，见了这红灯自会不觉不知地飞近来，毋怪古人有儿女情长、英雄气短的两句话了。但是她们的身世我也不知其详，我是一个过路的人，承她们这样款待我，无论如何我断不能妄动非礼之念的。并且人兽关头也在这时，我不能对不起人家的。小戏谑则可，其他却就要谨慎了。他这样一想，心中有了主宰，安静得多，遂向小樱问起这里的风俗来。小樱约略对答，等到黄猛问起伊家中的状况，却含糊不肯明言。

不多时，窗上发白，天色已明。二人正在喁喁言谈之际，那边套房门一响，香玉早走了出来，一见二人，便指着小樱微笑道："妹

66

妹，你倒好，为什么不来唤我呢？"

小樱也笑道："不要见怪，方才我伴着官人一同睡着了，忘记了唤你的。"

香玉道："我老实说了吧，在四更时我醒了，见你没有唤我，我遂轻轻开了房门走出来，看你们这样搂抱着，睡在一块儿，所以没有惊动你们。好妹妹，你有了这位官人，却忘记了别人家。"

小樱道："我因为官人只管发冷，所以伴他同睡，好使他温暖一些罢了。"

香玉道："你好福气，伴着这位官人，这是很难得的啊。"

黄猛接口道："多谢小樱姑娘如此美意，我觉得实在对不起的。"

香玉道："官人觉得如何？官人休说这话，小樱妹妹能够使你不讨厌，已是万幸了。"

黄猛道："说也奇怪，方才我出了一身汗，便觉好得多了。"

香玉笑道："这大约是小樱妹妹的功劳了。官人你要吃些粥吗？"

黄猛点点头道："要的。"

香玉便去炉上把温着的粥汤盛了一碗，又去取些粥菜来，递给黄猛吃。黄猛一翻身坐了起来，接着粥碗，慢慢地一口一口地喝下去。此时小樱也披衣起身，走下炕来。香玉对着伊面上端详了一番，带笑问道："这一觉睡得甜适么？"

小樱见香玉尽管向自家打趣，便鼓起香腮不响。香玉走上去，握住伊的手道："妹妹，你讨厌我多说话吗？待我来代你做媒如何？"

小樱连忙伸手要来拧香玉的嘴，香玉把身子缩到黄猛的背后说道："官人救我。"

小樱却赶过来，定要拧伊的嘴，黄猛一时没做理会处，恰巧老妇推门进来，一见二人这种情状，便说："你们年纪也不小了，休要这样嬉戏不已。官人见了不要好笑吗？"遂又问黄猛道："官人吃粥么？贵体可觉好些了？"

黄猛答道："老太太，谢谢你，我已好些了。"

小樱立定着说道："官人虽然稍好，可是寒热没有退凉，今天还要休睡，不能动身的。"

黄猛道："只是有累你们了，我心里很觉抱歉。"

老妇道："官人不要客气。"说着话，见黄猛的粥已喝完，便把碗接过去问道："官人可要添些吗？"

黄猛将手摇摇，老妇遂教香玉出去帮伊烧脸水煮早饭，却留小樱在房中伺候黄猛。小樱对黄猛说道："我还要问你，究竟你们是什么人？赶到青海去作甚？"

黄猛道："我已老实告诉你了，我们是到青海去游历的。"

小樱顿了一顿，又说道："昨夜我在外面瞧见那个木箱里有一对斗大的紫金锤，听说是那个黑面大汉带来的。我想若是没有本领的人，绝不会使用这种家伙的。"

黄猛不待伊的话说完时，便带笑说道："原来你为了这个家伙而吃惊么？那是我们在河南地方买来的古物，很宝贵地带着同行。那黑面大汉只有一些蛮力，哪里会使用？你们放心。"

小樱也微笑道："我们也并非害怕，不过瞧你们的情景有些可疑，所以再问一问。官人你可知道这里盗匪很多的么？"

黄猛道："是啊，我在路上也听人传说此处盗风很炽，所以行路时心中很是惴惴。你们住在这个地方，却不怕他们来劫掠吗？"

小樱道："我们是穷人家，没有钱的，怕什么呢？"

68

黄猛道："我又听说这里不但有许多男强盗，也有女匪，唤作什么胭脂贼的，你们知道吗？"

小樱笑道："官人从哪里听得这些话来？此地绿林中确有几个女盗，她们的本领也不弱于男子的。"

黄猛道："那么你们可瞧见过吗？"

小樱点点头道："见过的，她们和寻常女子一样装束，并且也难得出来行劫的。没有外边人传说得那样凶狠的啊。"

黄猛正要再问下去，忽然舒捷和伍震子走入房来，伍震子见了黄猛，便大声问道："黄兄的贵恙可觉得好些么？"

黄猛连忙答道："好些了。"

二人遂走到炕边来和黄猛谈话，小樱却一闪身走出房去了。

舒捷道："我们见黄兄病倒，很是担忧。幸亏没有变得厉害，又逢着这人家是很好客的，十分优待。也是我们的幸运。"

黄猛点点头道："确乎是很难得的。"

伍震子回头望望，见室中没有旁人，遂低声和黄猛说道："昨夜黄兄怎样睡法的？那两个美丽的姑娘可曾陪伴你？"

黄猛道："有一个小的是全夜伺候我的，她们这样诚意地招待，令人感激之至。"

伍震子把头摇摆着说道："不错，令人也是快乐之至。黄兄，那个紫衣的小姑娘生得更是可爱，你何不乐她一乐呢？"

黄猛正色说道："休得胡说，人家把好心待我们，我们怎好存别的坏心肠呢？"

伍震子道："黄兄不要发急，我与你说说玩话罢了。"遂哈哈大笑起来。

舒捷也低声说道："我总觉得这人家有些可疑，怎么没有男子的呢？而且住在这荒僻之外，绝不畏怕盗匪来行劫，莫非她们就是胭脂贼吧？"

黄猛道："这也难说。不过她们既然好好款待我们，那么我们也只有好好地对待她们，不去管他是不是胭脂贼了。好在我病已见轻松，今天再休睡一宵，明日我们便好赶路去了。"

二人都说是。这时香玉、小樱都走入房来，三人当着她们的面，不便再说下去，大家遂谈些不相干的闲话。隔了一歇，舒捷恐怕黄猛多说了话，要亏损他的精神，就和伍震子退出室去。

二人闲坐着十分无聊，吃过午饭，要想出门去走走。老妇却很着重地叮嘱他们不要走远，免得碰见了歹人，发生岔儿。二人点头答应，便在屋子附近散步了一会儿，方才归来，也没觉得什么好玩。黄猛在下午静静地睡了一大觉，醒转来时，见房中已掌着灯，小樱和香玉一同坐在炕边，把线缠在她们的指头上，挑弄出各种花样，以为游戏。小樱见黄猛醒转，便解去了线，伸手在他额上一摸，便说道："寒热已退了，很好。"

黄猛也说道："我已完全好了，到底是小病不打紧的。"

香玉又问黄猛可要喝茶，黄猛摇摇头道："谢谢你，我不要喝。我病好了是不要喝茶的。"

香玉又问他可要吃粥，黄猛道："可以停一会儿。"于是又和她们胡乱闲谈一番。香玉却又走出去帮助她的婆婆烧晚饭给伍震子、舒捷等吃。黄猛在室中吃了两碗粥，胃口也觉得好了。那老妇又进来问了几句话，方才走去安睡。香玉和小樱照样陪伴着。

看看已过二更时分，香玉便对小樱微笑道："昨晚你陪伴这位官人可觉疲倦？今夜要不要休息？"

小樱不答，香玉又笑道："也罢，今夜仍由你伺候这位官人，也不必轮流什么上下半夜了。"

小樱笑笑，黄猛却不好说什么，香玉又坐了一刻，便向黄猛告辞而去。小樱仍旧脱了衣服，钻到黄猛被窝中来，伴他同睡。黄猛却将他的一颗心极力镇压住，虽然偎傍着小樱，却能不及于乱。良久，二人各自睡着。

到天明时，黄猛醒来，见小樱早已梨云梦醒，睡眼惺忪，一只雪白粉嫩的手臂正弯在伊的蝼首下，别有一种媚态。黄猛便握着伊的手，和伊谈谈，且告诉伊说今天要动身了，承蒙伊这样体贴爱护，衷心感激，再也不能忘记了。以后如有机会，归途中当来重访。小樱听了他的话，眼圈一红，别转头去。黄猛心里也觉得有些难过。

隔了一歇，小樱从伊枕下取出一块紫色手帕来，塞到黄猛手里，低声说道："此番我和官人遇见，未始不是幸事，使我心里十分欢喜。因为此间难得有官人这样的人物的。而且官人又是很温和地待我，虽然只有两天的光阴，而觉这两天的光阴是非常宝贵的，终身不能忘掉的了。可惜我们无法久留官人，且也不便久留的，只得由官人离去。但是此后我们相见不知何日，这一块手帕是我常用的东西，敢把来送给官人，留个纪念。他日官人倘然不忘我时，请把手帕展玩着，便如见我的人了。"

黄猛见小樱说得十分凄婉，自己心里不觉也有些回肠荡气，只得勉强用话来安慰伊，且把手帕藏在贴身的衣袋里，又说道："多谢姑娘的美意，只是我恨没有别的东西送给你啊。"

小樱把手指着桌上放着的那柄匕首说道："官人，我要求你把这个东西送给我。"

黄猛笑道："这东西没有什么好玩的。"

小樱道："这是官人身上佩带的东西，将来给我佩带了，我的精神便好像常和你一起了。"

黄猛点头道："很好，我就把这匕首赠送给你。"

二人说着，听得外面老妇和舒捷等都起身了，香玉也开了房门，走将出来。小樱连忙翻身坐起，穿好衣服，走下床来。香玉见小樱眼眶中隐隐含有泪痕，便问道："妹妹怎的？"

小樱别转头去，把手拭去泪痕，说道："没有什么，请你不要说笑我了。你是会说话的人，使人怪难受的。"

香玉见小樱这般情态，也叹了一口气，不说什么。黄猛也披衣起来，香玉道："官人身子大概已痊愈了，今天可要走了？"

黄猛点点头道："是的，不过你们待我的盛情，使我难以忘记的。"

小樱便去开了房门，端上面汤水，香玉也走出去做事了，小樱却站在一边看黄猛洗脸。黄猛将脸匆匆洗罢，正要将帽戴上，小樱取过一面镜子，递给黄猛，猛把手向黄猛嘴唇边指指，黄猛对着镜子一照，便见他自己唇边有一小块红红的胭脂，不由对小樱笑了一笑，忙用面巾将胭脂拭去。老妇早也走进房来，黄猛叫应了伊，把自己病好，今天马上要告辞动身的事，告诉伊知道。

老妇听了，向小樱望了一望，便说道："官人既是即要动身，我们不便多留，但请官人们在路上小心。"

黄猛见老妇并不挽留，遂又向伊谢了几句，跟着老妇走出房来，和舒捷、伍震子见面。伍震子便问道："黄兄，今天贵体想已痊复，我们可要动身？"

黄猛道："要的，我们吃了早饭便走。"

不多时，老妇和香玉已把早饭端上，三人遂坐在一起，将早饭吃毕，老妇和香玉都立在一边伺候。伍震子放下碗，就跑到他睡的客房里，将包裹取出，又把那只木箱背在背上，说道："我们既然要走，就早些动身吧，好来得及赶过前面的大山。"

老妇道："你们只要走过了前面的白虎山，那边地方就渐渐热闹了，住宿的地方也多了。"

黄猛便从包裹里取出十两银子，送给老妇道："我们在此多多打扰，十分不安。承你们招待得如家人一般，使我们心里更是说不出的感激。现在我们要走了，愿老太太和嫂子、小樱姑娘无恙。这一些阿堵物请您收了，聊表我们一些心意。"

老妇起初不肯接受，推辞良久，方才拿了。又取出一包干粮赠送他们。舒捷谢了收下，黄猛遂和舒捷交包裹携在手中，即刻要行，伍震子早走到庭中。

黄猛便问香玉道："小樱姑娘在哪里？我们要向伊告辞。"

香玉便回头向房里喊道："妹妹，你怎么躲在房里不出来？官人等要动身了。你不来送送，难道要人家跑进房来握别吗？"

香玉说罢，早见小樱一掀门帘走了出来，黄猛留心瞧看小樱面色很是不高兴，而且眼圈微红，大有黯然神伤的样子。黄猛心中也觉得有些依依不舍，硬着头皮对伊说道："小樱姑娘，我们去了。"

小樱走上一步，对黄猛说了一声"前途珍重"，伊的头早已低了下去。

伍震子立在庭中有些不耐，催着说道："黄兄，我们走吧。"

黄猛又对小樱看了一看，和舒捷回身走出屋来。老妇和香玉、小樱一齐送到门外，黄猛等三人各向她们拱手道谢，撒开大步，向前面官道上走去了。黄猛走得几步，回转头来，见小樱和香玉还远远立在门口，望他们行路呢。

　　三人向前走了许多路，舒捷和黄猛谈起那家人来，舒捷总有些疑惑，黄猛却说她们都是好女子，绝非胭脂贼一流。不然，怎会如此温柔妩媚、绰约多情呢？

　　伍震子道："黄兄究竟英姿挺秀，与众不同。所以那二女子殷勤伺候，待你非常之好。像我生就了这乌漆的面孔，有谁来爱上我呢？"说得舒捷和黄猛都笑了。

　　三人说说笑笑，向前赶了许多路，已到日中时候。路上更是荒凉，前面的白虎山渐渐近了。黄猛瞧着这山虽然十分高大，而树木很少，是个童山。若和自己家乡的天台山相较，那么一个好像秃顶老翁，一个好像簪花少女，其间的妍媸不可以道理计了。照地灵人杰的说法，似乎这里不该有小樱、香玉那种的美妇人，但是香玉和小樱不是说的么，这里的男子都是十分丑黑而粗蠢，令人见了要作三日呕的。大约这山川灵秀之气，都被女子占去了。

　　黄猛在心中转念，他的一颗心一时也难忘却小樱。走是走了，而这两夜的缠绵温馨，却如唼着谏果津津然回味很甘呢。

　　伍震子肚里却又饿起来，前面都是山路，无处觅食。舒捷遂将老妇所送的一包干粮取出来，大家在道旁席地而坐，吃了一饱，然后再向前行。三人一心要赶过这白虎山。看看已到山下，前面正有一个岭，三人走上岭去，刚才走得一半的时候，岭上忽然来了一支响箭，从他们的头上飞过。

伍震子便嚷道："嗯呀，那话儿真的来了！我们准备厮杀吧。"遂将背上的木箱放下，取出他的一对紫金锤来。黄猛和舒捷也都立定身躯，向岭上留心瞧时，只见上面跑下三个人来，为首的一个少年，头戴毡笠，身穿一件黑皮袍子，把前后身都束起在腰里，手里握着一柄三尖两刃刀。背后跟着两个大汉，一齐挺着长枪，雄赳赳的十分威武。

那少年见了三人，把手中刀一指道："你们识时务的快快将身边所有的金银财物一齐献将出来，方才饶恕你们的性命。"

伍震子早将双锤一摆，跳过去喝道："强寇，你们要来太岁头上动土么？我们无物奉献，愿献上这一对紫金锤，请你尝尝滋味。"

少年听了勃然大怒，说道："你们恃强不服么？须知碰到了石家小爷，要过这白虎山便不容易了。"一刀便向伍震子胸口刺来，伍震子把锤望下一压，铛的一声，少年手中的刀早直荡开去，喊一声："好家伙，果然厉害。"伍震子已回手一锤，向他头上打去。少年也把刀架开，两人各施本领，杀在一起。背后两个大汉也各把长枪一抖，向黄猛二人奔来。此时舒捷也把他的双刀从包裹中取出，接住一个大汉交手。

黄猛所带的匕首却被小樱将紫手帕换了去，所以空着两手，待那大汉一枪刺到他胸口，他将身子一闪，避过枪尖，伸手要来抢夺。那大汉十分灵捷，把枪收转去，又是一枪，向他咽喉挑来。黄猛一心要夺他的兵器，所以闪挪腾避，和那大汉猛扑了几个回合，早被他使个海底捞月式，将大汉的枪一手抓住，顺手向自己怀中猛力一拽，那支枪已到了黄猛的手中。那大汉失去了枪，喊了一声啊呀，回身便走。黄猛却不追赶，便来帮助伍震子共斗那个少年。那少年力敌二人，并不惧怯，将手中刀使得十分紧密，有风雨之声。黄猛的枪和伍震子的锤都不能近他的身。

黄猛心中暗暗惊异，莫小觑这狗盗，却有如此好的本事，敌得住自己和伍震子的进攻。这时舒捷也将那一个大汉一刀劈伤了肩膀，逃去了。舒捷遂也赶上前，三人一起斗那少年。只见那少年渐渐有些招架不住了，却被三人围住，不能脱身。杀得他额汗河流，手中刀法已乱。黄猛暗想，这一下狗盗要死在我们手里了，但是自己三人战一人，胜了也是不武。

正在这时，岭上高声大喊，有一小队盗匪在十人以上，手中各举兵刃，飞步而来。为首一个黑须老翁，约有五十开外年纪，手中却握着一柄月牙刘，左右两个少年，一个穿着紫酱袍子的，手中执一对吕公拐，首先跳过来说道："三弟莫慌，我来了。"

舒捷见盗匪接应已到，便丢了那少年上前迎住，一个双拐，一个双刀，杀在一边。那老翁跟着也将手中月牙铜刘舞动起来，银光闪烁，向黄猛的下三路卷至。黄猛急将枪去架开，回手一枪，照准老翁胸口扎去。老翁身手很快，早将铜刘收回，使个旋风扫落叶，望下只一掠，铛的一声，已将黄猛的枪打开一边，乘势踏进一步，手中铜刘已横飞到黄猛胁下。黄猛不及招架，急忙将身子向左边一跳，跳出丈余，方才躲过。两脚刚立定时，老翁的铜刘又到了他的背后，黄猛又将枪拦住。见那老翁年纪虽老，手里的铜刘使得非常神速而精妙，非有高深本领的人不办，知道今天遇到能人了，忙将枪使开，用出平生本领，去和这老翁对付。

还有一个麻面的少年，将手中大砍刀一摆，跳过来代替那起初的少年，战住伍震子。那少年遂抱着刀退下，立在一旁观战。其余的人又像庄丁又像喽啰，也都跟着少年在旁呐喊助威。

这三对儿正杀得不分胜负之际，忽听岭下鸾铃响，有一紫衣女子跨着一匹白马，飞也似的追来。遥见半岭有人厮杀，赶紧将坐骑一拎，跑上岭来。到得相近，发出很清脆的声音说道："你们快些住手，不要这样死拼啊！"

黄猛听这声音很熟，将枪架住铜刘，嗖地跳出圈子，回头一看，原来追来的不是别人，就是白虎村里的小樱。此时老翁和二少年也住手，舒捷和伍震子也瞧见了小樱，无不惊异。

黄猛便走上去说道："小樱姑娘怎么到此？"又见小樱背上负着一剑，又艳丽又英武，神情也变了，好不奇怪。

老翁等众人也一齐来了，小樱对黄猛点头笑了一笑，便走至老翁身边说道："爸爸不要误伤好人。这位黄官人和他的朋友都是待我们很好的。前天在白虎村姨母家里已熟识了，你们不要动手吧。"

老翁见小樱说了这话，也就将手中铜刘交给旁边的人，面色渐渐和缓。小樱又道："待我来和你们介绍。"遂对黄猛说道："这是我的父亲石泰。"又指着三个少年说道："他们三人是我的哥哥。"

通名之后，黄猛方知道那穿紫酱袍子的名唤石龙，麻面的是石虎，起初的是石豹。黄猛等三人遂向他们行礼招呼。小樱又将黄猛等的来历告诉伊父亲，石泰也就向黄猛等拱手致敬。

小樱对黄猛说道："现在我老实对官人说了吧。我父亲便是这里独霸一方的好汉。前面的白虎山有个石家庄，就是我家。我自官人去后，知道你们必走此山，恐防我哥哥等要出来向你们行劫，有伤官人，故而放心不下，走马追来。果然你们在此动手了。我若不来时，像你们这样的拼命死战，结果两边总要有死伤了。官人等的武艺真好，为什么前日对我们隐瞒呢？我们也早料到你们绝非无来历的人了。"说罢又微微一笑。

黄猛道："我们的本领很浅，哪里是尊大人的对手呢？"

石泰忙说道："黄君不要客气，你们的本领非常高深，可称劲敌，不愧英雄。倘然再战下去，我们说不定要败北的。"

石豹在旁也说道："果然很好，我们在此干这生涯，从来没有遇见你们这样精通武艺的人，便是同道中也罕有啊。"

黄猛又道："我们哪里及到老英雄的武术呢？"

小樱道："大家都不要说客气话了。官人们请到舍间盘桓一天如何？"

黄猛没有回答时，石泰也开口挽留。小樱见黄猛犹豫不答，又带笑向他说道："我们虽然是绿林中人，却也很义气的。大丈夫明枪交战，决不暗箭伤人。料想官人们都是有胆量的英雄，不至于拒绝我的请求吧？"

黄猛被小樱这样一说，连忙说道："小樱姑娘说哪时话？我们准到庄上瞻仰，但请你们不要客气。"

小樱见黄猛答应，就去牵了马说道："我们去吧。"

于是石泰父子伴着黄猛等一同上岭，伍震子将紫金锤放在木匣中，背在肩上，一边走一边对舒捷说道："我们这一交手，又认识几个新朋友了，倒是很好玩的。"

大家越过了岭，便到了石家庄。黄猛见前面靠山有一带高大的房屋，气势雄壮，门前也有一个碉楼。想不到盗匪竟有这样宏大的住宅，外人见了，总以为是富家大户，岂知其中却是龙潭虎穴呢？无怪陕甘之间群盗如毛了。

一众人到得庄前，石泰吩咐庄丁大开庄门，请黄猛等三人入内。黄猛谦谢了几句话，跟着石泰等走进庄中，来到大堂上，分宾主坐定。庄丁早献上茶来，小樱却走到里面去了。黄猛和石泰谈了一番，觉得石泰父子也是十分慷爽的人，却不知道何以干这种椎埋剽劫的生涯，又不好冒昧询问。大家只谈些江湖上的逸事。

　　转瞬天已晚了，堂上点得灯烛辉煌，石泰特地端整筵席，请黄猛等三人痛饮。小樱又换了一身紫色的衣服，姗姗地从屏风后走出来，脸上新涂上两点胭脂，一个雏婢提着一盏紫纱灯，站在后面，更觉得美丽如天上仙女了。

　　石泰便对黄猛说道："老朽膝下虽有三子，却只生得一女，所以自幼就疼爱异常。又因为内子早死，伊没有母亲，益发放得伊非常任性，见了陌生的人也不害羞的。前几天伊的姨母接伊去玩，伊就住在那里，不料竟和你们相识。我现在又老实说了，伊的表兄魏鸣九，也是此间有名的绿林健儿，还有伊的姨母和表嫂香玉，都是有本领的人，却没有向你们下手，可谓彼此有缘。"

　　小樱道："我姨母一则因为看官人等都是从江南来的，二则那时黄官人恰有贵恙，三则表兄不在家中，有事出外，所以很诚意地款接，始终没有起不良之心。"

　　黄猛听小樱这么一说，想起她们殷勤伺候的情形，自己身在盗窟之中，却疑心是误入天台，也会缠绵多情起来，哪知道枕席之下，暗伏着杀气呢。如此说来，总算是自己的侥幸。遂也带笑说道："魏老太太和姑娘等的美意，使我们天涯游子终身不忘的了。"

　　石泰又道："既然你们都已相熟，小樱不妨在此陪饮。"

　　就叫小樱下首坐了，请黄猛等上坐。大家推辞一番，方才坐定。

彼此敬过酒，谈笑风生，意气很是投合。直饮到酒阑灯炮，方才散席。石泰便命石龙引导三人到客室中去睡眠，请黄猛在此多留几天，黄猛含糊答应。

次日起身，大家相见后，石泰和他的三子又陪着黄猛到山上去射猎，夜间又端整酒菜，陪着三人开怀畅饮。黄猛把自己到青海去的志愿告诉给石泰父子，他们听了，也很赞成。

又隔了一天，黄猛不好意思在此多留，要想辞别。又觉得小樱姑娘对他十分多情，舍不得即走。可是伍震子却催着他要走了，舒捷有些瞧得出黄猛的意思，却教黄猛在此多住几天。黄猛碍着二人的面，不得不向石泰等告辞。所以这天早上，黄猛见了石泰，便向老人先道谢了一番招待的盛意，就说他们要想早至青海，所以急于上道，不能在此多留，要和石泰等告别了。

石泰听说黄猛等要去，忙将手摇摇道："黄君，你难得到此的，大家志趣相投，相见恨晚，你们若不嫌这里肮脏，何妨在此多住几天？并且这样隆冬天气，黄君病体方好，也不宜多受风霜，赶到关外去啊！"

黄猛道："老丈的美意非常感谢，不过是我很想早日到得青海的。"

石泰拈着胡须，又说道："若是你们一定要行，老朽也不敢阻挡的，只是老朽还有一件事情，正要向黄君商量，征求你的同意。你不如听了我要说的话，再定行止可好？"

黄猛点头道："很好，不知老丈有何见教？"

欲知石泰向黄猛说出什么话来，请看下回。

第七回

石家庄雀屏中选
金瓦寺佛宫听经

石泰便说道："小女小樱年方十七，一向没有和人家论过婚姻。因为伊的性情十分高傲，非要伊自己眼中看得上，心里满得意，别人是做不动伊的主的。去年凤翔府有一家姓方的，来向我家求婚。老朽虽有几分允意，可是小樱的心里不以为然，说那方氏之子相貌不好，本领平常，很坚决地拒绝。从此老朽也将这事暂时搁起了。此番伊遇见了黄君，不知怎么非常爱慕。昨天晚上伊竟不怕腼腆，把伊的心事向我实说，要我做主。我见黄君少年英俊，且又出自江南名门，不可多得，也很愿意使小妇侍奉巾栉。因此今天老朽不揣冒昧，向你实说，要征求你的同意。虽闻你中馈犹虚，尚未求凰，便不知你会不会以为小樱是盗家之女，而不甘配偶么，那自然也不能勉强的了。"

黄猛心里本已被小樱的一缕缕情丝将他牵缠住，发生了一些情爱之芽，觉得小樱非常可爱，自己他日若要得个终身的伴侣，也须要小樱这种人方才满意。不过他一向自命不亲女色的好男儿，所以碍着伍、舒二人之面，也说不出这个话。今见石泰将亲事面许，岂有不愿之理？遂说道："老丈不要客气，承蒙老丈不弃，加以青眼，真是非常的荣幸。但小子是个天涯漂泊的人，无才无能，恐怕不足以偶小樱姑娘，将贻彩凤随鸦之讥吧。"

石泰瞧黄猛的神气已有允意，便带笑说道："若蒙黄君许可，这是很好的姻缘。便是老朽得黄君为袒腹东床，也觉莫大光荣哩。"说毕又哈哈大笑起来。

伍震子和舒捷在一边听得明白，也很赞成。伍震子且嚷道："小樱姑娘和黄兄真是天生的一对儿，一个在江南，一个在陕边，竟相逢得甚巧，真合着老话说的，姻缘千里来会合了。咱老伍可以有喜酒喝了，快活啊快活！"

正在这时，庄丁忽然入报魏家少爷来了，石泰笑道："他来得正好，快请进来。"

接着便见一个昂藏的伟丈夫，额上有一很大的瘤，双目炯炯，相貌非常勇悍，头戴一顶皮帽，身穿蓝色缎袍，罩一件灰背褂子，背后还跟着一个丽人，正是香玉。见了石泰便上前叫应。黄猛等知道此人就是魏鸣九了。大家也就立起身来，石泰正要代他们介绍，香玉早对黄猛点头一笑，指着他对魏鸣九说道："这位就是婆婆说起的黄大官人了。"

魏鸣九便对黄猛注目了一下，向他拱拱手道："久仰久仰。"

黄猛也赶紧回礼，石泰又代他们彼此通了姓名，香玉又带笑说道："我早知官人等在这里了。小樱妹妹前天突然骑了马要紧回家，果然给伊追着了。我的料想不错啊。"遂向石泰说道："小樱妹妹呢？婆婆因为伊突然一人归来，很不放心，所以教我们来看看伊。其实小樱妹妹究竟不是吃奶的女孩子，不会走到什么地方去的，是不是？"

石泰说道："对啊，小樱正在里面，你进去见伊吧。"

香玉道："好的，我要去找伊讲话呢。"带笑带说地走到里面去了。

这里大家重又坐定后，石泰就将黄猛如何到此的经过以及自己愿意将小樱配给黄猛的意思，一一告知魏鸣九，且请他做媒。

魏鸣九听了石泰的话，便笑道："甥儿前天出去访友，恰巧他们三位路过白虎村，在舍间宿夜。恕我家款待不周，昨天归家后，闻得我家香玉说起黄兄等都是俊杰之士，可惜我不曾识荆，恰巧小樱又走来，家母遂吩咐我们二人赶来探听下落，才得遇见这三位，何幸如之？小樱妹妹年已及笄，正好择人而事。姨丈既然做主许配给这位黄兄，真是天生佳偶。要我做媒，极表同意的。"

黄猛便接着说道："前天我们路过贵村，无处投宿，不得已惊扰府上，歉疚之至。承蒙老太太等雅意招待，使我们感谢不尽的。现在又遇见石老丈，非常荣幸。且承老丈将爱女许配，使我这天涯游子说不出的欣慰，若再推却，就是不识抬举了。"

石泰说道："你已答应，老朽的心里也是快活得很。鸣九又已答应为媒，再请舒兄和伍兄中间哪一位允许执柯吧。"

伍震子早抢着说道："要我做大媒吗？当仁不让，我来我来！也好多吃几杯喜酒。"

舒捷见伍震子已把媒妁一席抢去，便笑道："伍兄肯做大媒，再好也没有。喜酒却是要一同吃的啊。"

石泰见这事业已说定，又对黄猛说道："我是急性的人，说干就干。我想在最近期中选择一个吉日，便代你们二人成婚。好在你是出门的人，当然在此结婚，招赘你在家也好。至于妆奁，我已略略预备得一些，只要打扫青庐便行了。"

黄猛道："小子是一无所有的，全凭老丈做主便了。"

伍震子说道："越早越好，黄兄成婚之后，我们还要上青海去呢。"

这时石龙等三兄弟自外走入，和鸣九相见后，鸣九笑道："我正走得着做了大媒，小樱妹妹要谢谢我呢。"

石龙等还没有知道这事，石泰便将招赘黄猛的意思告诉他们，他们听了也很合意。石泰便留鸣九夫妇在此饮酒，且取出历本，拣了一个吉日，相离只有六天光阴。这个消息传到了里面，香玉便尽情向小樱说笑。小樱心里自然不胜之喜，暗暗感激伊父亲的同情，自己的心事竟得如愿以偿了。

这天魏鸣九夫妇在庄上相聚至下午，遂告别回去。临行时小樱送香玉出来，见了黄猛，不觉有些娇羞。香玉却带笑对黄猛说道："以后我要改称呼了。有缘千里来，你们俩真是有缘。我要回去报个喜讯给婆婆知道呢。"又握着小樱的手说道，"恭喜妹妹，我和你说的笑话竟成功了。你要怎样谢我呢？"

小樱和黄猛都微笑不答，心里的得意可以在他们的面上看得出来，真是此时无声胜有言了。

众人送出门来，早有一个庄丁牵过两匹高头大马，魏鸣九和香玉向众人说声再会，到日当来道贺。说罢翻身上鞍，各加一鞭，泼刺刺地展开马蹄，向那山路上跑去了。黄猛等瞧着，方知香玉也是个了不得的奇女子。

黄猛遂安心住在石家庄上，准备做新郎。石泰父女安排一切，却很忙碌。又命石龙等出去邀几个相好的戚友前来喝喜酒。

光阴过得很快，这一天早到了吉日，果然有许多宾客前来道贺，只是大都是男子，而且是草莽英雄、黄衫少年，大都跨马而来，绝少妇女。所以石家庄上悬灯结彩，十分热闹。而香玉夫妇和魏老太太都是隔夜前来的，结婚的一切仪节虽照俗例，却很简单，著者也不必细表。

当新郎新妇送入洞房以后，大家都到新房里去闹房。石泰的戚友因为石泰将他的爱女嫁给一个不明来历的江南人，很是疑讶，都向魏鸣九探听，且瞧着黄猛窃窃私语。魏鸣九却也回答不出什么，只略把订婚的经过告诉众人。伍震子和舒捷却向新娘调笑，香玉和石龙等妻子也夹在中间，说了许多俏皮话，要逗引小樱好笑。小樱强自忍着，凝妆端坐，尽被人戏弄，却镇静着不动声色。

香玉笑道："小樱妹妹做了新娘，忍耐心也大好了。若换了平常时候，只要略说几句，马上就要来拧人家的嘴了。小樱妹妹，现在你敢来拧我的嘴么？"

伍震子在旁也拍手大笑。魏老太太也到新房来，坐着看热闹，高兴时也说两句笑话，引得大家发笑。这样闹了好一歇，时候已近三更，方才渐渐散去。

只剩黄猛和小樱二人，在这房里花烛光明，幽香扑鼻。黄猛回顾小樱尚坐在炕上，低着头一声儿也不响，便笑了一笑，先去把房门关上，然后走到小樱身边，握着伊的柔荑说道："病中客里，荷蒙姑娘辱爱，嘘寒问暖，殷殷多情，已使我感谢得很。白虎村一别，以为从此天涯海角，不知何日是再能得见芳容。却不料雀屏中选，得缔丝萝，真是有缘了。"

小樱低声说道："我自官人别去后，心中总是放不下，所以背了姨母和表嫂，独自走马追来。凑巧遇见官人们同我父兄厮杀，遂上前解了这围。事后将我的意思告知老父，难得老父也很有这个意思，所以成了这姻缘。你应该谢我啊。"

黄猛听说，便向小樱深深一揖道："姑娘多情，令人感激无已，不知何以报答？"

小樱笑了一笑，黄猛就傍着伊坐下，又对伊说道："像你这般娇小玲珑的女儿，却不料是个绿林女英雄，前天我在魏家借宿的时候，幸亏没有轻犯姑娘，否则我的性命休矣。"

小樱笑道："我就因为你是个守礼的君子，所以念念不忘地敬爱你。若是换了个见色即乱的鄙夫，我们也要早用相当的手段对付了。记得三年前表嫂香玉初来归的时候，我表兄也不在家。忽然有一个客人前来投宿，那客人瞧见了表嫂，动了淫念，有意向表嫂调戏。表嫂忍着不理，到了晚上，那客人偷偷摸摸地到表嫂炕上去，妄思行非礼之举，给表嫂飞起一脚，把那客人踢倒，将他缚住，告诉了姨母，伊老人家动了火，便把那客人一刀两段，了结了他的性命，把尸身埋在屋后土中。这件事我是亲眼瞧见的，虽然觉得我们手段太辣，然而也是那客人自取其咎啊。"

黄猛笑道："如此说来，我们险些做了那客人之续啊。"

小樱道："不过你们也都是有本领的人，若然动起手来，你们也未必肯让人的。我们也早已瞧出你们三人是懂武艺之辈了。至于你的本领，我老父也称赞你，确是不错，能够抵得住我老父手中的月牙铜刘，不是容易的事。不知你从哪一个学得的？"

黄猛将少时从番僧法刚学习武艺的事情，告诉小樱，且说道："此番到青海去，也是要去拜见我的师父。途中听得人说，此间女盗很多，大家都称为胭脂贼。内有什么飞飞儿、玉蝴蝶、紫云儿等人物，所以已有戒心。不料姑娘就是这一流人物，但是初见面时像你们这样韶年玉貌、温柔性格，哪里会使人猜疑到是此道中人呢？不知那飞飞儿、玉蝴蝶等又在哪里，是个怎么样的人？"

　　小樱咯咯地笑起来道："你自己不认识啊？所谓玉蝴蝶者就是表嫂香玉。伊在出门干那勾当的时候，鬓边总插着一朵珠子穿成的蝴蝶，因此大家就唤伊玉蝴蝶，代替了伊的芳名了。至于紫云儿，远在天边，近在眼前，你猜是哪一个？"

　　黄猛道："难道就是你么？"

　　小樱点点头道："不错，人家因我常常爱穿紫衣，所以唤我这个名称了。"

　　黄猛笑道："怪不得你是穿着紫衣服的。我自己粗心，不曾想着啊。还有飞飞儿是哪一个呢？"

　　小樱道："飞飞儿姓廖，名桂贞，住在前面七里堡。伊是我父亲的寄女，本领比较我和香玉还好。不过伊喜欢杀人，在伊的剑下不知丧掉了许多生命。因此我父亲和伊也有些意见不合。在今年秋天的时候，伊结识了一个绿林豪杰，一起到山东去了，此刻不在这里，不能介绍你和伊相识了。"

　　两人说了许多话，不觉已近四更。黄猛打了一个呵欠，立起身来道："我们只顾娓娓谈话，却忘却了时候了。今晚正是新婚之夜，不要辜负香衾啊。"

　　小樱不响，却立起身来，剪去些花烛上的煤炱，二人遂一同解衣安寝。

黄猛挽着小樱的玉臂，对伊带着笑问道："前晚和你戏言，不知哪一个郎君来擘你的腿，却不料今番我是擘腿人了。你可不要用力抵抗，不许我分开啊。"

小樱啐了一声，遂携手同入罗帏。这一夜风光旖旎，读者可以意会，我也不必细细描摹了。

次日，新郎新娘起身后，又去拜见石泰。石泰睹着这一双佳儿佳妇，老颜莞然，十分欢喜。香玉见了小樱，又审视着伊的面庞，将话去调笑伊，大家又欢闹了一天。魏鸣九因为家中无人，所以先和老母回去，香玉却留住在庄中，欢叙几天再归。黄猛在新婚中，和小樱常在一块儿，如胶似漆，一些儿也不觉得寂寞。但是伍震子和舒捷却闲着身子，有些不耐。幸有石龙等弟兄日间陪他们出去山中打猎，或是驰马试剑，晚上举杯痛饮，谈些江湖上的逸闻奇事。

这样过了半个月，黄猛也觉得自己虽和小樱结了婚，却不能在此多住，在舒、伍二人面上也交代不过的。伍震子见了黄猛的面，乘间又向他催询行期，黄猛又和小樱商量，问伊可愿意随他们同往青海走一遭，小樱说这是要问父亲的，倘然我父亲能够答应，我无有不允之理。黄猛遂去和石泰商量，石泰对他说："小女已经嫁了你，你要到青海去，自当随你同行。不过现在已近岁暮，天气大寒，不如等到明春再行动身吧。"黄猛说也可，遂决定在此住到明年正月中再走。把这意思告诉了伍、舒二人，二人也只得一齐在此过年了。魏鸣九夫妇听得黄猛等尚未动身，也常来叙谈。

不知不觉过了新年，天气渐渐转暖。黄猛决定要在正月初十动身了，教小樱收拾些应用的轻便物件，以便带往。石泰得知行期，也不再挽留，却摆设筵席，代女婿女儿等饯行。魏鸣九夫妇也赶来送行，这样欢叙了两天，到初十日，黄猛夫妇和舒捷、伍震子等带了行李，辞别石泰等众人，即刻上道。石泰因为前去都是旱路，步行不便，所以早已挑选了四匹良马，送给黄猛等四人，作为代步之用。于是四人走出大门，各各跨上马背，将行李分放在马上，向石泰等告别。石泰父子和魏鸣九夫妇一齐送下白虎山，方才分别。

黄猛等四人离了这里，一路向前进发，早到了甘省境内。途中无可游览，所以也没有耽搁。行了许多日子，到得西宁。那西宁虽在甘肃边境，然而却被青海借为省城。湟水环绕，田畴广阔，农业出产很盛，也是个到青海境内去的要道。黄猛等到了那边，目中所见的都是番人和回人最多，汉人却很少。那里通音的也是番语，幸亏黄猛以前曾从法刚学习过，没有忘记，尚能勉强问答。

就借宿在一家小逆旅内，大家瞧番人的装束很是特异，他们男子也都穿了耳孔，缀着宝石，衣服是袖阔而幅长，春时也着皮裘，头戴布笠，脚踏皮鞋，腰间束着红带一条，男女都是一样的。不过女子的头发编成许多小辫儿，垂在脑后，用五色布制成的袋子将辫梢藏在里面。耳环很大，一直挂到肩上，走路时荡摇不止。小樱眼中看起来，觉得挂了这东西岂不讨厌？但是在番人眼光里，很以为美丽的。

他们四人在旅店中住了一夜，次日便想在这里游览数天，再行动身。遂商量到城外去出猎。西宁城外有个土楼山，山脚被湟水所冲刷，崩崖笔立，岩石有的凹有的凸，其色或青或红，从远处望去，好像楼阁一般，所以称为土楼，是西宁的名胜之地。四人遂到那边去游玩。

到得土楼山下，见崖下凹处被土人架木施槛，内中供着佛像，也有许多人来烧香的。崖下有个古寺，名唤北禅寺。黄猛等周游一过，在寺中休息片刻，闻得城南有古城遗址，那里也有名胜，遂请一个土人引导他们前去。在途中碰着一大队从青海旅行而来的蒙人，带着许多牦牛。牦牛的背上载着很大很重的物件，远远望去，好像一堆堆的小丘。黄猛等看了十分奇异。原来这牦牛是青海最特别的动物，头上生着的两角，长而且强，毛色黧黑，长得拖到地下，容貌极其难看。但是它的筋肉结实，能耐劳苦，为土人生活上的一大扶助物。乳汁浓厚多滋养质，它的肉又可吃食。毛可织天幕，骨可制家具，还有它的粪也可作为燃料。据说牦牛的粪所放射的热力最强，土人当作唯一御寒物料。遇着积雪载道的时候，旅行的人便驱牦牛先行，将它奇大的脚趾和顶角来排除积雪。所以牦牛一过的地方，道路即开。而且力量极大，能够驮着重物爬山越岭，真是以一牛之身，而兼衣食住行之用。比较沙漠中的骆驼似乎用处更多了。黄猛等探知牦牛的效用，不禁叹天生动物，各有妙用。一个地方自然有一种动物，给人利用。也见得彼苍天者，待人类实在是周到而不亏薄了。

　　他们到得古城，游览多时，又坐着番人特制的皮船渡过湟水去。什么叫作皮船呢？原来也是用牦牛皮绷在竹架上，以为渡水之用的。船做方式，径约七尺，一人持桨而驶，船中可容纳四五人，顺流而下，其快非常。虽有悬泉峻滩，也是毫无妨碍的。既渡之后，又可负着它走了上来，轻如覆釜。这也是一种适应环境的交通利器啊。

　　他们到了湟水的南岸，随意散步，见有一座土台，高约十丈，已有些毁坏。问了引寻的番人，方知这台俗称将台，又名虎台，是南凉秃发氏所筑。台东有四座高墩，四隅角立相距各有一百二十丈，高各七八尺，据说也是秃发氏所筑的，都是极大的工程。四人在那里又遇见几头青海的野鸟，其大如鹏，张开两翼，广可数尺，从他们的头上飞过。小樱将背上的弹弓取下，对准空中嗖嗖地发了两弹，便有一只野鸟翩然落下。原来小樱善发飞弹，夙有此技的。舒捷等见了，都拍手称赞不已。

那番人便向小樱乞下这野鸟，他说这野鸟的肉味酸，很不好吃。但是它的羽毛可制箭翎和羽扇，着实可以卖几个钱。小樱听说鸟肉不好吃，就让那番人取去。那番人把野鸟负在肩头，十分快活。四人又猎得一些禽鸟和小野兽，直到天色垂暮，方才回转逆旅。却见街道上挤满着许多番人，向各店交换货物，闹成一片。

黄猛又问那导游的番人这些人是做什么的，导游的番人说道："这些番人是从青海海心山上来的。那青海在祁连山的南坡，高出海面约有一万尺，面积约有一万八千平方里，是一个很大的咸水湖，海岸洼地有许多小湖泊，密如蜂房。草河结草如球，必须步履而渡。倘有失足，立刻就陷了下去，很危险的。那海心山就是青海中的小岛，岛上都住着番人，养的牲畜很多，只是食物时常有不足之虞，所以必须要到外面来购备粮食和其他需要的东西。在他们岛上有一种奇异的花，开着很红的色，像罂粟一般，在四月里花开了，香气袭人。起初只有六瓣，从此以后，每月增加一瓣，到了十月，花开十二瓣，不再增加，冬月花即凋谢。遇有闰月，花瓣并不增加，而且迟落三十日。因此土人称花为佛种。每到花瓣落尽时，岛上番人便知道结冰的时期将至，于是他们便准备东渡，出外来购置货物。所以此花竟做了他们天然的日历了。"

伍震子听到这里，便嚷道："天下竟有此花？真是四海之大，何奇不有？他们这些番人没有日历，老天却代他们生了这种花，真是不错啊。"

番人接下去说道："他们要办备的货物，都是到西宁来做交易的。因此每年到得青海湖中结冰甚厚，可以行走的当儿，番人们便成群结队，蜂拥而来，牲畜也随队而行。他们中间有僧有俗，有骑马的，有步行的，不过人人手中都持着一根竹杖或者木杖，这又是他们在冰上走时所不可少的东西。一则可以测知冰的牢不牢，一则扶杖而行，又可减少疲劳。在冰刚结的时候，只见出来的人，不见回去的人，过了几天，就看见东来的也有，西回的也有。及到春天冰将解冻，那时就只有西回的人了。他们出来的时候，十分辛苦，带着大宗货物，结队而行，以防盗寇。而且由山口到岸边不是一日所能达的，半路上必须露宿一宵。他们就靠了牲畜而睡，其实他们哪里能睡得舒服呢？一夜之中总得且行且止，要换几个地方。并且每一队之中，必有几个熟地理识水性的人，做他们的领导。先要有这几个人验明水浅冰坚的地点，方才指挥众人安歇。如果不能得到相当的地点，虽然精疲力竭，也只好勉力前行。"

舒捷问道："他们都睡在冰上，岂非是很危险的吗？"

番人道："是啊，所以他们睡卧的方法断不能大家挤在一块，务须分得很疏散，占着很大的面积。还要派人轮流巡视着，遇有冰溶水淹，或到一定时间，便要将众人唤起，行走一程，方再安歇。因为恐怕睡得太长久了，人畜的热气很易将冰融化。他们睡得很疏散，也是为了这个缘故。而且那些来往冰上多次的牲口，也能略识水性，往往睡了一些时候，它们便会引颈高鸣，叫醒他们的主人，以便他徙呢。番人回岛的时候，因为东西带得多，行程也慢了，往往要在冰上行走二日三夜，自然更是辛苦了。他们回去，而且必要在春分以前，倘若过时，春风吹得和暖时，坚冰解冻，再无法可以回去了。于是流落他乡，颠沛流离，苦不胜言。所以此间的店家知道他们必要按期而往，于是对于他们带来的货物，往往将价钱压得很低，而对他们所需要的货物，又故意将价抬得极高，以便从中取利。时日一再迁延，岛上的番人不免情急，便勉强吃亏些，做成了交易，否则错过时日，便要无处可归了。现在已近春分，这一批番人是末一次来的了。他们要紧做了交易赶回去。那些店家知道他们情急，故意留难。再过几天，那些番人都要回去了。所以西宁的儿童们有一支流行的歌，歌唱店家的可恶和岛番的可怜。"

番人滔滔地告诉到这里，小樱问道："你说的那支歌，不知你可会唱么？最好唱给我们听听。"

那番人便提起嗓子，高声歌道：

牦牛毛毛长，要到西宁来办粮。

西边望天竺，东边望地狱，西家吃馍东家哭。

一步冰，两步冰，走到西宁城，城门打三更。

南无南无阿弥陀，先点塔山酥油灯。

点一钟月朗下不来，掌柜的好自在。

酥油灯点二钟，相公莫不眠，赶早开店门。

酥油灯点三钟，粮价说不开，斗行全不眯。

酥油灯越点越明亮，粮食散早场。

牦牛站后头，哭得两眼泪汪汪。

爷娘少生两只脚，一步一步望西……

西天走不到，东天下地狱。

　　这番人怪腔怪调地唱了一遍，黄猛等听着歌声，又瞧着那些岛番和店家交易时急迫的情形，而店家却都从容不迫，大有成也罢不成也罢的样子，逼得众番人大嚷大喊，无法可想，到底屈就而成交易，不觉心里代他们慨叹。

　　舒捷道："边塞之地，交通不便，所以有此怪现象。而当地番人不知改进，情愿吃辛吃苦，受这个亏，此间正待人们来开发，方可兴利除弊呢。"

　　他们走进了旅店，黄猛便从身边掏出几钱碎银给这番人，番人接过，欢天喜地地谢了又谢，黄猛又问他道："此间还有什么好玩的地方？明天烦你再引导我们去游，否则我们也要动身了。"

　　番人答道："在西宁西南的塔山中，有一个塔儿寺，据说西藏黄教世祖宗克巴的胞衣便埋在这里。他的徒弟就从西藏分支住此，到得现在，寺中僧侣可逾万人，并且附寺而居的番民靠着那寺举火的，有数千户梵宇僧舍，因山势的高下而筑成，平地上较大的寺院，瓦上都涂着黄金，故又称金瓦寺，十分富丽。你们到了此间，不可不去瞻仰一番。"

　　黄猛点头说道："既有这个地主，自当一游。明日早上请你早些前来。"

　　番人喏喏答应，告辞而去。四人坐着谈论一回青海的风俗，用了晚餐，大家各自安睡。次日早上起身开门，早见这导游的番人已立在门前等候了。于是大家洗脸漱口，用了早餐一同随着那番人走出店去。

　　一路出得西宁城，沿途观赏风景，遇着昨夜所见的岛番，背负手携带着不少东西，成群结队地回家去了。他们走了许多路，早到得金瓦寺。阳光映在寺院的屋瓦上，灿烂有光，果然都是涂着黄金的，那么寺中的黄金多得可想而知了。道旁有八个塔，巍然地分列着。寺门前有四株大松树，都是千百年的老树，因此气势更见伟大。

　　四人跟着番人踏进寺去，烧香拜佛的人很多，寺内金玉宝石的佛像不计其数，金佛都镶嵌珠粒，大的如豆，银的佛像更是积叠盈龛。有从西藏迎来的，有自清廷颁赐的，以及附近地方的富室大贾，祈疾求福时制送来的佛像，都用绣花的绸幔装饰起来，斗富矜奇，充牣炫目。所以他们到了寺中，东也是佛，西也是佛，屋上是佛，地下是佛，佛天佛地，如入山阴道上，目不暇接，叹为观止了。

　　恰巧这寺里新近正在雷音殿上讲经，黄猛等到得那殿上，见有许多男女在两边排坐着，静听佛经。当中台上站着一个白眉白须的老僧，正双手合着掌，在那里讲大乘经。黄猛等见尚有空座，遂坐下听讲。但是他们没有佛学的根底，哪里听得懂？勉强坐着。旁边的人因为他们是从内地到此的，所以也很注意。

　　黄猛又坐了一刻，伍震子再也忍耐不住了，立起身来，将黄猛胳膊一拖道："我们且到寺中别处去走走吧，我在此一句也听不懂，好不闷气。"

　　于是黄猛等都立起身来，一同走到外边去。只见东边走廊里走来一个喇嘛，年纪也有五十开外，向他们点头招呼，合着掌，念声阿弥陀佛，要招待他们到里面去坐地。导游的人告诉黄猛说，此地的喇嘛很喜招待客人，你们不妨进去坐坐，吃些点心，至多花一二两银子而已。

黄猛听了他的说话，遂跟着那个喇嘛曲折走去，走到里面一间静室中，那喇嘛请他们坐下，送上茶来。黄猛先向那喇嘛请教姓名以及金瓦寺的历史，那喇嘛自称法名克巴，寺中大师父就是那讲经的老僧，法名智缘。寺中僧人共有七八百人，他自己在寺中资格很老，除掉智缘以下，便是他最尊贵了。现在智缘年老，精神不足，所以寺中有许多对外的事，都由他管理。且说这金瓦寺是西宁地方最大的僧寺，香火之盛，莫与伦比。

约略讲了一些金瓦寺的过去状况，遂也向黄猛等问道："爷们从内地到此，登山涉水，非常辛苦的。不知有何公事？还是要想做一趟交易呢？敢请赐告。"

黄猛道："我们此来并无目的，不过游历此地的风景。此外我有一个师父，也是此地的喇嘛，他以前到内地来募捐，曾在我家住了好多时候，教授我武术，且教我他日若有机会，可至青海一游。因此我不辞跋涉长途，邀了两位友人以及内子，一同到此，顺便访问我的师父，以偿别后思念。"

克巴听了黄猛的回答，又问道："那么黄爷的师父是哪一个？在哪一处地方？"

黄猛答道："我的师父法名法刚，以前他到我家来的时候，曾言在柴达木地方的石门寺内卓锡。他所以出发远地来募捐，无非要修理石门寺。那时我的父亲还在世呢，现在久别多年，不知他作何情景呢？"

黄猛说到这里，克巴睁圆着眼睛，声音朗了些，又问道："黄爷的师父果真是柴达木石门寺里的法刚大和尚么？"

96

黄猛道："当然是的。他对我说得清清楚楚，绝无错误。我们此去离了西宁，便要从速赶到柴达木去了。"

克巴点点头道："不错，你们是要早些前去，但不知他能不能给你们相见一面呢？"

黄猛听克巴话中蹊跷，忙问道："大师父此话怎讲？你和我家师父相识的么？"

克巴点点头道："是的，但是此刻他不久要证果天上去了。"

黄猛听说，不由大吃一惊，忙问怎的怎的。欲知法刚的性命如何，黄猛可能够见他之面，请看下回。

第八回

万里访师人亡物在
龙山探险九死一生

　　克巴见黄猛发急，便道："黄爷莫慌，我来讲给你听吧。我们青海的地方可以分成三个区域，西北的柴达木河流域为一区，巴颜喀拉山以南的玉池地方为一区，东北的黄河上游为一区。而柴达木地方又可分为三小部，以柴达木河为中分的界线，河以南是南柴达木，河以北至大戈壁为止，称为北柴达木，西面的区域称为西柴达木。那石门寺便在西柴达木，也是很著名的大寺院。我以前曾到过石门寺，参禅数年，因此和法刚相识。不过我们这边崇奉的是黄教，他们却是红教。我因略知武艺，佩服他的本领高强，常在一起讨论武术。他的武艺我是心悦诚服的。后来我回到这里以后，他到关内募捐，道出西宁，都住在我这里的。以后就一直没有见过。而前月有一个柴达木都兰寺的僧人到此，我向他问起法刚的状况，他就告诉我说，法刚曾经出外去冒了一个极大的危险，现在伤重非常，呕血不止，恐怕不能再活了。我就向他问法刚冒的什么危险，受的什么重伤。原来柴达木的西南面便是通西藏的大道，在那藏边有个金龙山，听说那山势虽然峻险，而山中藏着无量数的黄金，采之不尽，用之不竭。那里有一伙强盗占据着，大半是蒙古人和回人，十分勇悍的。他们所用的器具大都是黄金，并且开采了金子，运到西藏那边去销售。又有许多欧罗巴洲碧眼黄须的洋人，闻风而来，用低微的价值购取许多黄金回去，远近皆知这事的。法刚听得这个消息，心中跃跃思动，要到那边去探寻金矿。别人虽有劝他不要前去冒险，他却自恃本领高强，到底征求得两个喇嘛的同意，裹着糌粑，带着兵器，向藏边去探险了。去了两个多月，只剩法刚独自一人回到柴达木。而法刚满身鳞伤，呕血不止，颓卧床上，情形也十分危险。据说因为不明地理之故，所以受着重创，两个同去的侣伴早已遇害，自己虽然逃脱，可是心脏已坏，也难保生命的存在了。我闻得这个惊耗，很想前去探望，恰因寺中有事，不能分身。今日闻得爷们要到那里去，很好，如能见得法刚之面，千万请为我道念。"

克巴说罢，黄猛心里非常代他的师父担忧，便道："我得了这个不祥的消息，恨不得一脚踏到柴达木，迟至明日，我们必要动身了。"

克巴点点头，遂去取出一个长方形的木匣，揭开匣盖，中有木格，一格盛着青稞妙苗，一格盛着酥油。这是寺中享客的上宾，不过吃的时候，碗要各人自备的。因番人风俗，每人各备一碗，吃时从怀中取出，并不吃乱的。黄猛到了西宁，早已预备得这个东西，大家遂取出来进食。饭后黄猛又在寺中游览片刻，即要告辞。

克巴对他们说道："柴达木地方沙漠很多，你们此去最好雇用骆驼，方可抵御风沙。并且那里还有可怕的烟瘴，那瘴气可分三种，水土阴寒，冰雪没有溶解，有种气好如最薄的晓雾，人触着它，衣襟便要潮湿，气郁腹胀。如果误喝了瘴地的水，那么就要兼患腹泻了。受日光蒸晒的地方，有气好像一层薄云，罩在上面，香如荼蘼，不过夹有尘土气的，这唤作热瘴。人们触着它，便要气喘口渴，面项发现赤色。此外在那险山岭，林深菁密的地方，每有毒蛇恶虫，将涎吐在草际，经过了雨淋日炙，便吸收到泥土里去。当天昏微雨的时候，从远处望去，有一种好像落叶的形状，而很亮的光，并且发出一种很香的气味的，就唤作毒瘴。人们触着，便要眼眶变黑，鼻子里发出一种奇痒，额上冷汗不止，病象最为险恶。而瘴气又可水旱两种，水瘴易治，旱瘴难救。你们诸位初到此地，有些地方还不明了。避瘴的方法，最好多吃葱蒜姜韭之类，少吃山地的蔬菰和野味，更宜饮酒和吸烟，比较好些。但是有时稍一不慎，仍要中毒的。所以贫僧情愿送给你们一种药，万一受着瘴气，可以将一撮药倒在他的鼻管上，便可解急。但是过于厉害的，须用三倍之药，也许难以救好的。你们如遇犯瘴倒地的人，可用力椎等物，刺他的眉尖，流出的血色或红或紫的，虽重无恙，若然是黑色的，便不可救药了。"

说罢，取过一个小小方瓶，瓶中盛着青色的药粉，把来送与黄猛。黄猛接过，谢了又谢。又坐谈了一会儿，探听探听柴达木的风俗和各种情形，克巴拣知道的约略告诉一遍，不觉天色渐暮，黄猛等遂告辞回寓，出资谢了导游的人。

黄猛因为从克巴那里听得了他师父的噩耗，心中放不下，夜里也不得好好睡眠。到了次日，遂束装起行，离了西宁，向前面进发。因欲早日赶到柴达木，所以路过的地方也无心游历。将近柴达木时，沙漠渐多，他们将马卖去，另买了四头骆驼，坐着前去。听人传说柴达木的沙极为细小，暴风起来的时候，尘埃蔽天，虽在白昼也觉得昏昏沉沉，如在暮色笼罩之中。四人坐着骆驼，冒着险向沙漠中行去，又请得一个番人为导行，幸亏风日晴和，没有狂风发生。沙浪闪烁地做成五色的纹彩，又觉灿烂夺目。早晚之间，尚有云气结成，漠市中有城阁室庐，人马鸡犬，历历可数。但是渐渐走近时，却又是一片荒沙，陆离光怪，真和海市蜃楼相仿佛。导行的番人以为是神佛显灵，所以一有出现，立刻跪在地上，顶礼膜拜。伍震子瞧得很是有趣，不由拍手大笑。

有一次，旋风骤至，沙尘迷目，他们都伏在骆驼身下，等到旋风过去时，阳光又放射出来，好似无事一般。不过在他们身后百步之外，多了两个小沙丘。导行的番人对他们吐着舌头说道："险哪，我们靠托神佛保佑，没有埋葬在沙土里。"又指着骆驼夸赞道："这里的骆驼和别地方出产的不同，肉峰高而负重多，胃囊大而耐渴久。中途遇有狂风，他处的骆驼都是背风而行，这里的骆驼却能够逆风而前。往往旋风大至之时，卷沙成柱，他处的骆驼也许要被风沙卷倒的，这里的骆驼却能够直立不挠。因为它们躯干很重，筋力很强，所以抵抗力也很富足呢。"

这样行了数天，已穿过沙漠而达到水草繁盛的地方，柴达木已在前面了。黄猛等到得柴达木，大家一齐筋疲力尽，见城内外虽然蒙古人最多，而西藏人、土耳其人和新疆的缠头回也是不少。导行的人便向一个蒙古人问明了石门寺的所在，立刻赶到石门寺。见那寺从平地造起，背负绝巘，所以一层层高上去的。红墙金顶，色彩堂皇，大家走进去，首先便到护法殿。中供韦驮神像，高有三丈之多，穿轩而出，自顶至胸在轩上，自腹至足在轩下。还有立着泥塑鬼像，面目狰狞，手执蒺藜五爪绳束类，森森然好像要捉人的样子。

大家再向前面走去时，便有一个喇嘛出来招待。见黄猛等都是汉人，且携有女眷，很为奇讶，问他们从什么地方来的，到此是否烧香拜佛。黄猛遂用着番语，把自己到青海来游历风景，拜见师父法刚的志愿告诉给那喇嘛听。且说前在金瓦寺曾闻法刚探险受伤，心中非常挂念，所以兼程赶来，不知我师父现在何处，还请见告。

那喇嘛的面上露出惊异之色，对黄猛说道："你是不是姓黄名猛？从浙江天台山到此的？我很佩服你的勇气和坚韧之心。但是很不幸的，你的师父法刚也就是我的师兄已物化好多天了。"

黄猛听着，触动旧时的感情，酸辛之泪已从眼眶流出。那喇嘛又对黄猛说道："请你不要悲伤，你的师父虽已归天，然而你们跋涉长途，到得这里，我们必尽地主之谊，竭诚招待。且请里面坐，待我们寺中的大喇嘛来和你相见。因为以前我们重修庙宇，法刚师兄到内地募化的时候，尊处也曾慷慨解囊，热心相助的。和佛门有缘，不可多得。法刚师兄归来后，常常告诉我们听，提起你们的尊姓大名。且告诉我们新收了一位高足，就是黄爷了。此番他临终的时候，曾叮嘱我说，黄爷允许过要到青海来走一遭，所以总有一天到来的日子，但是可惜他已等不及了。他有两样东西交代给我，若遇黄爷来时，教我赠给你作为纪念。现在难得黄爷来了，少停我当交代给黄爷是了。"

黄猛道："多谢师父美意，但还未请教师父的法名。"

那喇嘛道："我唤法坚。"一边说，一边领导黄猛等众人走到内里去。

黄猛等跟着法坚走去，见一路所过的门楣之间，挂着古代的甲胄弓矢刀剑等东西，又有一楼，高约五丈多，四壁都涂着红的颜色，四面包檐的下面，有棕色边缘一层，都攒着约齐的木枝，露出枝端在外面，缘上有涂金的铜盘，盘中刻着佛像。屋上又是金顶辉煌，风铎琅珰。黄猛等到了青海，初见金瓦寺，以为富丽无匹，现在又到了石门寺，更觉伟大非常，为内地所没有见过的了。大家非常惊叹。

从护法殿到楼下，四壁都供佛像，越走越是黑暗，如入诡奇之穴，只见灯光明灭而已。中楼有个大东西，金光灿烂，穿轩而入。因为黑暗之故，辨不出是何形状。从旁边的小门登楼，到得中门，但见朱户金锁，门框也都以金为色。楼宽五间，深五间，最中五间却没有楼板，围绕着铜的栏杆，有涂金巨塔，自地上高出，嵌以宝石，挂着五色布匹。塔顶将木做成偃月承日状，原来方才在下面所见的金光灿烂的东西，便是塔的下半段呢。塔的左右有两洞，也从地上高出，一层一层地裹着彩色布帛，看去好像华盖。

黄猛等不知是何东西，法坚告诉他们说，这两个东西番名叫作摩尼洞。又见栏杆后面的中央一间，四周有木栅围绕着，上有天井可通光线，两边都是玻璃的小窗，内中有涂金的铜轿一顶，轿柱和牙楣都做成虬龙的样子，张牙舞爪，婉转承接。轿中供有一个木雕的佛像，金面金袍，两腿趺坐。轿前有香案，上供金伞银壶以及爵罍等东西。左右有大绣花瓷瓶各四个，中插石制的花卉和如意供香之类，各值数千金。楼后楣下都挂着五色帛，织成汉字心经，每方有两个字。中央一间供着古铜菩萨三十六尊，左右各两间，各供着金佛五百尊。楼左右的墙角都藏经卷极多。栏杆前面正中的一间有铜制花门，也涂着金色。中门挂着一铜钹，门前左右排列着长儿，几上置着净水铜盂和灯炉百余个。几前的楼板因为众僧徒日夜要来膜拜的缘故，所以光明滑溜，一不小心便要滑跌。

穿过了这楼，里面有层层的房屋，造得穿廊连庑，层楼复阁，真是千门万户，十色五光。黄猛等处身其中，好如到了迷楼，不知走向哪里去才好。伍震子看得目瞪口呆，一句话也不说，因为他的精神虽然全放在他的双目上，肆意观瞻，然而已是目不暇接了。

那法坚引导着众人穿过了几处廊，走过了几个阁，来到一间禅室门前。壁上画着五色的花样，窗棂间也都镶着玻璃，门前挂着五色的竹帘。法坚一声咳嗽，遂领着他们一揭帘子踏进去，正中朝外一张楠木大禅床上，坐着一个年老的喇嘛，光着头，穿着红色的僧衣，面貌十分丑陋。须垂过腹，露出庄严的样子。床前放着一盆，盆中烧着牛马的粪，上面放着一个金架，上燉着一把红铜壶，壶嘴里喷出许多水汽来，左边也放着一张大术，后边有一张雕着狮虎形的大桌子，桌子上供立着许多大大小小的金佛，也有一个金香炉。

法坚遂介绍黄猛和大喇嘛相见。黄猛等四人见了大喇嘛，很恭敬地行礼，大喇嘛又请他们在旁边同坐，法坚遂将黄猛等来历告诉大喇嘛知道。大喇嘛听了，点点头，便对黄猛说道："可惜你们来迟了。法刚早已为探险而物化，大概法坚已告知你们。现在请你们不嫌怠慢，且住在小庙里盘桓些时。你们是内地人，到此地来也是非常难得的。我就教法坚陪伴你们，你们不必客气。并且法刚还有遗物交给在法坚那里，他可以交代给你的。"

黄猛连说是是，又坐了一歇，于是黄猛等便告辞出来。法坚又领导他们穿过一处围廊，来到一间禅室中。法坚指着中间的禅床和桌上的佛经等东西，对黄猛说道："这就是法刚的禅室，你们请在此稍坐，我去把他留给你的遗物取来。"说罢回身走出去了。

黄猛坐在室中，瞻顾四壁，想起法刚的声容笑貌，如在目前。但是自己到了这里，却不能再见一面，令人不胜凄惨。

一会儿法坚已回身走进，手中托着两件东西。黄猛等立起身来，一看他左手托着一封厚厚的信，右手握着一柄番刀，对黄猛说道："即此两物，是黄爷的师父教我留下的。现在难得来此，我就交给你了。"

黄猛很恭敬地将这两件东西接在手中。这柄番刀是法刚以前所佩带的，黄猛早已见过，知道是一柄宝刀，便给小樱等赏观。小樱首先将宝刀拔出鞘来，寒光森森，和刀柄上嵌的宝玉的光相映，大家都称赞道："好刀好刀。"

黄猛却把他师父的遗函拆开一看，见上面写着道：

黄猛贤契如晤：

　　余今与世长逝矣。生平所不能忘者，吾弟一人耳。吾弟年少英俊，得天独厚，他日造就自必异于常人。衲前者慕化入关，偶过贵邑，一见即异之，因此愿将衲所有之武艺尽心指导，俾弟先植根基也。然衲细察我弟之相，略可觇得我弟非富贵中人，亦非缁衣之流，将来别有一番建树，与众不同。故紧嘱我弟出关一行，盖蛟龙非池中物，而负天之鹏，非深广如渤海，高大如昆仑，不能展其身手。我弟其亦以为然否？勉之勉之。

　　余因希望我弟终能出塞到此，故于濒死之前，特浼此间同门，写此遗函，将余所以身死之故，馈缕奉告。盖因离柴达木而南，相近藏边之地，有一龙山。虽峻险异常，而闻山中产金独多，若尽开采之，其利无穷，诚天然之富区。得此以图霸业，易如反掌。衲屡思前往探险，苦于不识途径。去年方从玉树土人处得到龙山地图一纸，于是探险之志益决。唯闻山上有土匪盘踞，匪首有名两头蛇者，骁勇异常，颇不易与。然匪首虽勇，衲虽年老，而心雄万无，何畏之有？且不入虎穴，焉得虎子？地图已至衲手，岂可坐失机会？因邀得此间寺中同伴二人，向大喇嘛声明原委，然后动身而行。途中所经，尚无危险。既抵龙山，乃思秘密上山之法。盖龙山之形，果蜿蜒如游龙，其头在西，其尾曳东，绵亘甚长。按地图上所述，宜上龙头而不宜入龙尾。我等遂于明月之夜，冒险而登龙首，山径逼仄，岩崖巉削，时履险地，稍一不慎，非堕深渊，既坠岩谷。我等虽得地图，犹常入迷路。披荆斩棘，胼手胝足，尽一日夜之力，方达其地。即于夜半冒险而入，山巅多寨栅，防守严密。余等三人初入，即误中机关，被山上匪党所觉，诱入绝地。两头蛇率众来围，余挥刀大呼，与匪党力战。匪党见余等勇猛不肯就缚，遂用火箭将余等乱射。此时同伴皆已战死，唯余一人冒死苦斗，身中火箭两支，余即解衣向地上滚去，火焰方灭。适两头蛇举枪向余下刺，余即挥刀而起，猛砍其腿。两头蛇大吼而倒，余遂乘此机会脱身而逸。不料黑夜中向后面奔走之时，误踏山穴，失足而堕，身受重伤。尚挣扎立起，狂奔出山，始倒地晕去。幸遇两回人，将余唤醒，问所从来。余诡辞以答，以免其疑。彼等适至柴达木，乃以车舁余而行，送回故土。待余返至寺中，即卧床不起。盖余身已受重伤，万难救愈，自知去死不远，不能再候我弟之来，因留函相告也。

龙山探险，自殒厥生。我弟知之，或且以为老衲多事。衲今在临死之前，敢将衲之本来真相揭露矣。盖衲即明末遗臣何腾蛟之后裔也，因避清军网罗，遂同老母逃窜塞外，彼时衲年尚幼，只有一老仆相伴。途中受尽苦辛，辗转迁徙而至青海。不幸而老母中瘴气之毒，弃衲长逝，哀痛何似？顾未几而老仆亦死，衲遂不得不披薙为僧，在此寺中过梵呗生涯矣。又复遇一方外僧，借居寺中，彼僧精娴武艺，衲遂从之学习，遂尽得其技。其后僧去，衲仍勤练不辍。及年长，颇知亡国之痛，及衲一家为胡虏屠戮之仇，此心耿耿，总未能忘。窃念天下之大，抱黍离之悲痛，种族之观念者，岂无其人？不过屈居异族淫威之下，未敢发动。倘有人焉揭竿而起，登高一呼，则三户亡秦，一旅兴夏，未尝不可再见于今日。然据衲入关募化之时，默察各地情形，胡虏防备严密，我汉人习于恬嬉，大多已怀苟安之念。唯塞外绝徼之地，民风强悍，不受胡虏节制，尚可假之有为。然根据之地亦不可多得，且无兵尚可招募，无饷难以筹措。因自苦焦虑，迄不能解决。及闻龙山金窟，雄心顿起，乃思据有其地，方可养精蓄锐，待时而起。初未料孤身蹈险，失利而回，遽为异物也。我弟亦能继衲之志，为我汉族复兴乎？豪杰之士，虽无文王犹兴，愿为我弟诵此语也。

所附地图，尚有舛误之处。衲未能为精密之校正，我

107

弟亦不可据以尽信。且衲归途时，闻人言龙山之尾多险恶难行，不若上龙头之为愈也。

法刚绝笔

黄猛把信读完，不觉涕泗沾襟。又将这函给舒捷等同读一遍，大家方知道法刚是个心怀复国的志士，忠臣的后裔，而隐于佛的。无怪他要到龙山探险了。事虽不成，其志可敬。黄猛又把那地图展阅，见上面绘的龙山山脉以及四边通道和山上险要之处，一时也看不明白。况且法刚遗函中也说不可据以尽信，那么须要下一番功夫研究了。遂把信和地图折叠好，放在身边，那柄番刀也暂且挂在壁上。法坚伴着他们又谈谈法刚生前在寺中的逸闻以及石门寺的历史、柴达木的风俗，黄猛等一齐静听。谈到天晚时，又教寺中厨房送上晚餐，请他们别吃一桌，法坚就相伴进食。

寺中睡寝也很早的，大殿上钟声一响，各处都要熄火，众番僧也各归禅室，静坐参禅。法坚即请黄猛夫妇在法刚室中居住，对于伍震子、舒捷二人，便在旁边另辟一客室，请他们住下。次日大家起身，用过早餐，法坚又走来陪他们到佛殿上去听讲经。黄猛等谁有这心思去研究佛学？以前在金瓦寺也听过的了，一些儿感不到兴味。现在不过碍着法坚的面情，只得勉强去听。见讲经的正是那个大喇嘛，坐在坛上，气象十分庄严。但是他讲的声音并不响亮，而四周坐着的番僧以及寺外的善男信女，都静坐着倾耳细听，丝毫没得声息。黄猛等耐着心，坐在后边，沉沉欲睡。好容易等到将近午刻，方才散退。

午餐后，法坚遂引导他们到外面市上各处游览，见那里的居民

108

大都从事于手工业，开着一家家的小店，持产如氆氇毡毯毛布乳酥等物，都能够销售各地。打铁店也不少，因为柴达木产铁很多，土人将铁炼成钢，铸成番刀，锋利无匹。其他如酿酒制靛等工艺，大都是汉人做的。这里寺院很多，喇嘛自然也极多，差不多到处可以遇见。他们穿着破红布衣，外加一件偏单。什么叫偏单呢？就是将红布一丈，缠着全身，左右都搭在肩上，算是他们的常服。内地和尚所披的袈裟大约即由此而来的了。

黄猛等游了一个下午，觉得柴达木还没开辟，风景也不及西宁湟源各地的好。回到寺中时，天也晚了。黄猛向法坚道谢了数语，法坚教他们不要客气，在此多住数日。

因此黄猛在石门寺中不知不觉住了半个多月的光景，空闲的时候，黄猛和舒捷将法刚的地图展开在桌上，细细阅览。小樱也在旁边，将手托着香腮，一同瞧看。伍震子却没有这种心思，常走到街市上去闲逛。

有一天早上，黄猛等小樱梳洗过后，便对伊说道："我现在已到此地，倘然徒手而回，不过游览一番，无甚重大意思。现在既得到法刚的遗函，有龙山抢险一幕的事，他都依实相告，且玩函中语气，很有意思要我继续他的志向。我在静中独自考虑过数次，觉得我必要继续我师父的志愿，把这龙山从我手中得到。倘若真的是个黄金宝藏的所在，将来也有许多事业可做，胜如庸庸碌碌，老死人间。所以我决计要到龙山去走一遭。不知你的意思如何？"

小樱微笑道："你有这种大志，也是很好的。我既已跟从了你，你到什么地方去，我无有不愿相随之理。"

黄猛听小樱能够同意，心中大喜。于是他又同舒捷、伍震子二人商量一番，把自己的意思相告。二人也同声赞成，愿在塞外建立霸业，不愿回去做异族的奴隶。于是四人约定后日动身，又将这事情告诉法坚，法坚并不拦阻，但嘱他们路上小心。

到得临别之日，黄猛等托法坚领导他们，先向大喇嘛告别。大喇嘛听说他们要到龙山去，遂吩咐法坚送他们四匹良马，以便代步。于是黄猛等谢了退出去。黄猛又将法刚的宝刀佩在腰边，携着行李，动身出寺。法坚教人牵过马来，送给他们，叮咛数语。黄猛等四人骑上马背，遂别了法坚，离了石门寺，跑出柴达木区域，向南而去。

欲知龙山探险的情形如何，请看下回。

第九回

冒险怀雄心美人卧底
称王负大志壮士练兵

从柴达木向西南行，便是通西藏的大道。虽然路程很长，但是村落尚多，一路都有休憩的所在。黄猛等四人抱了决心，继续法刚之志，要到龙山去探险，所以很坦然地向前迈进。途中唯有一次，伍震子中着瘴气，猝然倒地，黄猛忙取出金瓦寺克巴所送的解药，给伍震子嗅了，渐渐苏醒，一会儿若无其事了。又有一次，小樱偶一不留心，伊的手臂误触路旁的野树，不料树枝上都有小刺，含有毒性。接触着后，皮肤立即红肿起来，痛得如火烧一般。黄猛也将克巴的药给她敷上，不到一刻钟，肿止痛消，完全好了。

这样行了十数天，早近藏边，途径也渐渐峻险。有一处是个山坡，旁有小河，水浅可渡。上坡行乱石崚嶒，番人过此，不敢高声说话，据说其地多神，一有触犯，雷电雨雹顷刻而至，黄猛等很笑番人的迷信。过得坡，见一小队番人，有的驾着大车，有的坐着骆驼，向这边过来了。见黄猛等四人，十分奇异，便上前问询。黄猛回答说是到龙山游历去的，一个年纪较老的番人听见了这话，立刻把手摇摇，对黄猛说道："你们是外边来的人，难怪你们不知道的。大家是出门人，待我来警告你们一声吧。前面是很危险的，还是不要去的好。"

黄猛假作不知，问道："前面究竟有何危险？为什么去不得？"

老人道："你们不知道，龙山上面有一伙强寇，非常凶猛的。往来行旅时常要被他们劫掠，因此我们这群人也是绕道而来的。你们说要去游历，岂非送上大门去么？况且龙山峻险曲折，其中的山径外边人也不知底细，稍一不慎，便要遇害。你们何必要到这种地方去游玩呢？所以我劝你们不必前去了。"

黄猛明知老人之言是实，然而他的心里早已决定，岂怕危言悚词？所以口里虽然答应着是是，却依旧说道："承你指教，感谢之至。但是我们既已到了这里，总想一游了。"

老人见黄猛不肯听说，再想开口，却被旁边的一个番人说道："他们既然不相信我们的说话，由他们去休。"

老人点点头，于是一群人很快地过去了。临走时，还听见那番人大声说道："他们中间还有一个俊美的女子，此去要送给强盗做压寨夫人了。"

黄猛等仍旧向前赶路，这一天将近龙山了，遥望天中高峰突起，真像一个龙头。山脉迤逦，很似龙身，地方也十分冷落。危崖大石，夹道而峙，可以寄宿的村落也没有了。幸亏黄猛预告防备，多藏得干粮，不虞饥饿。

这天晚上，大家宿在树林里，又恐有野兽来侵扰，大家戒备着，不敢酣睡。次日又向前跑了半天路，已到龙山之下，黄猛和三人商量道："前番法刚是因上龙尾而遇危险，我们就上龙头吧。但是日里上山呢，还是夜里上山？"

舒捷道："当然是夜里的好。不过我们地理不熟，夜间恐怕要迷失道路。"

于是四人下了马，坐在林子里，取出那法刚的地图，对着山势，细细阅览一遍。最后决定还是夜里上去的好。

小樱忽然对着黄猛带笑说道："我倒有个较稳的计策在此，不知你可赞成？"

黄猛喜道："你有什么妙计？快说出来，使我们大家听听。"

小樱道："我想龙山非常峻险，我们第一次到此，虽有地图，而地理不熟。况且这地图也未必尽对的，否则法刚师父何至于失败呢？我们一共只有四人，恐怕上了山也难以得胜，不如待我先到山上去试探……"

黄猛不等小樱的话说完，便抢着说道："你说我们四人无用，那么你一人先去，更有何用呢？"说罢哈哈大笑起来。

小樱道："我是去卧底。"

黄猛道："你怎样去卧底呢？"

小樱道："我一人先上龙山，势必遇见山上的盗匪，他们见了我，必要来行劫，我只要无抵抗，让他们抢上山去，然后见机行事，等你们前来，好里应外合，操必胜之权。你以为如何呢？"

黄猛道："好是好，只恐怕你被抢了去，他们把你杀害了，如何是好呢？"

小樱摇摇头道："决不会的，我自有对付之法，请你放心。"

黄猛笑道："不好，倘然你被劫了，真的做起压寨夫人来，又怎么办呢？"

小樱将嘴一噘道："你敢是说着玩的？我又非三岁小孩，尽被他们摆布？我早已说过自有对付之法。你若让我去的我就去，你不赞成的我就不去了。两言而决，休要狐疑。"

黄猛听了小樱这样说法，暗想自己到这里来，本是冒个绝大的危险。古人云，畏首畏尾，身其余几。小樱既有这种勇敢的心，闯入龙潭虎穴中去卧底，那么我怎好馁伊的气，给舒捷等笑呢？所以立刻就对小樱说道："我是说着玩的，请你不要生气。你去便了。好在你的本领也非平常，只要一切小心些是了。"

小樱道："我自理会得。"

舒捷、伍震子见黄猛肯放小樱前去，当然也很赞成。于是小樱把所带的兵器放下说道："我还是空身去的好，万一不对时，我曾学得空手入白刃的法儿，和他们交手起来，也好夺取他们的兵刃使用的。可惜香玉嫂子不在这里，否则我们两人一起同去时更好了。"

黄猛听小樱提及香玉，他的脑海中不觉又回忆到白虎村客中卧病，二女侍奉的一幕，对小樱微笑不语。

小樱道："我就去了，这山很高的，你们倘然在夜间走时，非到第二夜不能达到山巅。我在那里等着你们来便了。"

黄猛又说道："小樱你千万要当心，不要过于自恃聪明，处处留神些才好。"

小樱笑道："我知道了，你放心吧。"遂回身走出林去，跨上马鞍，对三人点点头道："再会吧。"

三人立在林边，眼瞧着小樱骑了马向前面山路里跑去，转过一个山壁，便不见了伊的倩影。大家都佩服小樱蹈险的勇气，黄猛心里总有些不放心，因为前面过去恐遇盗踪，被他们知道了，反而不妙，所以将马一齐牵入，仍旧回到林中去。坐在石上，肚子里也觉得有些饿了，取出干粮来，吃着充饥。

黄猛又对舒、伍二人说道："像小樱这般去卧底，一无线索可借，无异自投虎穴，也是很危险的。"

伍震子忍不住大声说道："黄兄你何必多虑？嫂嫂不是说过，伊自有对付之法吗？你说伊去冒险，那么我们四人前来又何尝不是冒险呢？我好久没有厮杀了，到了山上，我便要和那些狗盗大战一番，舒展舒展我的筋骨。"

舒捷也带着笑说道："不是我向黄兄说笑话，嫂子凭着伊的美丽的姣容，前往盗窟，他们见了一定要心软骨酥，决不肯加害的。说不定要害他们火并一番呢。"

黄猛听二人这样说，却啖着干粮，不说什么。少停又取出地图来，细细辨认。伍震子却横卧在石上，鼾声如雷，沉沉地睡着了。黄猛和舒捷谈谈一路经过的风景以及青海奇异的风俗，未开辟的天然富源，不觉天色渐黑。忽见三匹马在那边乱跳乱叫起来，黄猛和舒捷走过去看时，却瞧见有一条很长的灰色蛇，背上有许多赤色的斑纹，正把一匹马缠绕住，一会儿那马滚倒在草地上了。其余二马早已窜到别处去。黄猛连忙将番刀拔出，要想去刺那蛇时，舒捷早把他一把拖住，说道："这里的蛇都是非常之毒的，你不必去和这畜生厮斗了，倘然受了毒气，不是玩的啊。"

黄猛被舒捷一说，方才立定脚步，挺着番刀，眼瞧那灰色蛇在马身上吮了一回血，昂起头来，吐了一口气。黄猛、舒捷恐怕这蛇要向他们身边窜来，都防备着。但是这蛇却缓缓地向那边林子里游去了。舒捷把伍震子推醒，一同去看那死马，见那死马全身已肿得像骆驼一般，腹上有几个小洞，流出黑的血来，可知那蛇果然是毒蛇了。

伍震子瞧着发怔，舒捷便把这事告诉他，且说道："你以后不要胡乱睡觉吧，倘然遇到了那种毒蛇，你的性命也没有了。"

伍震子道："我决不让它这样便宜的，至少也要用我的紫金锤将蛇头打个扁，方肯罢休。"

黄猛却又想起以前自己在九华山青松林力斩巨蟒的事。光阴很快，自己现已到了塞外了。

三人又将干粮吃了，天已全黑，幸有一轮明月在云中涌出，照得前面的龙山十分清晰。三人遂取出兵刃，行李仍放在林中隐僻处，马也不要了，一齐走出林子。黄猛当先挟着地图，向小径中取道上山。因为大路恐有盗匪巡逻，容易被他们瞧见。但是小路格外难走，他们取道的是紫云谷，这条路虽然曲折逼仄，而地图上却详细注明。黄猛和舒捷早已看熟了，所以一路行去。虽然手足并用，十分困苦，却还没碰到危险。有一条羊肠小径，足足走了几个钟头，方才走完。前面却是一个大泽，假使不记清那张地图时，三人怕不要都陷入泽中去了。三人很小心地绕过了大泽，从一条峭崖下的高险的石径慢慢地爬上去。到了夜里，大家已很吃力，坐地休息了一会儿，抬头望那龙山山顶，还是高不可及，不过走去了小一半。俯视山下，已是非常渺小了。

那时已在下半夜，月影移西，山中岑寂。耳边只听风声吹着大树，如波涛骤至。一层层的山峰如剑如戟，又如千百天兵团团布置在四周，换了胆怯的人到此，已是充满着恐怖的景象，还敢举足前行吗？但是三人鼓着勇气，依旧向上面走去。又爬过了两个山峰，看看东方发白了，便不敢冒险再进。恰巧山崖旁有一个山洞，三人便藏身洞中，就地睡息。留下一人轮流着在洞口看守，以防不测。

到了次日夜里，三人仍向上进行。远远地已见山上的寨栅了。月光下大家奋勇而登，早已到了龙山之上。前面一带寨栅，插满着刀枪旗帜，却静悄悄的没有人声。黄猛等三人蹑足走去，到得寨前，舒捷轻轻一跃，跳至上面，见有一个蒙古人正枕戈而寐。舒捷手起一刀，那人早已身首异处。黄猛跟着也跳上去，伍震子着急，也狠命地爬将上去，三人都进了栅，见里面是一片平地。又向前走得百十步，却又有一个很高的土堡，挡住去路。

舒捷和黄猛对伍震子说道："伍兄你且在外耐心等着，待我们先上去，想法将堡门开了，放你进来，以后进退也可便当一些。"

伍震子答应一声，眼瞧二人如飞燕一般已扑上土堡，一霎眼便不见了。他独自擎着双锤，立在堡门前呆等。过了一刻，不见动静，心中好不焦躁，暗想他们为何还不前来开门，同时又听得堡里面喊声四起，叮叮当当的有金铁之声。此时伍震子更耐不住了，跑上数步，将手中紫金锤用出平生气力，照准堡门咚咚地猛击了数下，那堡门虽坚，怎经得起伍震子这几锤？豁喇喇一声堡门早已破了。伍震子又是一锤，接着一脚将一扇堡门踢倒下来，口中嚷着道："早知道如此，咱何必白守多时呢？"

跳进堡中，便见前面有一伙人，高举火把，围住在那里。伍震子连忙奔过去，方见黄猛和舒捷被众盗围在垓心，正和几个黑面的回人酣战在一起。那几个回人浑身穿着黑衣，头上缠着黑布，手中都挺着长枪，十分勇猛。伍震子将双锤一起，喝声"老伍来了"，虎跃一般地冲进去。但见锤头到处，众盗匪纷纷仆跌。黄猛见伍震子

117

到来，心中大喜，便喊道："伍兄你来了，很好，快快努力厮杀。"

于是三个人如三头大虫一般，在人丛中东杀西撞，勇不可当。众盗匪见了三人这样神勇无伦，心中也各有些吃惊，疑心寨主为何到此时候还不前来接应。黄猛等战到分际，却见小樱穿着内衣，一手握着一柄明晃晃的宝剑，一手提着一颗血淋淋的人头，眉含杀气，脸晕桃花，飞跃而至，娇声喝道："你们的头领已被我杀死了，还不快快投降！"

众番人虽然听不出小樱的说话，却见伊手中提着的人头，正是他们的首领，一齐惊慌起来。黄猛见了小樱，精神陡增，使个架数，一刀劈去，将一个回人斫倒在地。伍震子也打倒了一个，这时众盗匪死伤已有不少。黄猛打着番语，劝他们投降。于是大家一齐放下兵刃，举起双手，表示降意。黄猛等也停了手，和小樱相见。

原来小樱前日别了黄猛等，独自跨着马，向山前行去。转过了几个山坡，前面路径高高低低的非常峻险。伊跨在马背上，慢慢地过去，遥见山上隐隐有人向下面窥望，伊便故意迎上前去。果然一声锣响，从山上跑下十数个盗匪，都是蒙回人，手中执着刀枪棍棒，把小樱围住。小樱故意装出惊吓的样子，滚鞍下马，向他们哀求。早有一个蒙人对众人说道："将伊带上山去，见了头领再行发落。"

又有一个蒙人说道："这小女儿并不是这里土人，倒生得很美丽的。带上山去，保管寨主欢喜。"

于是众人吆喝一声，押着小樱，牵了马，向山上行去。这样正中小樱的心意，镇定着随他们上山。走了许多路，一层层地高上去，来到一处。只见两崖对峙，峰峦崎岖，翠柏青杉，参天倚壁。中间隔开一条很阔的溪涧，耳边听得水声砰訇，有若雷霆。岩上的水很

118

快地冲下来，变作飞流急瀑。两岸之间架着一条竹桥，桥上两边都有绳缆作为桥栏，只容一人一骑可渡。小樱跟着众人鱼贯而行，走上竹桥时，足下便觉这竹桥一颠一晃，似乎要折断的样子。其实这种桥是土人特制的，造时当然非常困难，可是人行其上，只要力持镇静，便可安渡，决不会有危险的，但若向下一看时，便要心悸胆裂了。

过得桥后，又走过几个险要之处，方才到了前山山头。经过寨栅，进了土堡，便是盗匪的窟穴了。屋舍虽然造得粗陋，而毗连得很多。这时只剩两个蒙古人，将小樱推到里面一个宽敞的所在，又不像堂，又不像厅，阶前立着两个回人，手里都握着大刀。见了蒙人，便问何事，一个蒙人告诉了，早有人通报进去。不多时里面走出一个彪形大汉，穿着一件绿色的大袍，头缠红布，相貌很是凶恶。颔下一部短须，大踏步走到正中灿烂的黄金椅子上，坐定了，两个蒙人推了小樱，向那大汉跪见。口里咕噜咕噜地说了几句番话，那大汉一摆手，叫他们退去，却亲自立起身，走到小樱身边，将伊扶起，操着汉语问道："小姑娘，你是打从哪里来的？"

小樱不防这大汉会说汉语，便乘机答应道："我姓魏，是跟从我父亲从宁夏到此经商的。不料我父亲受着瘴气，半途而死，所在财物尽被番人抢去，剩我孤身一人，胡乱闯到这里来，被大王手下人将我抢上山头。可怜我是个年纪轻轻十八岁的女儿家，又在异地，举目无亲，请大王饶恕了我吧。"

那大汉听了小樱说话，如流莺百啭，清脆入耳。又见伊盈盈欲泪的样子，早已魂灵儿飞去了半天。握着小樱的手，哈哈笑道："好一个年纪轻轻十八岁的小姑娘，今日至此，可谓有缘。我再也不舍得伤你一丝一毫。我还缺少个压寨夫人，你既又无家可归，不如就在这里安身吧。"

小樱故意低头着，佯作含羞。那大汉挽着伊的手臂，又说道："姑娘跟我进去吧。"

小樱见大汉已入伊的彀中，就大着胆随他走。早到了一间较为清洁的屋子里面，见屋中器具大半是黄金铸成的，灿烂耀目。那大汉便教小樱在一只金椅子上坐下，小樱坐定了，向四边仔细瞧看。见向南有四扇很大的明瓦长窗，窗格上都涂着金，耀着阳光，照得一屋子都黄澄澄的。壁上挂着一柄宝剑，剑鞘饰着黄金，嵌着宝石，足见此剑非常名贵了。那大汉却尽对着小樱端详，恨不得把伊一口吞下肚的样子。

小樱便对那大汉微微一笑，说道："请问这里是什么山？大王姓甚名谁？怎么此间黄金很多，请大王详细告诉我听。"

那大汉听小樱向他查问，他却并不疑心，笑了一笑，便说道："这里名唤龙山。你来的时候不看见这山的形状不是很像一条龙么？"

小樱点点头，大汉又说道："我姓尚，名唤子元，人家都唤我尚一棍。因为我生平精通武艺，擅使一根铁棍。不论什么人遇到了我，一棍子便可将他打倒。"

小樱笑道："大王有这样好的本领吗？"

尚子元摸着短须说道："你不相信么？我若空有本领，也不能做此山的首领了。山上以前本有一个首领，名唤两头蛇，和我是结义兄弟。他的年纪比我大一岁，所以让他做了大头领，我做二头领。不多时候，有一天夜里不知从哪里来了几个贼秃，想来行刺，被我们觉察了，大家交起手来。其中有个贼秃，使一柄番刀，武艺高强，果然厉害。我们就用火箭射他，虽然把他射退，但是大头领两头蛇也受了重伤而死。于是此间便由我做了寨主。部下共有二三百人，靠着这山势峻险，无人可以深入。山上也有田可种，不乏粮食。我们高兴时出去抢劫一番，无事时深居不出，外人奈何我们不得。不过自从后山来了那几个贼秃，出过乱子以后，我们也要格外戒备了。所以在后山遍设陷阱，增加防备。倘有人再来，管教他来时有门，去时无路。"

小樱听尚子元说到这里，心中暗自庆幸黄猛等幸亏没有从后山走，否则便有危险了。

大汉又道："你问我何以独多黄金？你还不知其中的缘故。因为在这山中产金之区很多，是个天然富源。倘然尽量开掘，那么取之不尽，用之不竭。不知有许多黄金在这山里呢。可惜在我们中间缺乏明白开矿法儿的人，不能多多采掘。只在山中胡乱开掘了数处，已得到黄金不少了。你看在我这室中的器具，大半是黄金做的。我们只当作铜铁一般地看待了。"

小樱听了他一番说话，方才明白。尚子元又带着笑对伊说道："山中黄金虽多，而美人独少，这是一件憾事。今天来了你这美人儿，使我不胜快活。不知你可肯跟从我？今夜当和你成好事，我们俩白首到老，毕生尽欢。"

小樱只低着头不答。尚子元道："你不要害羞，快快老实答应。如若不听我的好言，你莫要后悔。"

小樱道："我到了此间，既蒙大王不杀，欲和我结为夫妇，我也不敢不从。不过婚姻大事，理须郑重。大王若能依我一个条件，我就终身侍奉大王，决不变心。倘若不听我的，我情愿死在山上。"

于是他就让小樱住在他的室中，到晚餐时，尚子元吩咐将酒菜端到房中来，和小樱同饮。小樱肚子里很饿，也放心进食，不过对于酒却不敢多喝，很小心地防备着。尚子元因为遵从伊的条件，不得不抑住他的情欲，只和小樱谈些风月的话，撩拨伊的情绪。喝得有几分醉意了，方才由左右扶着，回到别一室中去安寝。小樱独睡一室，对着孤灯，听着外边的风声，从风声中传出击柝的声音，想起黄猛等今夜不知如何上山，途中可要遇着危险，大概今天夜里只可走一半路，须到明晚方可到达山巅。那么我一人在此，很有些危险。幸亏那尚子元已被我哄得深信不疑了，明天夜里当好好对付他便是了。我既决心到这虎穴里来卧底，那么岂可胆怯？而况第一着总算进行得很是顺利呢。想到这里，胆大了许多，心里也渐归恬静，渐渐合上眼睛，酣然入梦了。

次日起身，尚子元早派一个很粗鲁的蒙妇前来伺候。小樱洗面漱口，妆饰甫毕，尚子元已从外边走入，背后一个蒙人，托着一盘，盘中放着几样菜，以及羊酪馍馍之类。尚子元叫蒙人把东西放在桌上，带着笑对小樱说道："姑娘，我来与你同进早餐了。"

小樱微笑不答，遂坐在一边，同尚子元进餐。可是小樱虽不答谢，而伊的一笑已使尚子元足够销魂而有余了。吃过早餐后，尚子元坐在室中，又傍着小樱胡说八道地闲谈。小樱虽觉讨厌，然而也只好耐着心和他敷衍。午餐时，尚子元仍和小樱坐在房里，同桌而食毕。有一个缠头回进来，嘀嘀咕咕地和他不知说了几句什么话，尚子元方才出去。小樱独坐无聊，遂和衣横卧在床上，不觉蒙眬睡去。停了一会儿，觉得有人在伊肩上很重地摇撼了一下，张开眼来，见是尚子元，双手搭在伊的肩上，低倒着头，对伊微笑。他的短须

122

几乎触到伊的面颊上，慌忙一骨碌翻身坐起，走下床，和尚子元对坐在窗边。

尚子元笑道："你做得好梦。"

小樱道："我因先后略觉疲倦，所以小睡片刻。不料大王不多时又来了。你山中事情很多的，不必在此多坐。我们俩来日方长。"

尚子元捋着短须，哈哈笑道："我的美人儿，我自从遇见了你，丧魂落魄似的，一颗心只恋于你。山中的事情我懒得去顾问了。我只要一生伴着你这美人儿，万般皆足。所以宁可坐到这里来的。"

小樱听了他的话，又好气又好笑，暗想无怪古时齐人馈女乐，季康子三日不朝，孔子遂行。世间一般的男子无不贪女色，往往贾祸而不悔。即如我家黄猛，虽然磊磊落落，非好色之流，然而在白虎村的时候，他对着我也未尝不有缠绵的情致。不过他善自勉抑罢了。伊想了一想，遂对着尚子元假以一些声色，这样引逗得尚子元心里更乐了。

天晚时，尚子元仍和小樱在室中同用晚膳。他喝了几杯酒，眼瞧着小樱如美丽的花枝一般，坐在他的对面，心里荡漾得几乎不能自主，恨不得和小樱搂住，同上巫山。所以双目对伊眈眈地紧视着，小樱故意带笑向他问道："大王，你尽对我瞧做什么？难道还不认识我吗？"

尚子元笑道："我哪里不认识你呢？因为你简直生得可爱，恨不得把你一口吞下肚去。"一边说，一边走过去，其势将要搂抱小樱。

小樱连忙一闪身说道："大王，请你尊重些。我与你只隔一夜工夫，难道还忍不住么？"

子元只得缩手笑道："你放心吧，我决不来侵犯你。但是到了明天晚上，你却怎样？我已吩咐人预备一切了。"

小樱道："我与你既为夫妇之后，自然凭你摆布。不过现在还非其时，请大王安心坐定后，多喝几杯酒。"

尚子元退回自己座上，坐定了，同时也教小樱仍在对面坐下，说道："你不要称呼我大王大王，这个名称好像你对我大有畏惧的样子。我与你将要是一对儿了，不必这样称呼着，反表示不亲热的样子。"

小樱道："明日我再改口如何？"

尚子元喝着酒，说道："那么你改口唤我什么呢？"

小樱微微一笑，低下头去。尚子元见伊满含着娇羞的样子，更是大乐，便道："那么我也不来苦苦逼你，且待你明日称呼我什么便了。"

小樱见尚子元已入彀中，遂代他斟着酒，一杯一杯地劝他喝下肚去。尚子元见小樱代他斟酒，乐极了，来一杯吃一杯，不多时已吃得大醉。伏在桌上，将要睡着的样子。

这时黄猛等已杀上山头，和他的部下酣战。便有一个头目进来报告给尚子元，要请他亲自出去作战。尚子元答应了一声，刚才立起来，又坐下去。小樱便对那头目一挥手道："你去吧，大王已有些醉意，代我来请他饮了醒酒汤，然后再可出战。"

头目不得已先自退出，小樱又走到尚子元身边，唤了一声。尚子元口里糊糊涂涂地答应着，身体却依旧不动。小樱便把外衣脱去，向壁上摘下那柄宝剑来，把手握着，轻轻跑至子元身后，照准他后背一剑刺去，喝道："贼子，你试试我剑。"

这一剑直从后背穿到前胸，尚子元大叫一声，血如泉涌，扑通一声，倒在地上。小樱再将宝剑在他颈上一勒，割下了他的首级，提在手中，飞步跑出房来。顺着喊杀之声，杀到前面，和黄猛等会合。把尚子元的首级给匪党观看，群匪方才情愿投降。

得了这天险的龙山，四人心中无不快乐非常。到了里面，大家商量如何安定之法。黄猛遂将几个头目唤来，用温言好话安慰一番，且说自己从关内出来，要干一番伟大的事业。现在得了这龙山，便借为根据之地，将来当谋发展。你们倘能和我们诚心合作，我们当视为自己弟兄一样，彼此一视同仁。众头目听了黄猛的说话，更是诚服。其中有一个回人名唤马杰，对于黄猛尤其表示善意，将寨中何处险要，何处秘密，何处有田可耕，何处有金可采，滔滔不绝地讲给黄猛听。黄猛也取出地图和他的说话对证。

马杰见了这地图，不觉惊呼起来了，便说道："你们从哪里得到这张地图？这还是以前的首领两头蛇特地请了一个地理家来绘成的，共有两张，等到绘成后，就把那地理家杀了，以免泄露秘密。想不到后来被人窃去一张，现在山上只剩一张，挂在尚子元的密室中。不知你们由何而得此图，还请见告。"

黄猛方才明白此图的来源，但也不知法刚从哪里取来的，遗函也未说明，这一个闷葫芦却无从知晓的了。遂对他说道："我也从一个番僧手中取来的，据说图上也不尽对呢。"

马杰道："这图确乎还有些画得不对，不过也有十分之七八了。只要稍为修正些，可成全豹。"说罢便告退出去。

转瞬间已天明了，黄猛又吩咐一个头目把山上的死尸都去埋葬。四人用过早餐，马杰早进来伺候，黄猛等遂请马杰为导，到山头上各处堡寨窥视一周。从前山直到后山，果然处处峻险，在在曲折。

大家赞叹不已。视察了一会儿，遂回到寨中去，从事整顿一切。相定了各人的卧室，到处见黄金，不足为奇了。黄猛夫妇便用尚子元的卧室做他们的房，舒捷和伍震子也都各居一室，十分密迩，以防不测，而求稳妥。这天草草安排就绪，晚上大家用了晚餐，各归卧室，相约有警时同出互助。

黄猛和小樱到得尚子元室中，就是小樱所居之处。小樱想起昨夜的情景，将自己到山上来冒险卧底的经过详细，再告一遍，并笑尚子元贪色丧身。黄猛笑道："以前我在白虎村病中和你初次邂逅，幸亏我和你发乎情止乎礼义。否则恐怕我这个头颅也要送在你的青锋之下了。"

小樱对着黄猛一笑，却不说什么，回身向床上去理枕衾。二人一则因为昨晚通宵没有睡眠，二则隔离两日，好似有两年之久，所以大家早些解衣安睡了。

次日黄猛起身，又和马杰等几个头上询问山中的情景，午前集合部下训话一遍。下午，马杰又引黄猛等去看已开掘的金矿。矿场里也有开矿的工师以及许多工人，见黄猛到来，一齐迎接。那工师姓崔名焕章，也是江南人，被两头蛇特地邀请到山上来的。他见了黄猛是同乡，所以格外欢迎，和黄猛讲了许多话，又引导黄猛等到矿场里去参观。那时的开矿之学尚未精通，所以一切都很简单的，进行自然迟慢。黄猛看了一遍，兴尽而出。崔焕章送他出来，告诉说："此山的金矿尚不能精确算定，不过额量是非常之多。现在开掘的是只有千万分之一罢了。"于是黄猛叮咛他好好办事，我们是同乡，更要同心合作。将来金矿开采得多，资财充足，自可成大事了。

黄猛回转山中，但命部下分作三队，舒捷带领一队，把守前山，马杰带一队，把守后山，伍震子率一队，保卫山寨。积极操练部下，以备他日之用。深嫌山上能战之士尚少，遂教马杰等下山，到四处去招罗人来入伙。又教舒捷到山下林子里去取回他们的行李。这样，黄猛在山上一心练兵，马杰等在各处招罗到不少健儿，把部伍扩充起来。崔焕章很用心地督率工人，多采黄金，炼成了金块和金条，一次一次地送到黄猛寨中来。黄猛有了这许多黄金，便差人出去购办军械。至于粮食一层，山上仓里堆积得不少，部下用心耕种，不愁缺乏。黄猛便在这龙山上招兵买马，积草屯粮，将实力一步步地充足。四方闻风来投奔的人也很多，在前山又筑了几座要隘，气象一新。在青藏边界渐渐很有些名声，大家都知道有这么一个英明的龙山王了。

他想起了石门寺，便请舒捷和几个蒙人到那里去走一遭，探探消息。舒捷去了一个多月，回转龙山。黄猛连忙设筵代他洗尘，问起石门寺，舒捷忽然对黄猛说道："我们在这秘密的山里，连外面的事情都不知道了。我此去探听得许多消息，青海风云突起，即将有一番大战争起了。待我来一一告诉你们吧。"

黄猛等众人听了，都不由心中一愣。欲知舒捷说的什么事，青海起了什么意外的巨变，请看下回。

第十回

番酋动干戈英雄血战
大兵越沙漠将士迷途

青海地方在唐时为吐番属境，到明正德四年始为蒙古部酋所据，时为甘肃西宁边患，清初开国时，青海纳贡，投降清朝。于是青海方为中国外蕃，清廷尚借着他们的力量，捍御准部，青海很能服从。不料在康雍之时，青海出了一位枭杰，就是固始汗的嫡孙罗卜藏丹津。他在青海操练兵马，一心要想恢复先人霸业，总长诸部。恰逢雍正帝初立，罗卜藏丹津乘机欲脱中国羁绊，便在雍正元年引诱诸部，盟会在察罕陀罗海，教他们各仍故号，不得复受清封，一齐叛清。于是西北同时扰动，西宁塔尔寺的寺主智缘为青海黄教之宗，番众向来势力很大，所以丹津诱使从己。又隐约准部的策妄阿拉布坦为后援，于是青准联合成功。而远近游牧番众也同时扰动，攻犯西宁，掠牛马，抗官兵，一时声势大盛起来。西宁也同时陷落。清廷震动，急命川陕督年羹尧为抚远大将军，督兵规复西宁。又以四川提督岳钟琪为参赞军务，一同征剿。

罗卜藏丹津初思乘机进攻，后因清兵大至，其势稍杀。他领着部众和年羹尧在西宁附近血战数次，年羹尧用兵神奇，况又有岳钟琪的勇敢相助，当然丹津抵挡不住了。年羹尧又分兵驻扎疏勒河，防他们内犯。南守巴塘里塘等处，断绝他们入藏之路。又请兵屯吐鲁番，断绝他们能准部的路。然后遣主将四面进攻，罗卜藏丹津的后路被清军截断，于是丹津弃了西宁，向后边突围而走，这一役损失得不少。

年羹尧既得西宁城，搜查叛逆。他知道塔山的塔尔寺即金瓦寺，寺中大喇嘛智缘也被丹津煽诱，助其作乱，所以他查出首逆应当诛戮的共有大喇嘛十人，一齐捉到。但是智缘却早已化装而走了，所捉到的都是他的党羽。

当临行的时候，年羹尧将他们唤到面前问道："你们号称活佛，自然和凡骨不同，人家都说佛教能知过去未来，到底是不是确有其事？"

众喇嘛同声应道："是的。"

于是年羹尧先问一个喇嘛道："这样你今天可晓得要死么？"

那喇嘛答道："没有晓得。"

年羹尧笑道："你既然知道过去未来，何以不知道今天要死？"命人将他杀却。

又同样问一个喇嘛，但那喇嘛已经吓得发抖，只好答道："不死。"

年羹尧道："你说不死，我今天偏要你死。"又叫左右将他杀掉。

第三个喇嘛连忙大呼道："今日必死。"

他的意思以为以前那个因说不死而见杀，现在反说要死，或者可以得生。不料年羹尧又干笑道："你说必死，我就送你回西天去。"

于是这个喇嘛又被杀死。

又有一个喇嘛无语可对，只得说道："死则佛法不灵，不死则王法不行。"

年怒斥道："鼠子佛法，岂可和王法并论？"急命左右马上把他杀掉。

又有一人说道："死也是数，不死也是数。"

年笑道："这样说法，你的信佛必不诚心，是可僧可俗的。"也就将他处死。

还有两个知道年羹尧有意作弄，说也死，不说也死，所以都不肯回答。年羹尧也把他们杀却。这时被杀的已有七人，轮到第八个，那个喇嘛想了一想，说道："今日可以死，可以不死。"

年羹尧推案而起，大怒道："你的说话模棱两可，可见你是个反复无常的秃驴。当丹津弄兵的时候，你等私议向背，你一定倡议看大军进止而行事。大兵到则内附，大兵未到或失败则从匪。众人也就因为你的两可之说，而先降丹津，方才有今日断头之祸。负国为不忠，负族为不义。你这种人真是罪恶极了。"遂拔出剑来，亲自将他杀掉。

这时剩下的只有两人了，年指着他们喝道："你们也应该说了一两句话而死。你们的意思如何？"

其中一个喇嘛答道："今日可以死，可以不死。"

他所说的正和第八人相同，又使年羹尧发怒道："前一个是因为说了这话而死，你还敢如此说法，难道不怕死的么？"

那人仰首说道："死是将军之法，不死是将军之恩。"

年闻言大笑，将剑掷下，吩咐停刑。其余的一个喇嘛也就得释放了。年羹尧的示威有这样的厉害，所以后来蒙番在塔尔寺前建造八塔，把来纪念这件惨事。他们谈起年羹尧，犹觉虎威尚存呢。

雍正二年正月，清廷知道丹津兵势穷蹙，令年羹尧等火速进兵，扫除边患。年羹尧遂请岳钟琪为前锋，攻打郭隆寺，和诸喇嘛大战。青海的喇嘛都会武术，战时很是勇敢。但是他们欠缺纪律，所以往往被清军击溃。岳钟琪尤能以少许胜多许，用奇计暗袭，连夺三岭，火烧十七寨、庐舍七千余，斩首六千。罗卜藏丹津不得已退守柴达木，和石门寺的大喇嘛联合共商坚守之计。他们以为从西宁到柴达木约有千余里的路程，其中还隔着大沙漠，水草不生，恐怕清兵未能即下。遂令部众扼守柴达木及哈达河，坐待清兵来攻。

在这个时候，凑巧舒捷到柴达木石门寺来拜访法坚和大喇嘛，金瓦寺的智缘也在寺内。大家见面之后，舒捷方才知道罗卜藏丹津被清兵击败的事情。智缘法坚等都向舒捷问起黄猛消息，舒捷也就将他们龙山探险的经过，略告一遍。且说黄猛占据龙山以后，招兵买马，业已练成许多精兵，得起干些霸业。法坚等听了大喜，便领舒捷到哈达河边营帐里去见罗卜藏丹津，法坚又把他们探险入青，以及独霸龙山的事约略告诉丹津，且说他们对于清朝都有一种仇恨，很思反满的。现在我们缺少臂助，不如请他前来，一同和清兵对垒，或可反败为胜。丹津闻言很以为然，遂请舒捷速即回去，恳求黄猛出兵。

所以舒捷别了他们，赶紧回山，把这事详详细细地告诉给黄猛等听了。黄猛素闻年羹尧的英名，他很可惜年羹尧有这般的雄才大略，却屈膝于胡虏之下，谄媚异族，以求显荣。现在既然清兵攻入青海，倘然柴达木失了，说不定自己的龙山也有被他们觊觎的危险。

因此和舒捷、伍震子、小樱、马杰等商量之下，决定出兵援助丹津。遂留马杰守山，他自己便和舒捷、伍震子、小樱带领一千名健儿，以及粮秣马匹军器等，下了龙山，向柴达木进行。

到得柴达木时，罗卜藏丹津闻知黄猛兵到，遂亲与智缘法坚以及石门寺的大喇嘛一齐出迎。相见之下，非常和洽，就在石门寺的大殿上设宴款接。其时策妄阿拉布坦亦从准部遣使来会，大家石门寺欢宴，商议攻守事宜。黄猛年少气锐，主张即去迎战，夺取西宁，重振声势。而丹津屡败之余，不敢出战，主张坚守。于是议定丹津守哈达河，黄猛守柴达木河，乘机进兵，收复失地。策妄阿拉布坦的使者也回去复命，约定准部出兵牵制清军。

年羹尧闻得丹津在柴达木负隅自固，遂上章调兵二万五千，打从西宁甘州松潘布隆吉河四路事攻。约在四月里青草生时，一同并进。而岳钟琪以为青海广漠，北方又有准部牵制，丹津部众尚多，倘然多隔时日，分路进攻绝非最好的计划，所以他自告奋勇，愿乘春草未生的时候，自领精兵五千、马万匹，兼程前进，捣其不备。廷议多赞成他的献策，诏授岳钟琪为奋威将军，专任西征的事。于是年羹尧坐镇西宁，接济后路，岳钟琪简练部下的精锐，在二月中出师。

岳钟琪怀喜任侠，他此次出战，招罗各处豪杰很多，帐下人才济济。凤翔地方也有几个好汉经人保荐前来，投军自效。岳钟琪早聚集得骆驼万匹，即用投降的土人为导，从沙漠中秘密进兵。探知敌军分两河据守，罗卜藏丹津在哈达河，擒贼先擒王，遂自率精兵三千，直趋哈达河。一边命副将军赫里吉领兵二千，去攻柴达木河。

那赫里吉是满人，骁勇异常。前曾随御驾至热河行猎，独力格杀一虎，因此得名。他上阵时骑一匹乌骓马，手握两支长矛，大呼陷阵，勇不可当，所以每战必胜。岳钟琪很是敬爱他，誉为虎将。此次他独当一面之任，一心要想立功，遂将部下分作三队，自居中军，杀到柴达木河前面的铁鹰堡。见铁鹰堡已有青军把守，遂叫前队进攻。

守堡的乃是舒捷和伍震子二人，闻清兵大至，伍震子急欲出战，舒捷也赞成他的说话，于是率领部下数百人，出堡迎战。舒捷挟着双刀，伍震子提着一对紫金锤，各跨骏马，来了阵上。遥见清兵从山左翻翻滚滚地杀来，两军相近，清军鼓声大振，扎住阵脚。为首有一位老将，颔下长髯飘拂，跨着白马，手横铜刘，背后还有三个少年将军，各执兵刃，雄气勃勃。伍震子首先舞动双锤冲过去，那老将回头说一声话，便见一个少年挺着三尖两刃刀，将马一拍，飞也似的来到伍震子马前。伍震子大喝一声，刚才一锤打去，那少年将手中刀架着，说一声"咦"，伍震子不由一呆，再向那少年细看时，原来他便是小樱的哥哥，白虎山的石龙。这样伍震子几乎要喊将出来，石龙连忙向他眨眨眼睛，意思教他不要声张。举起一刀向他头上劈来。伍震子遂把锤迎住，二人假意厮杀了几个回合，石龙虚晃一刀，落荒而走，伍震子拍马追去。这时清兵阵上那位老将马一拍，冲出阵来。舒捷忙上前迎住，二人见面之下，大家相识，各怀疑意，所以假意厮杀了一会儿，舒捷也就虚晃一刀，回马向伍震子那边遁去。那老将喝一声："逃向哪里去？"紧紧追赶。

那四人追逐了一段路，看看四下无人，大家勒住鞍辔，舒捷和伍震子便向那老将拱手问道："石老丈，你们怎么跟了清军到此的？倒使小侄等惊疑了。"

石泰捋着胡须答道："不瞒二位说，我们自从你等走后，时时怀念。我女小樱一向是依依膝下的，伊去了也觉得异常惦念的。去年青海有了战事，清军大举西征，路上更是遍地荆棘了。你们一去而不返，我们不要更代你们担忧吗？恰巧老夫有一个朋友，说起岳将军招贤下士，西征之时用人尤多，特地介绍我们父子到他麾下去从征。我们暗想借此机会，也好到青海探寻你们。自从入青以来，屡立战功，岳将军和现在统率我们的副将军赫里吉待我们很是宠异。此次赫里吉分兵来攻柴达木河，特命我们带领前队到此，不料与你等二位相逢，真是天意了。不知你们本来是探险壮游的，却何以在丹津部下，代他们效力？我女儿女婿又在哪里？快快见告。"

舒捷遂将他们入青探险的事约略告诉一遍，且说自己和黄猛等抱着种族观念，借此机会，欲与胡虏抵抗，誓不屈服。况且自己已有了龙山，进可以取，退可以守，大概此生不想回去了。除非挥十万横磨剑，长驱入关，排除满奴，方才再踏中原故土了。所以自己斗胆请石老丈不如倒戈杀敌，和他们在一起吧。

石泰点点头道："也好，但是此刻不便多说话，我们杀回去吧。"

于是四人又是你一刀我一锤地杀回阵上，石虎石豹也赶到阵前。恰巧黄猛闻得铁鹰堡紧急，他自己带领六百名健儿，赶来相助。石泰急令部下暂退。于是清兵一齐后退，舒捷等也不追赶。

黄猛解了铁鹰堡之围，舒捷、伍震子迎他入堡，黄猛问起清兵的情形，舒捷便将他们二人和石泰父子遇见的事，告诉黄猛知道。黄猛听了，非常惊喜，便说道："啊，可惜我自己没有见他们一面呢。"

舒捷道："他们大概再要来攻打的，明日阵上可相见。"

黄猛连忙差人到柴达木河去请小樱前来，手下人奉令而去。黄猛又对舒捷说道："我在柴达木河听说清兵分路来袭，我恐铁鹰堡有失，急忙带兵来救，留小樱守在那边。现在伊的父亲随清军杀到这里来了，应当使伊知道，好使伊快活，也可早促他们反戈。"

舒伍二人点头说是，到了傍晚时候，小樱率领一百人来到堡中，黄猛便把这消息讲给伊听，小樱大喜道："我父亲和哥哥都会到这里来的么？好极好极。但不知香玉嫂子有没有同来？"

舒捷道："这却没有知道，适才匆促之间，也没有细问。明日嫂嫂在阵上，当可和他们相见的。"

小樱心里说不出的欢喜，挨过一夜，次日早晨，黄猛和小樱、舒捷、伍震子带领部下，开堡搦战。这时副将军赫里吉也已到来，他闻得这边的敌人厉害，已很愤怒，所以他带着石泰父子等一齐前来迎战，要把铁鹰堡攻下。黄猛甫到阵上，清军也已大至，见大纛旗下，有一位头戴花翎、身披战袍的黑面大将，跨下黑马，挟着两支铁矛，睁圆怪眼，在擂鼓声中，一马冲出阵来，大喝"番奴快来纳命"。黄猛方要挺枪而出，伍震子早摆动双锤，抢先飞也似的一马跑至阵上，大喝道："胡奴休得逞能，伍爷来了！"

赫里吉见他来势也是不弱，又是个汉人，便将左手铁矛向他一指，喝问道："你是汉人，为何助纣为虐？"

伍震子骂道："胡奴，你们入关以后，把我们汉人大肆屠戮，我正要趁这机会，代我们民族报仇，专杀你们鞑子，何为助纣为虐呢？"

赫里吉被他一骂，大喊一声，一矛照准伍震子胸口刺来，伍震子忙将紫金锤拦住。两个人各逞本领，狠斗起来，清兵擂鼓助威。

看看斗至七八十个回合，兀自不分胜负。赫里吉难得逢着这样凶猛的敌手的，心中也暗暗称奇。伍震子也觉得这胡奴果然厉害，大家都不肯示弱，更加用出气力来肉搏。黄猛在自己军中看着，实在忍不住了，提着烂银枪，赶到阵上来助战。石泰早已瞧见黄猛，心中暗喜，也将铜刘摆动，拍马上前助战，要想和他女婿见面。谁知伍震子见黄猛上阵，便让他去和赫里吉厮杀，自己却接住石泰。石泰没奈何，只得迎住伍震子交手。小樱瞧见了父亲，娇喝一声，挺着雌雄剑也赶到阵上来。石龙见了他的妹妹，忍不住舞着三尖两刃刀，上阵来接住厮杀。舒捷见他们杀得热闹，也挟着双刀出来厮杀，清后阵上早又冲出一个少年将军，手舞铁棍，正是石豹，于是八个人分作四对，在阵上酣斗。其实三对却是假厮杀，只有黄猛和赫里吉二人是放出各人真的本领，拼命地狠斗。

黄猛见赫里吉骁勇异常，战了这许多时候，还没有一些破绽。若是换了别人，一定要被他杀败了。小樱和石龙战了一会儿，觉得这样假杀毫无趣味，一边留心瞧见伊自己的丈夫和那个满将杀得难分胜负，自己也很不服气，难道这满将竟如此勇猛吗？所以伊丢了石龙，就去战赫里吉。黄猛见小樱过来，暗想来一个车轮战也是很好的，便让小樱去战赫里吉，他便将马一拎，冲到石泰身边来。伍震子便让黄猛和石泰对手，自己去和石龙假战。

石泰和黄猛交上手，当着众眼，不便说什么话。战了几个回合，石泰佯败，回马便走。追了数十步，石泰忽然回身将手向黄猛一扬，说道："着家伙！"便有一件小小东西，向黄猛身上飞来。黄猛忙伸手接住，见是一个小纸团，下系两个青蚨。心里早已估量着了，遂纳入袋中。二人一刀一枪地重又杀转。

此时赫里吉已和小樱酣战到三十余合，赫里吉暗想，今日遇到的都是劲敌，连那个小女子也是非常了得的，倘然再战下去，我将要败北了。他心里虽然这样想，然而他是好勇之辈，岂肯在人前失了自己的威风？所以依旧力战不退。石泰却回到阵里，鸣起锣来。赫里吉听自己阵上鸣金之声，就将矛向外一吐，架住小樱的雌雄剑，大声喝道："明天再决胜负。"回马就走。石龙、石豹也就跟着退下。黄猛见他们退却，并不下令追赶，也收齐部队，回到堡中。

大家下了战马，一同到寨里相见。小樱先说道："今天那个黑鞑子果然厉害，接连和我们三人交手，却还不见他力气松懈。他阵上若不鸣金时，他也不肯退下哩。"

黄猛带着笑说道："且慢，你父亲送给我一个法宝在这里呢。"

小樱道："什么法宝，快快取出来大家同看。"

黄猛就从袋中取出那个小纸团，说道："便是这件东西。"遂摘去底下的青蚨，将纸团解开来。

小樱不觉笑道："原来是这么一个法宝。"便将头凑过来看，见上面写着道：

今夜三鼓时分，我等当来袭击铁鹰堡。汝等可先佯败，待我等攻入堡中，然后汝等围而歼之。余父子当在内暗助，杀却胡虏也。

黄猛和小樱看了，知道是石泰暗定的计划，遂又将那纸团给舒、伍二人看了，大家都说这是一个很好的机会，会照此去办，稳可得胜。

于是黄猛下令部下，一齐在五点钟进晚餐，餐后齐集听令。又吩咐堡中所在住的少数居民，也收拾细软，同时秘密跟随军队离堡。晚餐后，黄猛请舒捷带一百五十名轻捷的健儿，齐穿黑衣，头上都插白羽毛为记号，暗伏秘密之处，等到清军入堡时，即将信炮放起，乘机捣乱。自己和小樱、伍震子分作三队，带着堡民，在黑暗中悄悄地偷出堡来，到附近之处，在暗中伏下。这里安排好了，但等清军前来中计。

　　这天石泰和赫里吉退到营里以后，赫里吉便问何故鸣金收兵，石泰道："末将因看大人被敌人用车轮战法，将要失败，一世英名将丧失了，所以鸣金收兵，再商破敌之计。"

　　赫里吉点点头道："不错，那些敌人不知是从哪里来的，都是你们汉人，何以不帮天朝而助叛逆之徒？真是罪不容诛。"

　　石泰只得摇头说道："这却不知了。大概他们已被丹津用重金收买使然。"

　　赫里吉道："今天阵上和我交手三十余合的汉女，不但年纪轻，容貌美，而伊的武艺也是不错。很想把她活活捉来，收为我的姬妾。那我就艳福无穷了。"说罢，哈哈大笑。

　　石泰听了，暗想：你这死在头上的鞑子，竟垂涎到我的女儿身上来了，可恶之极。便对赫里吉说道："大人看中此女么？只要将他们击破了，总可缚来。"

　　赫里吉搔着头道："石将军，你倒说得容易，我瞧这铁鹰堡一时难下哩。不得铁鹰堡，便不能攻夺柴达木河，恐怕岳将军用兵如神，在那里要先比我们将哈达河占领了。"

　　石泰道："这些番兵可以智取，不可以力胜。末将倒有一计在

138

此，不知大人可能采纳？”

赫里吉本是有勇无谋的莽将，听说石泰胸中有计，遂问道："你有何妙计？只要能破敌人，我无有不乐从之理。"

石泰道："今天阵上的厮杀，末将觉得敌人都是本领高强的，要把兵力取胜，自然不易。但是他们大多猛于攻击，疏于防守。这是末将跟随大人和岳将军等入青以来得到的经验。我们只有用暗袭之法，倒可十九获胜。今日我们先行退兵，似乎他们得了些优势，我料他们在夜间决不防备人家去袭击的。我们何不分兵两路，在夜半时候去偷攻铁鹰堡，杀其无备，或可攻破。不知大人明见如何？"

赫里吉听石泰献上这个计划，正中他意，遂照着石泰的说话，准备夜袭。

就在这夜子初的时候，天上甚是黑暗，虽有一弯明月，有时在云中显现，可是风大云涌，一会儿又隐没了。有两队清军衔枚疾走，不多时已到达铁鹰堡了。瞧堡上并无守备，只虚插些旗帜，好像内中的人都睡着的样子。石泰一马跑到赫里吉身边，赫里吉正瞧着堡上，心中犹豫着，未敢即攻。石泰便说道："大人你瞧，他们不是果然没有预备么？请即下令进攻吧。"

赫里吉听了石泰的话，立即吩咐部下攻打。大家都爬上堡去，见堡上空虚无人，石龙石虎首先登堡，将敌旗取下，插上清军的黄龙旗，一齐亮起火把。石虎又把堡门斩开，迎接赫里吉大军入城。赫里吉和石泰带领部下冲入堡中，却见堡中并无敌人，乃是个空堡。赫里吉觉得情形不对，便向石泰说道："怎么是个空堡？敌人都到哪里去了呢？奇怪得很。"

石泰道："真是奇怪的事，他们何以放弃这堡呢？一定有道理。"

赫里吉忙道："莫非中了敌计？"急令部下速退。

这时忽听号炮声响，空中火花乱舞。舒捷早率一百五十健儿在黑暗中杀出来。赫里吉不知敌军有多少埋伏，心中惊慌，急取双矛，对石泰说道："我与你快快冲出去吧。"

石泰也把铜刘举起，说道："大人请。"

赫里吉的马刚才行得两三步，石泰顺势将铜刘刺去。赫里吉大叫一声，跌下马来。石泰跟手一割，割下了赫里吉的首级，系在自己的马项下。其时堡外喊声大起，黄猛早和小樱、伍震子等杀来，声势百倍。内外夹攻，把清军困在铁鹰堡里。清军失了主将，又被石泰父子尽向自家人乱斫乱杀，有一半清兵退到堡外时，又被黄猛、小樱等掩杀一阵，逃回去的只有三分之一。真可说得尸横遍地，血流成渠。

直到天明时，黄猛和小樱、伍震子整队进堡，石泰父子四人以及舒捷等都来相传。黄猛见了石泰，便请到军部里去相坐，而小樱得和父兄重逢，喜不自胜，真是出人意外的事。又问香玉嫂子可曾一同到来，石泰摇头说道："我们本想要他们同来的，却因鸣九的母亲正有小恙，所以没有一起成行。我们本来探听你们消息的，并非抱着升官发财的希望。不过入青以来，觉得丹津的部下只知蛮杀，毫无策略，所以都被清兵击退。此次随赫里吉来攻铁鹰堡，无意中和你们相逢，真是非常之巧。前在阵未能讲话，我遂想到一个诱敌之计，便预先写好一个纸团，乘机传送给你们。一边怂恿赫里吉进兵夜袭，这样送了他的一条狗命，也使清军挫折些锐气。"

小樱听说香玉没有同来，微有些失望。黄猛道："这一路清军被我们如此夹击，可以说得全军皆没。我正好趁势反攻。"

石泰道："清军实力非常雄厚，这一遭的败衄也是赫里吉自己鲁莽，我等父子暗中倒戈所致。现在岳钟琪的大军正在攻打哈达河，未知丹津可能抵御得住。倘然哈达河已失，我们退守柴达木还不及，何能千里进兵，冒这个重大的危险？况年大将军正驻重兵于西宁，若没有充足实力的雄师，何能有进取之力？我们还是保守为妙，或者分兵去攻击岳钟琪的后路，解哈达河之围，也是一着。不知你们以为如何？"

黄猛和舒捷等听了石泰的话，都说道："这真是最好的一着。我们决计分兵去攻岳钟琪的后路，可以救援丹津，比较死守在这里好得多了。"

于是黄猛、小樱便教下人预备些酒席，宴请石泰父子。这一天小樱格外起劲，一张嘴常嘻开着，因为伊做梦也想不到会和父兄重逢的。伍震子也是十分欢喜，他欢喜的是曾把清兵大杀一阵，得了胜仗，总算吐一口气。堡内外的死尸都由他指挥番人去火葬讫。堡民也都安全回来，额手相庆。

这夜大家住在堡内，次日上午，黄猛便请舒、伍二人仍旧把守铁鹰堡，掩护柴达木。他自己和小樱以及石泰父子等，率领五百精锐，向北绕道去攻清兵的后方。不料兵至半途，惊耗飞来，丹津已全军覆没，清师业已夺得哈达河，长驱直入了。

原来岳钟琪分兵向哈达河进攻时，中途见野兽群跑，知有侦骑，连忙挥兵急进。遇见数百番兵，一齐将他们歼灭了，乘夜袭取哈达河。丹津虽然派有五百兵士在河岸把守，但是在黑夜中疏于防备，一攻即散。

岳钟琪夺了哈达河，并不逗留，蓐食衔枚，连夜进兵，直抵丹津的营帐。丹津和他部下仓促之间，见清兵好似飞将军从天而下，一齐惊慌。丹津穿了番妇的衣服，骑了白驼逃走。他的母亲和弟妹一齐被掳，部下投降清军的为数甚众。岳钟琪指挥兵马，自河源西追，丹津不得已越过哈顺沙漠，北投准噶尔。

黄猛得了这个消息，仰天大叹，深恐后路被袭，遂仍旧退守柴达木河。探得柴达木尚无恙，心中稍安。正想如何保守之计，忽闻年羹尧自西宁调来三千精兵，援助岳军进攻柴达木，以便东西呼应，把青海一鼓而下。黄猛和众人说道："清兵若来攻柴达木河，我当和他们决一死战。"

遂请石龙、石虎留守铁鹰堡，石豹驻守柴达木河，互为声援。自同石泰、舒捷、伍震子、小樱等带领六百精兵，到铁鹰堡前面的喀喇尔岭，布下营帐，等候清兵到来厮杀。因为喀喇尔岭之前有一个沙漠，清后必须经过的，待其劳师远来，乘势迎头痛击，较占优势。部下士气很盛，不过人数太少，以六百之卒，当三千之众，非大勇不惧之人不办。那前来的清兵都是年羹尧部下善战之士，统兵的是凉州总兵毕天翼，是一个能征惯战的勇将。年羹尧很赏识他，所以特地调他出征的。

黄猛闻清兵已渡沙漠，便和石泰商量，按照计划布置好，希望一战而胜。那毕天翼急于立功，兼程前进。渡过了沙漠，喘息未定，便把部下分作前后两队，来攻铁鹰堡。他自己领着前队，身先士卒，行得不到三里路，早有探子来报，称番兵正在前面喀喇尔岭扼守，大兵可要过去？毕天翼立刻吩咐左右取过地图，在刀上披阅后，对部下说道："喀喇尔岭是铁鹰堡的屏障，所以敌人有兵防守。我们现在快去将这岭攻下，便可直捣铁鹰堡，进攻柴达木了。"

左右都说是是，于是毕天翼挥军急进。不料行至前面喀喇尔岭上时，方欲下令攻打，却见山上下都插着旗帜，不见一个番兵。心中正以疑讶，忽听左面锣鸣鼓响，杀出一队番兵，为首一将挥着双锤杀来。毕天翼道声"贼子倒很狡猾"，就把手中大砍刀舞起，拍马来迎。二人斗在一起。

毕天翼觉得来将非常骁勇，而且是个汉人，很有些奇异。正在交战时，部下又报，右面又有一队番兵杀到，为首一员老将，横刀跃马而至。毕天翼便令部下一将，分兵三百前去抵挡。刚才吩咐讫，左侧鼓声大震，又杀出一队番兵，当先马上坐着一个英俊少年，手执烂银枪，冲至毕天翼的马前，大喝"黄猛在此，伍兄不妨退下，让我来杀此汉奸"。说罢，手中枪一抖，便有比碗口大的枪花，向自己胸口刺来。毕天翼把大砍刀挡住，伍震子退在一边，看黄猛和毕天翼厮杀。黄猛使出枪法，恍如一条银龙，上下飞舞。毕天翼也将大砍刀使开，左一刀右一刀地闪闪霍霍，和黄猛战住。毕天翼的部将深恐主将有失，便有两将挺枪而前，帮同作战，伍震子挥锤敌住，只一回合，锤头到处，已把一将打落马下。这时山左右又杀出两队番兵，箫声吹得应天价响。左边是小樱，右边是舒捷，手中各舞着兵刃，引兵而至。把清军冲作数段，彼此不能呼应。小樱舞动双剑，来助黄猛，双战毕天翼。此时清军怎挡得黄猛、石泰等五员虎将？蛮兵又是非常骁勇，早被他们杀得七零八落。毕天翼到此也觉得情势不妙，深恐自己陷入重围，不能脱身，遂大吼一声，将大砍刀架开二人的枪剑，将马跳出圈子，还马便走。

黄猛等率众追杀，清军幸亏后队已到，有两员骁将，一名蒋雄，一名刘兴，上前接应，方将毕天翼救出，挡住黄猛的兵。黄猛等见清军有援，也就适可而止，收兵退去，依旧守住喀喇尔岭。

毕天翼退兵到黑旗堡，这是他用兵以来第一次遭受的败北，心中又气又恼。却怪自己太看轻了敌人，以致失败。照他们的情形，都有汉人在内指挥作战，而且是很有策略的，不是以前蛮兵的只知乱杀。这样倒也未可轻视。于是他一边收拾残众，暂守黑旗堡，一边派人速到年将军处报告情形，再乞援兵。

黄猛在喀喇尔岭守了数天，见清军没有动静，遂请舒捷和伍震子带兵四百，前去挑战。可是毕天翼坚守住，不来理会。攻打了半天，方才退回。次日，黄猛自己又和石泰带兵前去搦战，清军仍是不出。黄猛想黑旗堡形势很好，可惜自己兵力太薄，没有先将这堡占住，以致落在敌手，借着它和自己对垒了。便挥众打了一阵，毕天翼在堡上只充部下把强弓硬弩向敌兵射去，死力坚守。黄猛见敌人无懈可击，只得和石泰收兵退回。

这样一连数天，黄猛和石泰商议之后，正想悉率精锐，前去包围黑旗堡，免得清兵方面有援军到来，忽然石豹从柴达木河遣蒙人飞马来报，后路紧急，柴达木即将沦陷。因为岳钟琪追丹津不获，闻得柴达木河的番兵十分厉害，先将自己派去攻打的赫里吉一军杀得全军覆没，赫里吉又被他们杀死。现在年将军派兵前去，又被他们战败。如此猖獗，未可以一隅之众，而存轻视之心。所以先遣部下游击将军王虎英带兵八百去攻柴达木，断绝这一路番兵的后路，等自己将附近各地平复了，再来接应。

那王虎英也是岳钟琪麾下的勇将，立刻奉了将令，带着八百骑兵，绕道偷袭柴达木。智缘和石门寺中的大喇嘛闻得警耗，连忙率领寺中喇嘛以及地方上的番人一齐防守，所以王虎英杀到柴达木时，未能一鼓而下。石豹在柴达木河得到消息，一边差人飞报黄猛，一边领兵回柴达木救援。与王虎英接战一次，未能得利，却被智缘接应着，冲进城去。石豹不得已，只得和智缘等守住柴达木。智缘闻得黄猛在喀喇尔岭，相离甚远，很盼望他来返救。又派人偷出城去告急。黄猛得到了石豹送来的消息，深虑柴达木一失，自己的后路便被截断，虽然前进也无益了，所以只得火速退兵，弃了喀喇尔岭，回到铁鹰堡，会同石龙、石虎兄弟二人，重渡柴达木河，回救柴达木。把王虎英杀得大败而走，和石豹等迎接黄猛一军入城。

大家谈起丹津出亡，清兵势大，都很忧虑。黄猛因为柴达木受了敌兵牵制，以致自己被迫退兵，空费辛苦，甚以为恨。次日和石泰商量，正想请石泰父子坚守柴达木，自己仍要渡过柴达木河去收复失地。哪知探子入报，岳钟琪亲率大军杀到，离城不过十里路了。

黄猛对舒捷等说道："久闻岳钟琪威名，今日我黄猛倒要和他杀个明白呢。"

遂教石龙二弟兄守城，自和小樱、石泰、舒捷、伍震子等四人，带六百兵出城去迎战。但见清兵漫山遍野而来，黄猛早已摆开阵势，等候敌至。见前方大纛旗下有一位大将，头戴花翎，身穿黄马褂，坐骑一匹高头大马，相貌雄伟，威风凛凛。左右站着许多护卫以及七八员战将。石泰指着这人对黄猛说道："贤婿，这就是奋威将军岳钟琪了。"

黄猛闻言，便挺枪跃马而出，大呼："岳钟琪甘心为奴，快来领受你家黄爷一枪。"

岳钟琪将手一挥，便有一将舞着开山大斧，跃马来战黄猛。黄猛大喝道："谁教你这小子来送命！"一枪刺去，那人把斧架开，交起手来。战不到十合，早已不支。清军阵上又杀上两将，石泰恐黄猛有失，也就一马杀出。岳钟琪见了，大骂叛将卖国，回头说了一句，便有一个少年将军，跨着银鬃马，手握双枪，跑出阵来，和石泰接住便战。小樱挥双剑，伍震子舞双锤，也从左右杀上，清军里又杀出两员战将，两边混战一阵，不分胜负。岳钟琪将马鞭一挥，清军一齐冲上，黄猛等众寡不敌，只得退入城中，在城上坚守。清军见番兵已退，并不猛攻，便把柴达木四面围住。

次日清军分着数队，时而攻东城，时而攻西城，忽来忽去，捉摸不定。黄猛知道这是岳钟琪用的乘隙蹈虚之计，遂命舒捷、石豹守北门，石龙、石虎守南门，石泰、伍震子守西门，自己和小樱守东门，防备严密，并不出战。这样相持了数天，黄猛觉得坐困围城，终非久计，便和石泰商量，要去劫营，石泰也赞成此举。于是黄猛吩咐四门各在夜半出战，稍能得胜，便仍退回。于是在夜半时大家一齐杀出，冲入清军营内，清军猝不及防，纷乱起来。岳钟琪闻耗惊起，急令众将休乱，退走者斩。不问敌兵多少，只把弓箭射住。黄猛和小樱带领部下，在黑夜里蹿了几个营盘，正要再杀过去，却被清军乱箭射住，冲突不入。知道他们也有防备，只得收兵退回。其余各门也冲破了几个营盘，全被乱箭射退。大家回城后，都说岳钟琪厉害，临变不乱，以致他们不能杀个畅快，然而也使清军知道番兵不可侮了。

次日，清军大举攻城，黄猛等悉力坚守，攻了一天，清军未能得手而退。这时毕天翼的一支军已取了铁鹰堡，渡过柴达木河来与岳钟琪会师。岳钟琪便命他攻打西门，黄猛预备死守，向智缘等细问城中粮食储藏多少，智缘答约供数月之粮，黄猛更觉安心。岳钟琪见攻打不入，便命部下偷挖地道攻城，又被黄猛发觉，反死伤了不少，清兵未能成功。黄猛也有几次出战，被清军困住，亦不能获胜。

舒捷忽向黄猛献计，要想在夜间到清营里去谋刺岳钟琪，石泰在旁听得，立刻劝阻舒捷不要前去，且说道："清军营盘布置得密密层层，难以走入中军营帐。何况岳钟琪帐下能人很多，保护严密。前阵上和自己交战的那个手握双枪跨着银鬃马的少年将军，就是一个能人。姓李名士奇，精通剑术，未可轻视。"

黄猛也以为舒捷不必前去冒险，他们劳师远来，利在速战。我们不妨待其师老而击之，或可取胜。舒捷听了二人说话，无言而退。

一夜过去了，次日忽报东门外有一队清军，挑着人头前来搦战。同时石豹北门差人来报，称舒捷失踪，昨夜不知何往。黄猛大惊，便和小樱、伍震子急忙去登城一望，果见城下有一队清军，约数百人，为首一将手握双枪，坐下银鬃马，正是石泰所说的李士奇了。背后一个清兵持着长竿，高高地挑起一个人头，不是舒捷的头颅还有谁呢？黄猛瞧了，不禁喊声哎哟，几乎晕将过去。三人又惊又怒，想不到舒捷竟会丧失性命在清军手下。他明明是在昨夜不服气，暗到清军营帐中行刺而遇害的。大约杀他之人便是这个李士奇了，所以他这样耀武扬威地来拐点。伍震子气得怒发冲冠，恨不得立刻跳下城去，一锤把李士奇打个肉饼。

黄猛忍住眼泪，咬紧牙齿，取过烂银枪，回顾二人说道："我们拼他一下，代舒兄报仇吧。"

二人一齐点头，于是三人上了马，各执兵器，不带一卒，冲出城来。伍震子举起双锤，大呼而前，李士奇正挺着双枪待战，见柴达木城中冲出三匹马来，二男一女，向他马前直奔。势如轰雷掣电一般，急把双枪举起，伍震子呼的一锤已打到他的头上。李士奇把左手枪刚才架开金锤，而黄猛一枪已横挑过来，连忙将右手枪拦住，掉转左手枪来，向黄猛面门上刺去。而小樱的双剑又到了他的身上，他一个人将双枪使开，力战三人，毫无惧怯。战到二十余回时，黄猛觑个间隙，一枪刺入，李士奇被伍震子的双锤缠住，一时躲避不及，恰被黄猛刺中肩头，翻身跌下马来，伍震子赶着一锤打下，早把李士奇打得头破血流，一命呜呼了。

三人杀了清将，顺势冲杀过去。清兵向后败退，黄猛挺着烂银枪，当先追着。遥见清军并无后援，退将下去。忽而背后锣声大鸣，自己方面发着收军的锣号，不知何事，只得和二人掉转马头，跑回城去。刚到城下，背后铁骑震震，大队清兵掩钉上来，连忙退入城中，到城上守御。

见石泰正立在城墙上指挥番兵赶紧防御，黄猛便问石泰何故鸣金。石泰道："我在西门得知你们出战的消息，便跑到这里来照料。见你等杀了李士奇，奋勇追向前边去。照理清军当有援军，何以都是不战而退？深恐你们中他们埋伏之计，所以命人鸣金，好教你们回来。果然不出我所料，清军追兵来了。"

黄猛称是，大家便用力守城。清兵猛攻一番，依然不能攻进，渐渐退去。黄猛因为伤了舒捷，心中非常悲伤，夜里在城上望见城外清军灯火如待长蛇一般，阵寨层层，可以说把柴达木围得水泄不通。黄猛见了也觉忧虑。

又相持了数天，年羹尧续派一队生力军前来，并携有红衣大炮数十尊，加入助战。原来这红衣大炮一名红夷，本来是西洋旧式的火器，葡萄牙人传到中国来的。其时正在明朝正德时候，直到嘉靖年，葡人把澳门为据留地，他们来的人益加多了。明人因为西人目深鼻高，须发皆赤，故称呼葡人为红毛夷。后来有葡萄牙兵到北京去，见边患正急，自请助战。便因他们人少，乃将他们的精锐巨炮献出，以备战守，故名红夷炮。清朝避讳，故又称红衣炮。开时能够洞裂石城，声震数十里。明兵仗了这炮，在沈阳之役、宁远之捷，击伤满人很多，遂封巨炮为安国全军平辽靖虏将军，遣官致祭，视为不可多得的利器。满洲的皇太极常想抵制之法，便用重金招徕明朝的工匠，前去铸造红衣大炮，果然也成功了。在炮的身上也镌有字道：天佑助威大将军。后来清兵入关，和李自成等流寇交战的时候，屡用这大炮得胜。在火器没有昌明的时代，这红衣大炮正可称得无敌大将军了。所以此次年羹尧闻得番兵厉害，便派得力炮手十数人，带了这炮前来，以便作战有力。于是岳钟琪将红衣大炮分配四门，下令时发炮攻打。

这天黄猛等在城上见清军潮涌而至，知道他们又来攻城了，便督率部下照常坚守。哪知清军阵里轰隆隆地发出巨雷般的声音，硝烟弥天，许多大小炮弹向城上打来。黄猛没有防到这么一着，此时更难把守了。城墙东穿一洞，西裂一缝，砖石逢到一齐飞起来，城墙岌岌欲倒，番兵打着的也都炸死。石泰知道这红衣炮的厉害，便吩咐城中番兵一齐前来筑垒，随破随修，将这危城支持住。清军得了红衣大炮之助，声势更盛。黄猛等拼命死守，有几次险些被清兵攻入，幸亏天色暗了，清军一连开了三炮，向城上示威后，方才退出。

黄猛等喘息稍定，巡视各城墙，大半破坏。潭穴累累然，好似

149

蜂巢一般。虽经部下和人民防堵，然而其势已是非常危险。倘然明日再来攻打时，一定守不住了。于是大家商量后，不得不将柴达木忍痛放弃。黄猛主张便在今夜趁清军不备，夺围而走，回到龙山去。石泰、小樱等别无他法可想，也只得赞同黄猛的说话。智缘和石门寺的大喇嘛也只得随黄猛同行。黄猛又吩咐番人愿意跟从的，不妨同去，其余的只好留城乞降，以免杀戮。

到得三更时，一切预备好了，分作三队，石泰、伍震子领第一队，石龙、石虎、石豹三人领中队，黄猛和小樱带队押后。开了南门，杀出城来。清军果然没有防备，石泰和伍震子带的都是精锐之众，只顾拼命向前猛冲，杀开一条血路来，望藏边而去。岳钟琪派将率兵来追时，却被黄猛、小樱二人杀退。

次日岳钟琪遂率大军进城，得了柴达木，把番人安慰一番，并不屠杀。柴达木既破，青海各路大致粗定，可告成功了。但是岳钟琪因为黄猛这一路军尚没有完全破灭，且被他们漏网而去，很不放心，便向番人探问黄猛消息，方知黄猛等是退向藏边龙山去的。岳钟琪问起龙山形势，大家都不晓得。只有石门寺一个喇嘛自称识得途径，愿意做清军的向导。岳钟琪大喜，便令自己部下王英虎和毕天翼一军共守柴达木，部署一切，自己率领大军三千，教那个喇嘛为引导，向龙山去追剿黄猛，以清余孽。

大军向西走了五六天，却来到一个沙漠。喇嘛说龙山还在沙漠之西，必须渡过沙漠，方可到达。岳钟琪遂教部下预备骆驼粮食等，要想渡过沙漠。谁知在沙漠中走了七八天，忽东忽西，方向不定，受尽许多困苦，人马俱乏。岳钟琪不免有些疑惑，遂唤过那喇嘛来细问。那喇嘛方才开口骂道："你们这辈满奴，谁肯代你们做引导？

老实和你们讲吧，我也不识龙山途径的。这里是桑骆海，我要和你们一同死在这沙漠中了，所以在沙漠中乱走。你们要想回去，大概也走不转了。你们把我杀了吧。"

岳钟琪大怒，遂把这喇嘛杀了，催动部下向前急进。但是前面红柳蔽天，目望不远，沙漠中又起了大风，险些儿将人马都埋在沙中，只得退走。但是途径已迷，走来走去，走不出了。人马俱渴，苦不得饮。恰逢有一队回人渡过沙漠，岳钟琪请他们做引导，方才能够回转柴达木，没有死在沙漠中，也是他的幸运。然而进兵龙山之举，也不敢鲁莽从事了。

青海既已平定，岳钟琪遂率大军班师，设重兵于西宁，以防番人反侧。岳钟琪归后，心中时常要想起他理想中的龙山。后来藏人入京，岳钟琪向他们探听，那藏人遂说龙山在青海和藏边交界之处，那里是个产金之区，不过山势险要，途径秘密，外间人很难进去。山上有一伙汉人和番人占据住，听说为首的姓黄，是个汉人，自称龙山王，非常厉害的。岳钟琪听了这话，料想那龙山王必然是自己在柴达木血战的黄猛了。他心里是这样想着，但再没有机会前去，而黄猛等一干人也长在龙山称王，不知有秦了。

侠女喋血记

第一回

芳名艳说银弹子

春来了，虽然是在北方，气候尚不十分和燠，而在这一个小园中早已是花红草绿，如锦如绣，逗露着烂漫的春光。东边有一堆假山，假山上有一茅亭，亭旁的碧桃已开放了。亭子中却空着石凳，没有人影。

两边一片浅草地，在矮墙尽处立着一支一丈余长的木杆，杆上张着一块方方的白皮，皮中心画着三个小圆圈的朱红目标。每一圆圈之内贴上一个黑色星形的金铁属物。便在木杆的对面，约有百步光景，站着一个十七八岁的少女，头上云发光泽，背后梳着一条发辫，用粉红丝线扎着把根。前面却罩着一方青绸包头，从脑后燕尾边兜向前来，拧成双股，在额上扎了一个蝴蝶扣儿。上身穿一件淡蓝湖绉箭袖小夹袄，腰间系一条杏黄绉绸重穗子的汗巾。下面穿着大青绉绸裤，脚下穿一双青牛皮平底小靴子，那靴尖上亮晶晶地仿佛是铁片儿，纤细得很，这是有功夫的人穿的，踹着他人的要害，可以立致死命。伊生得一张吹弹得破的鹅蛋粉脸，明眸皓齿，琼鼻樱唇，没有一处不生得可爱，刚健之中寓着婀娜，端端正正地立在那里，左手托着一张联珠弹弓。那弓拿在手里，十分沉重，背是牛角，里是牛筋，中间夹着一条铁胎，足有锯子刀那般厚薄。中间有个窝儿，里头藏着五颗弹子，晶光雪亮，宛如烂银一般。少女对准那对面的目标，右手把弦拉得如明月满怀一般，只听嗖嗖的三颗银弹，首尾衔接，如流星般向那白皮上朱红圈内黑色星形的目标飞去。铮铮铮三声响，那些金铁属物应声而落。少女自己很得意地微微一笑。一眼瞧见矮墙外有一角黄色窗牖的楼房，檐牙高啄，上悬着一个铁马，晨曦正照在上面，乃是东邻护国寺里的藏经楼。少女的弹窝儿里头还剩有三颗银弹，伊就若有意若无意地照准那檐牙上铁马又发了一弹。铠的一声响，那铁马被银弹一震，丁零零地从上落下。跟着便有一个戴着僧帽的和尚，爬上矮墙，向园里探头张望，瞧见了站着的少女，点点头微笑道：

"果然没有别人能够击落咱们寺顶上的铁马的。高小姐眼功真好！"

少女见了和尚，靦然浅笑道：

"和尚，你早啊！我送你一弹当点心，好不好？"

说着话，嗖的一弹飞去，正击中那和尚的僧帽，早已跟着银弹飞去丈外。和尚秃着光头，唬了一跳，立刻缩下身子去，少女忍不住格勒一笑。假山旁边却闪出一个少壮的男佣来拍手笑道：

"小姐这一弹打得真好！那厮是护国寺里的知客僧逸尘，自以为生得年轻貌美，不能六根清静，一双色眼常常偷睃人家的妇女。前年曾犯过风流案，却被本地绅士张老爷包庇着他调解开去的。今天他要来偷看小姐了，给他这一弹，虽然没有伤，至少使他唬了一大跳，快哉快哉！"

少女点点头道：

"原来如此。早知道他喜看女人，我至少打瞎他一只眼睛哩！"

男佣说完了他的话，自去假山下俯着身子拔草。这时天上忽有数头苍鹰飞来，在空中盘旋翱翔，好似找寻它们的目的物。少女仰起蛾首，弯倒柳腰，又向空中发了一弹，正中在一头鹰的头上。那鹰在上面晃了两晃，兀自飞了两转，徐徐折翼下坠。少女意兴甚豪，一摸衣袋里银弹已罄，便向假山下喊了一声"高福"。那男佣立刻丢了草具，跑到伊的身前站住，双手垂下，十分恭敬地问道：

"小姐呼唤何事？"

少女道：

"你快到外面聂少爷那边去向他要拿银弹。因为我前天曾托他到铁店里去定制我用的银弹三百颗，业已多日。他说明晚可以好的，不知店里送来没有？有已送来，快些拿进来给我用。如尚未送至，你烦聂少爷快快到那里去跑一趟，今天必要交货的，我这里正没用呢。快去快来。"

少女说罢，将纤手一挥，高福不敢怠慢，说声是，立刻回身向外面跑去。少女便在伊身旁一块太湖石上坐下，手里尚拿着弹弓，专待高福回来复命。

少女究竟是谁呢？伊就是河北地方芳名四噪的银弹子高飞琼。这位高小姐是将门之女，武艺高强。别瞧伊年纪尚轻，而凭着伊的一身本领，已非常人可敌。曾随着伊的父亲高山走过一趟绝域，那地方的胡匪是著名勇悍的，飞琼和伊的父亲合力击退大股胡匪，使胡匪震惊佩服，知道河北银弹子是当今的女侠。因为伊父亲高山，就是天津的名镖师，开设镖局于城外八里堡，河北河南远近诸处，只要一提起了靖远镖局和金翅大鹏高山的姓名，可说如雷贯耳，没有人不知道他老人家的厉害。二十年来，靖远镖局所保的镖，从没有在外面出过岔儿，人家见了高山的旗子上面绣着大鹏，鹏口里吐出一个斗大的"高"字，马上不敢侵犯他一丝半毫，让他的镖车安然过去了。高山今年年纪已有五十六岁，生平只有这一位女儿。发妻颜氏早丧。飞琼那时只有四岁，都是高山抚养长大的，钟爱如掌上明珠，借着伊聊慰桑榆暮景的。自幼也曾为伊延师教读，且习针黹。可是飞琼既不喜握管为文，又不爱拈线绣花。伊只喜欢随着伊的父亲刺枪弄棒，学习武艺。高山见伊女儿既爱武术，便把自己生平所有的技艺，倾筐倒箧地完全教授给伊。所以飞琼不但能习普通拳技，而且精习剑术。高山将自己壮年时在外得来的一柄白虹宝剑传与他的女儿。更能飞檐走壁，有轻身的本领。除了这些以外，伊还有一种惊人绝技，便是善用连珠银弹，一发五弹，百步内打人百发百中。这是飞琼费了七八年工夫朝晚勤练而成的。伊所用的弹丸是一种特制的钢铁，磨得浑圆光亮，闪闪如银，因此人家都呼作银弹子，而银弹子三个字也渐渐变作了伊的别号。直到如今伊还是每天清晨要到住宅的后花园中练习不辍。恰巧银弹用完了，铁店里定制的银弹尚未送来，所以此刻伊吩咐下人高福去问聂大爷催取。

所谓聂大爷又是谁呢？便是高山得意的门徒聂刚，三年前在外面收来的。年少英俊，不但武艺精熟，而又干练多才，高山甚是宠爱他。高山不喜欢收徒弟，而对于聂刚却是颇垂青眼的，叫他在镖局里帮办一切事情，因为他能够办事，所以高家的公私诸务都要交给他去办理。他对于这位飞琼小姐当然是非常钦佩而爱慕的，极愿意为伊服务，十分诚恳，以博伊的青睐。可是飞琼既有非常好的本

158

领，伊的性情也是十分高傲的，睥睨一切，不屑屈就人家，失柳下之和。这一点高山常常警诫伊，而飞琼总是难去伊的骄气的。高福这下人在靖远镖局里做事也有多年，便黠善佞，高山也很信任他的。但是他对于飞琼是十分服从，而视聂刚却非常妒忌，以为老主人太宠聂刚了。今天他在园中拔草，恰巧奉了飞琼之命去向聂刚催取银弹，他就跑到外面镖局里去。

高山的住宅，外面是镖局，后面是私邸。聂刚住在和镖局相连的客室内，室前有个小小庭院。今晨聂刚起身后，盥栉方毕，走出客室，一脚踏到庭中，不防头顶上唰的一声，有一物很快地落下。他急忙躲避时，已是不及，左肩膀上已着。那东西跌落地上，原来是一头死鹰。聂刚吃了一下虚惊，细看死鹰的头已被弹丸击碎了，地上流着许多鲜红的血。再一看自己衣上已淌上许多斑斑的血迹，脸上亦已沾染了一些血。他心中十分懊恼，暗想这鹰十九是被飞琼击死的，大概伊又在后园练习银弹了。真晦气，恰巧落在我的身上，脏了我的新衣。聂刚一边想，一边刚要更换衣服，高福已走到他的房门前。一见地下的那头死鹰，再一看聂刚的脸上和身上，不觉扑哧一声笑了出来。聂刚一团怒气正没处发泄，见高福走来发笑，怒上加怒，立刻就对高福说道：

"奴才，你笑什么？"

高福没有开口，先给聂刚骂了一声，他也有些生气了，便冷笑说道：

"聂大爷，恭喜你有血。"

江湖上人最忌人家说他有血，聂刚双眉一竖道：

"那鹰是谁打下的？"

高福道：

"除了我家小姐，还有谁能有这绝技把天上飞的鹰击落呢？聂大爷何必问我？你自己想想，你可有这本领？"

聂刚听高福有意奚落他，更是发怒道：

"奴才，你道我没有本领吗？哼！"

高福道：

"聂大爷！你不要奴才奴才地骂人。我高福在这里靖远镖局是吃的高家的饭，不是你的下人。你聂大爷地位虽然比我高一些，也是靠镖局吃饭的。我不配你骂。"

聂刚已将衣服换上，跳过来指着他说道：

"你大清早来和我斗嘴的吗？骂了你有什么了不得。"

高福道：

"我已说过，不吃你的饭，不用你骂。"

此时聂刚见高福如此傲慢无礼，忍不住怒火愈高，一伸手扑的一掌，打在高福的肩头。高福如何当得住？早已一个筋斗倒在地。不由哭丧着脸说道：

"好，你打人吗？"

聂刚瞪着眼睛说道：

"打了你又怎样？"

说着话，走过来一脚踏住高福的胸脯说道：

"你这厮太无礼了，打死了你再说。"

提起锥子大的拳头正要打下去时，高福忽又哀求道：

"啊呀，聂大爷，你真要打我吗？你是有本领的人，我不够你打的，请你饶恕了小人吧。以后我总不敢得罪你聂大爷了。"

聂刚见他如此模样，便一笑道：

"呸，你这厮真是银样镴枪头！方才为什么嘴凶？我看在我师父面上，姑且饶恕你一次，滚开去吧。"

将脚一松，回转身走进室中去了。高福爬起身来，瞧着聂刚后影，做了一个鬼脸，两手摸着屁股，一步一步地走回园中去。见飞琼坐在石上，正等候他取银弹来。高福便装出一拐一蹩的样子，走上前去。飞琼等得有些不耐烦，立起身来，对他说道：

"银弹在哪里？做什么你去了这许多时候？"

高福做出疼痛之状，颤声对飞琼说道：

"聂大爷打我，请小姐代我伸冤。"

飞琼眉头一皱道：

"他为什么要打你呢？"

高福道：

"小的奉了小姐之命，跑到聂大爷那边，见聂大爷正在更换血污之衣。他恨恨地对我说，不知是哪一个短命鬼打下一头苍鹰，害他弄脏了衣服。我就说这是小姐打下的。他就当着我面骂小姐。"

飞琼听了，有些气恼似的，又问道：

"聂刚骂我什么？"

高福嗫嚅而言道：

"小的不敢说。"

飞琼又哼了一声道：

"那么你可问他要银弹？"

这时候空中还有两头苍鹰在那里打转，好似要寻找它们已失去的伴侣。高福摇摇头道：

"没有，他已经把我痛殴了。小姐，你知道聂大爷的本领高强，无人能敌，小的怎打得他过？被他打伤了，求小姐为我做主。"

飞琼立刻玉靥生嗔，将足一顿道：

"你道聂刚本领好，他人怕他，唯有我却不怕他的。他在我家客客气气，不应该就出手打人，明明是瞧我不起。"

高福道：

"是啊，俗语说得好，打狗要看主人面。他打小的如同打小姐，打老爷一样。他还说不论谁人恼怒了他，他都要打的。"

飞琼道：

"这厮果然恃宠而骄，不成样子了，我父亲常常在我面前说他怎样好，其实都是我父亲待他太好了，我今天就去问他是何道理？"

高福道：

"好小姐，多谢你代我伸冤，但望你千万不要说小的告诉你的，否则聂大爷又要骂我打我了。"

飞琼道：

"我自然不说你告诉我什么话。因为我见你被人打了，所以诘责。好，我去问他，就是啦。"

说毕，丢下弹弓，走出园门去了。高福暗暗喜欢，远远地跟随在后面。恰巧聂刚正从甬道边走来。他因方才打了高福，是为一时的愤怒，事后思量，高福是师父和飞琼世妹得宠的下人，而且利口善佞，专会搬弄是非的，现在我打了他，难免他不到主人面前去说我有不是之处，离间我们的感情，那么还是让我自己去辩白一下，以免中间或有误会吧。所以他走向后花园来找寻飞琼，遂在园门外碰头。聂刚上前，叫了一声世妹，正要开口，而飞琼满面生嗔，早

162

就对他说道：

"聂世兄，我叫高福来向你催取定制的银弹，你为什么要打他？那鹰是我一时好玩，把它击落下来的。却不料激起了你的怒火，竟把高福毒打。须知高福是我家的下人，不用你去殴他。你如怒我，不妨直接来打我就是了。"

聂刚不防飞琼向他说这些话，明知是自己打了高福，高福已在飞琼面前说上坏话，激怒伊了，遂强作笑容对飞琼说道：

"世妹别要生嗔。那鹰果然是你打下的吗？好眼力！脏了我的衣，这是小事，不足挂齿。倒是高福那厮究竟是个下人，对我太没礼貌了。他对我的态度和所说的话真是令人生气，所以我一时气不过，推了他一跤，没有打他。他在世妹面前说什么话？世妹别要听他。"

飞琼冷笑一声道：

"你已推了他一跤，还说没有打他吗？他没有说什么。只是世兄自己也太不成样子了。我父亲宠了你，你就自以为武艺高强，没人是你的对手，在我家里日益骄横起来吗？高福是没有本领的人，你打了他也不为武。你就和我比较一下本领吧。你若能胜过我的，一切都不要说起。靖远镖局里除了我父亲，由你独大。否则还有他人，不容你猖狂呢。"

聂刚听了这话，两手搓搓，表示很急的样子，又对飞琼说道：

"我多谢师父把我收留在此，一辈子感激不忘的，哪里敢骄横？这是师父深知的。世妹休要听信他人挑拨之言。我对于世妹也是一向佩服的。世妹的武术远胜于我，我哪里敢和世妹较量高低？千乞世妹鉴谅我的忠诚，不要伤了彼此的和气。"

飞琼摇摇头道：

"你倒说得如此好听。人家都说你本领怎样好，老实说，唯有我总是不服。今天千错万错，你不该打我家下人。高福是我差他来催取银弹的，老鹰是我打下来的，你明明是恨我，莫要迁怒于高福。你有话同我说，今天我们非得比较一回不可。"

聂刚伸手搔搔头道：

"世妹为什么这样执拗？我是不敢和世妹交手的。"

飞琼道：

"你不敢和我比赛吗？我偏要你和我比一下子。你若是好汉，不要推诿。"

聂刚又道：

"自己人何必较量？我总不是你的对手，不用比了。"

飞琼将头颈一偏道：

"我不要，你当着我的面，一味向我恭维，背着我就毁谤我了。"

聂刚道：

"这是冤枉的。我一向说世妹好。"

飞琼一回头，瞧见高福正立在园门口，弯倒了腰，尚在抚摸他自己的腿股，伊想自己已许高福伸冤，必要代他出口气，任凭聂刚怎样好说温话，我千万不可听他的，于是伊又对聂刚用很坚决的口气说道：

"我一定要比的。你若不与我比时，就是看不起我，不要再在此间了。"

聂刚听飞琼这样咄咄逼人，他究竟是个男子，有着丈夫气概，到了此际再也忍耐不住了，只得说道：

"世妹若然一定要和比较时，我也无所逃命了。"

飞琼道：

"好，我们比过再说。"

便向旁边庭心中一站，等候聂刚上前。聂刚硬着头皮，把外面长衣卸下，跳过去做个金鸡独立之势，说道：

"世妹先请。"

飞琼也不客气，一伸右臂，使个霸王喝酒，一拳打向聂刚嘴边来。聂刚迅速地向旁边侧转头一让，使个叶底偷桃，一拳向飞琼下部打去。飞琼一弯身，使个龙女牧羊，要去捞聂刚的手腕。聂刚怎肯被伊捞住了，赶紧缩了回去。而飞琼又飞起右足，踢向聂刚腰里来。聂刚向左边一跳，刚才躲过了，不防飞琼跟着左腿飞起，直蹴到聂刚胸前，足尖离开聂刚胸口只有一二寸了。聂刚发着急，连忙使个霸王卸甲，一缩身跳开了数尺。他知道这是飞琼善使的鸳鸯拐，况且鞋尖铁片，任何人中了伊的一足，必要吐血身亡。以前有个山东恶丐上门寻衅，硬要镖局给他一千两银子。高山和他恰巧不在这里，伙计们被恶丐打倒了几个，恼怒了飞琼出来和那恶丐狠斗，也用这鸳鸯拐踢伤了恶丐的胸口，当场吐血跌毙的。不料伊今朝也用这绝技来对付自己，险些中着，不由唬了一身汗。连忙用出平生本领来悉心对付，一些儿不敢懈怠。两人一来一往，斗了三十余合。飞琼好胜心切，被伊捉住聂刚一个小小破绽，一拳打去。聂刚急避时，肩头已着，不由堆金山倒玉柱地仰后而倒。飞琼拍手笑道：

"倒也倒也！世兄你输了。"

聂刚一骨碌爬起身来，羞惭满面。又见高福立在远处对他扮鬼脸，似乎嘲笑他的模样。聂刚如何过得去？他就涨红着脸，对飞琼说道：

"世妹，你不要自恃技高，这是我一个不留心被你打跌了一跤，不能马上算数。我去取剑来，我们两人比一下家伙，好不好？"

飞琼带笑点头道：

"很好，随便什么比法，我总是不谢绝的。你快去取你的剑来，我们一同到后花园去耍一下了。"

聂刚正要回身取剑，忽然外面履声托托，走进一位老英雄，额下胡须已有些花白，而脸上精神饱满，双目炯炯有神，身穿深蓝色缎的夹袍子，足登快靴，腰间束着玫瑰紫色的鸾带，口里衔着一杆旱烟袋，正是金翅大鹏高山。他一清早出去把钱散发与附近穷苦的乡民，然后回来，这是他好善乐施的仁心，每逢三六九日，他总是这样做的。每次施去一百或是八十贯钱，所以四周的村民没有一个不歌颂他的功德。也因高山自己觉得在少壮时凭着一口金背刀，在外面杀伤过不少人，不免有些造孽，所以省下这笔钱来并不积贮，却把来救济穷黎了。飞琼一见高山进来，忙娇声唤一声爸爸。聂刚也立正身子，叫声师父。高福一见，却远远地趉开去了。高山瞧见聂刚背后衣裳上有些尘泥，便问你们在此做什么？飞琼便把自己如何和聂刚比赛拳术，将他打倒，聂刚不服，要和伊再比剑术的经过约略告诉。高山正色叱道：

"胡说！自己人较量什么高低？不要彼此伤了和气。你们还是免不了孩子气。"

聂刚俯首无言。飞琼却还说道：

"爸爸，你不知道他……"

正要再说下去时，高山早喝住道：

"别要胡说！"

又回头对聂刚说道：

"聂刚，你且到外边去，镖局里可有客人到来？倘有人来找人，你总说不在家，休去理会。"

聂刚答应一声是，走出去了。高山又对他的女儿看了一眼，对伊招招手道：

"你且随我来，我有话同你讲呢。"

飞琼马上跟了高山，循着甬道，跑至东首一间书室里坐定。那书室布置得朴雅，正中紫檀案上供着小小一尊达摩老祖的铜像，炉子里焚着名香，壁上挂着名人书画，正中是悬的虎啸龙吟图。屋隅又挂上一张宝雕硬弓，又有一柄朴刀，是有青布袋套着。高山坐在太师椅子吸了两口烟，对飞琼说道：

"我以前不是常和你说过，有了本领不能自恃而骄，骄则必败。你不听我的话吗？你为何又要和聂刚去比赛？自己人尚且要如此好勇斗狠，遇见外边人又怎样呢？"

飞琼以为伊父亲为了伊和聂刚比较身手的事而给伊教训，所以噘起了嘴不响。高山又叹了一口气说道：

"冤家宜解不宜结，古人说的话一些儿也不错。我告诉你吧。以前我也是为了喜欢行侠仗义，代抱不平，因此我就和人家结下了深仇宿怨。虽然事历数年，人家却不会忘记我而要找我。在这二三日内，我就很难对付，说不定将有不测之祸呢！"

飞琼听了高山这话，不由一惊，忙问怎的怎的？

第二回

仇人相见决生死

飞琼问得紧时，高山吸了两口烟，又说道："这事约有八九年了。"

于是讲起了一件往事。高山在那一年保镖南下，到得杭州，路上没有岔儿，大家无不欢喜，便在杭州耽搁数天，以冀遍游六桥三竺，兴尽而还。一天高山和几个镖局里的伙计到南山去游得有兴，只望山野间走去。忽见那边岭上有十数乡人蜂拥而来，手里各拿着竹刀锄锹之类，有些人面上还带着伤，形状十分狼狈。中间抬着一个男子，满身浴血，遍体鳞伤。高山见了，不免觉得奇异，遂拉住一个乡人，问他们是何缘故？那舁着的男子又是谁？那乡人是个二十岁左右的少年，告诉高山说，他们是郝家村人，去此不远。他姓郝，名根福。他的父亲文元，就是那舁着的男子。因为他们是种茶为业的，有七八亩山地，都种着上等的好茶，本是三年前向红樟村里一个姓田的买下的。那姓田的是个败家之子，为了赌输了钱，负得一身的债，遂把山地卖去。我等见那地土好，所以凑了钱买下。谁知去年腊月，姓田的有个堂兄名唤长林，从北边学武归来，竟向我们要还那种茶的山地。扬言那山地是田长林的产业，给他堂弟盗卖的，责备我们不该胡乱收买，故要我们无条件把山地奉还与他。其时那姓田的却又逃匿无踪，无处可以找他，我们答复他说这田地是出钱买来的，有契在手，不能交还，以后遂不去理会他。谁知田长林竟用他族人把那山地强夺回去，把我们所雇的长工殴伤了好几个。我父亲派人向他交涉，他又不理。我父亲也懂得一二武艺，今天遂带了村人，前去夺还田地。起初我们得胜的，及至田长林得信，他亲自领了一班人来驱逐我们。我们虽然个个人各出死力，和他们相拼。然而田长林的武艺已是不弱，更有几个地方朋友帮着他一齐动手，我们未免吃了亏。我父亲力敌数人，受了几处重伤，我也臂上刺着一刀，不得已败退下来，舁着我父亲回村。这片山地只好由田长林强占去了。我父亲的性命也不知怎么样呢？郝根福说罢，气喘吁吁的兀自不胜愤愤之气。那时候被舁着的郝文元，躺在木板上，挣扎着说道：

"此仇不报，吾目不瞑。"

那时候高山忽然激于一时义愤，对他们说道：

"山地既是你们斥资购得的，田长林如不忍割爱，也当请人出来，商恳出资赎还，怎能用武力强占，难道没有国法的吗？"

郝根福道：

"这里乡间的风俗，往往私自械斗，并不去官厅方面控告的。我们此次吃了败仗，明年当图报复。只恨自己武艺不济事，田长林武术高强，又有能人相助，我们如何报得此仇呢？"

高山遂问这地方距离不远吗？他说不远，过了岭七八里路就是那山地了。高山遂慨然对他们说道：

"你们不要气沮，我来相助你们一臂之力，去夺回那山地，一雪今日之耻。"

郝根福将信将疑地问道：

"田长林那边人数又多，我们都是败残之众，你们几位能去和他们争斗呢？"

高山就把自己的来历告诉了他们，且力言凭自己之力可以摧折田长林辈。他们知道高山是有名的老镖师，便相信高山的话。一边令人昇郝文元回去，一边由郝根福领高山去找田长林。高山遂和伙伴跟他上岭，还有十多个没有受伤的乡人，一齐曳着棍锄，跟着同行。高山因出游山水，身边没带武器，遂向他们要了一根檀木棍，对根福说道：

"无须刀枪，有了此物，足够取胜。"

高山说这话是壮他的胆，安他的心。他们过了岭，向前紧走，根福为导。不多时已到那山地之前，那边尚有十数乡人未散，一见他们前进，知道他们又去报复了。接着便听锣声大鸣，林间溪边，乡民麇集。有一个身躯高大，面色黝黑的汉子，手里挺着一杆花枪，挺胸凹肚地站在一条小石桥边，背后列着不少乡民。根福指着他对高山说道：

"此人就是田长林，把我父亲刺伤的。"

高山见了他的形状，知道他很有些膂力的。当自己扑上去时，田长林举起花枪，指着根福说道：

"你家老子已败在我的手里，你这小竖子还敢跑来作甚？莫怪我枪下无情。"

根福立刻向此人说道：

"田长林，你休要逞能。刺伤了我的父亲，现在有人来代我复仇了。"

田长林听了这话，又对着他斜着眼睛，傲睨了一下，哈哈笑道：

"郝根福，你要请打手时，何不请些有能耐的人前来？却去请这样行将就木的老头儿来送死吗？"

高山听了田长林之言，更是触怒，便将手中檀木棍舞开了，向前和田长林格斗起来。田长林的一支花枪果然不弱，膂力又大，确乎是一个劲敌，高山遂以巧取胜，待他一枪搠来时，高山向右边侧转身子一让，使他刺个空。高山便一棍向他胸口捣去，他果然大叫一声，跌倒在地了。那时在田长林背后却又跳出一个人来，五短身材，紫棠色的面皮，颌有短髭，手中挺着一柄宝剑，大喝一声，向高山头顶上一剑劈下。高山见他来势凶猛，不敢怠慢，忙舞棍和他决斗。两边的乡人见他们彼此猛扑，反不上前械斗，都作壁上观。高山不知他是谁，只觉此人本领又在田长林之上。猛斗七十余合，还是胜负不分。高山发了急，虚晃一棍，做作退后，觑个间隙，一棍扫去，正中他的头颅，仰后而倒。他们既然伤了两个，余众胆怯，不敢迎战。根福大喜，便和村民冲上前，将他们击退，居然把那山地夺回。郝根福自然非常感激高山相助之德，一定要请他到他们郝家村里去一叙。高山却不过情，遂跟他们去了。

文元虽然受伤，听说高山已把田长林等击败，在枕上泥首称谢。根福又预备丰盛的筵席，款请他们大喝大嚼，尽欢而散。送高山不少礼物，高山只受了一样而走的。这不过一时被义愤所驱使，帮助郝氏父子打败了田长林，事后即返津门。

数年以来，此事早已淡忘若遗了。不料昨天高山到望云桥去，在一家酒楼上和一个客人喝酒。东边座上有两个人像是父子模样，相貌都很雄武，不愧赳赳武夫，四道目光尽向高山注视不辍，高山觉得有些奇异。后来酒保上酒的时候，常呼高山为高镖师，因为高山每往那里有事，必去店里喝酒，酒保早已认得高山了，接待得非常周到的。那二人见酒保称高山高镖师，更是对高山紧瞧不已。后来酒保过去伺候他们时，他们凑在酒保耳朵边唧唧喳喳地问了许多话，酒保也回答他们，高山都瞧在眼里，便觉此事有些不妙。一会儿那个年纪大的人立起身来，走到高山的座边，向高山点头招呼道：

"这位可是天津八里堡的高山镖师吗？"

高山当然也不能不承认，便问他有何事情见教？他就说姓薛，名唤大武。他的哥哥大刚，数年前在杭帮助朋友田长林争夺田地的时候，曾被高山用棍击伤他的头颅。事后探问，方始知道高山的姓名来历，归后不到三个月，终因伤脑而死。自己是他的兄弟，雁行折翼，不胜悲痛。当他临终的时候，谆嘱自己访问仇人，代为报仇。这几年来在家勤习武事，专欲为兄长复仇。此番带个儿子小龙，特至京津，访问仇人，凑巧在此地遇见。高山听了他的说话，方才想起前事，原来那个使剑的丈夫，乃是薛大刚，江湖上尚没有闻见过，谅是个无名之辈。但是想不到那一次自己竟和人家结下深仇。现在薛大武公然向自己说来报仇的，倒不可不防。然也不肯示弱，便对他说道：

"你既然是来复仇的，我高山一条老命不敢自珍，悉听尊驾吩咐便了。"

薛大武就说很好，隔三天当到镖局里来领教。他又问明高山镖局的名号是不是叫靖远，设在八里堡的。高山道：

"你既然都探问明白，三天后老夫当在镖局中恭候驾临。"

约定之后，大家各归座位，照旧喝酒。他们是先走，高山喝至兴阑时始散。那客人很代高山担忧。高山请他放心，且说：

"金翅大鹏高山不至于栽翻在后辈手里的。"

高山说完往事，又对飞琼道：

"我回来后也没有告诉你，可是日子已迫，我不得不和你说一声的。你想我只因一时代抱不平，干预了人家的事，却不知因此和人家结下了怨仇，直到今日人家特地跑来找我，这岂不是自己招出来的祸殃呢？所以今天我见你和聂刚比较身手，就大不以为然了。一个人断乎不可自恃其能轻视他人。古今江湖上有许多英雄好汉，都失败在这个上。你父亲吃了这碗保镖的饭，免不得有几处地方要得罪人家的。平居常用戒惧，然而还是免不了。你正在青年，武术尚未深造，如何可以便有一个骄字存在心胸呢？况且聂刚是我的得意高足，我的剑术传授与他的不少。年来他的武艺也在突飞猛进，你莫要小觑他。恐怕他为了我的关系，有许多地方是甘心让你三分的。你怎么可以逼人太甚呢？你是他的世妹，有什么话讲不投机，何必用武？你的毛病不就是坏在自视太高吗？"

　　高山说到这里，顿了一顿。飞琼听了伊父亲的说话，对于自己和聂刚的事，倒也不在心上。最使伊注意的就是薛大武寻仇之事，忙问道：

　　"父亲，那姓薛的果然要在三天后到这里来找你的吗？"

　　高山点点头道：

　　"当然他要来的。人家声声说要报他兄长之仇，既已认识了仇人，岂有放过之理？我也准备他们来的了。不过他为什么要等三天后方来找我呢？因此我怀疑他除了儿子以外，或有什么别的朋友可以帮助他下手，这也许是我的劲敌。天下之大，能人多矣，我自己怎能说区区薄技，一定能胜过人家呢？因此我见你和聂刚比武，而引起我的感慨了。"

　　飞琼道：

　　"父亲不必忧虑。想父亲武艺高强，江湖剧盗，绝域红胡，没有

173

一个敢撩拨你一丝半毫。薛大武是什么人？他的哥哥总比他高胜，尚且败在父亲手里。料他又有什么能耐？待他们来时，女儿也可在旁相助，我一弹打倒了他。"

高山微笑道：

"你又来了。我尚且有些惴惴戒惧，你倒高兴起来吗？琼儿，你该想想这一次倘然你父亲败了，十九不能再在人间，必将离开你了，那么这靖远镖局何人继续主持下去？岂不要坠于一旦？而且我的向平之愿未了，心中不免要有遗憾。"

高山说到"遗憾"两字，声音稍低，苍老的容颜也有些黯然。飞琼也不觉粉颈低垂，默默无语。高山将手摸着他自己颔下花白的胡须，又说道：

"所以你的婚姻问题我是常常放在心上的。就因为你心高气傲，少所许可，我也不欲勉强你一二分，遂致久搁。照我的目光看来，聂刚这少年，倒可以入坦腹东床之选的。"

飞琼一听高山这话，又抬起头来，很惊讶地注视着伊父亲的面色。高山道：

"我今天同你讲了吧。聂刚在我镖局里襄助诸事，很能先得我心，办得十分妥帖，真所谓有事弟子服其劳，靖远镖局内外诸事，全仗他代办的。他的能干谅你也知道的了。至于他的剑术，你虽轻视他，我却以为不弱于你。记得我前年收他为徒的时候，他是一个孤儿。因他的父亲在滦州被人杀死，而他的母亲得到了噩耗，竟效绿珠坠楼，以身殉夫。抛下聂刚一人，虽是年轻，而很有勇敢，武艺也粗通。他就寝苫枕戈，自誓必将剚刃于仇人之胸。身边藏了一柄牛耳尖刀，旦夕窥伺在仇人之门，要想乘机复仇。他的仇人是一位武夫，也是地方上的恶霸。有一天仇人和数人薄暮归来，聂刚见人少，立刻跳过去，用刀向仇人乱刺。谁知他的本领还不高妙，只刺伤了仇人的手臂，反被仇人擒住。因为他年纪十分轻，还没有冠，所以仇人并不杀害他，也不送官，把他的手足缚住，用绳子悬挂在大门外一株老树的树柯上，让他自己活活地饿死。聂刚既被悬于树，他人惮于恶霸的淫威，谁敢去解他的倒悬之死？是我经过那里，见状大异，向旁人问清了缘由，心中便敬爱他是个好男儿，决定要救他下来，遂乘黄昏人静之时，我悄悄前去，跃至树上，将他救下。且允许他可以助他复仇。他不胜感谢。我便和他夜入恶霸之家，将那恶霸暗暗刺死，一齐逃出滦州。我问他将往哪里去，他就说无家可归，情愿跟我同行。我就收他为徒，带还津门。且喜在这数年中，他随我学武，进步非常之快。此子不凡，将来可以造就，绝不负我期望的。所以我很有意将你许配与他，招他做高家的赘婿，常欲向你明言。现在逢到这意外之事，我更想代你们二人定下了。脱有不讳，我也可以瞑目。不知你的意思究竟如何？”

高山说完了这话，双目望着飞琼，急切盼望他女儿口里说出一个“是”字来。可是飞琼却摇摇头答道：

“父亲，请你原谅。女儿的终身问题请父亲不要放在心上，因为我是一辈子情愿跟着父亲到老的。况且聂刚本领虽好，我总是不能佩服他，自问我对于他尚没有什么情感，父亲何必急急？且待以后再说吧。至于姓薛的要来找你，我想十有七八可以对付过去的。父亲常在外边东奔西跑，一向不怕人家的，也不必鳃鳃过虑。我预祝父亲的胜利。”说罢笑了一笑。高山听他女儿对于婚姻问题尚无允意，不好强逼，只得说道：

“好，你既然要稍待，我也只得暂时从缓，好在我相信聂刚的武术必能精进不懈，媲美于你，将来也许你自会有愿意的一天吧。薛大武父子的事且到明后天再说，我当然也不致完全为了此事而担忧。不过我要借此劝诫你，千万不可恃勇傲物，致招祸殃，你也能够听从我的话吗？"

飞琼一笑道：

"父亲的教训我自然肯听的。但近来聂刚因为父亲宠爱他的缘故，他的胆子也渐大，他也要恃宠而骄吧？"

高山笑道：

"你倒会说话。聂刚这孩子很是不错，我知道他绝不会这样的。你别听他人之言。"

飞琼见父亲这样信任聂刚，伊也不欲和他辩论，遂讲到别的话去了。父女俩讲了一歇，高山因为局中有事，他就走到外边去，而飞琼也自回伊的妆阁。

到了次日一早，飞琼梳妆毕，因为伊听了父亲的话，放心不下，所以走到外面镖局里来。只见伊父亲和聂刚正陪着三个人坐在会客室里谈话，高福却垂着手站在门口伺候，静静地听里面的人讲话。高福一见飞琼走来，立刻走近身向飞琼轻轻地说道：

"小姐，今天来了三个别地方的人。听说他们以前曾和老爷有仇，今天特来复仇的。"

边说，一边指着窗下坐着的有须髯的老者说道：

"此人听说姓薛名大武，他的兄长就是以前被我家老爷用棍击伤头脑而死的。那个年纪轻的汉子是他儿子小龙，还有个虬髯绕颊的壮士，不知是谁，大概是薛氏父子请来的助手吧。"

高福正在告诉飞琼，只听室中高山说了一声："很好，我们不妨见个高低，也不负你们远道而来。"于是大家一齐站起，走出室来。飞琼连忙闪开一边。高山见了飞琼，把手一招，唤飞琼到他身边，低低说道：

"他们三人是来找我的，我要和他们到前面庭中去一试身手。万一不幸而我有不测，你就好好和聂刚办我的后事，不必悲悼。我吃了这碗饭，本来随时有危险性的。"

飞琼道：

"父亲当心。那个虬髯壮士或非易与。"

高山点点头。这时聂刚瞧了飞琼一眼，早伴三人走到外面庭心里去。高山说了，去脱自己外面的袍子。飞琼连忙迅速地跑至里边，取了伊的弹弓和银弹。这银弹是聂刚昨天刚才到铁店里去代伊取到的。伊今天却没有到园中练习武功，所以弹囊中十分丰满。伊就拴在腰边，忽忽地又走到外面来。见伊的父亲已和薛大武在庭中拳打脚踢地彼此猛扑，而聂刚也和薛小龙动手。一边是父子，一边是师徒，大家各出死力，各显技能。唯有那虬髯壮士却袖手立在一边作壁上观，镇静自如，双目炯炯，却注视在高山身上。高福和几个镖局里的伙计也立在庭阶一处看高山决斗。飞琼遂走过去，悄悄地立在左侧回廊下曲槛旁长櫈之后，前面有两株罗汉松，正可掩蔽。伊能望见庭中人，而庭中人却不能望见伊的。伊的一双妙目很关切地看伊的父亲怎样和人家周旋。希望伊父亲虽老不衰，能够获胜，那么薛氏父子无所施其技了。只见高山一双拳头，两条铁臂，上下飞舞，正使着一套罗汉拳，没有半点儿破绽。虽然薛大武也使出浑身解数，狠命猛扑，宛如一头蛮牛，向高山要害处冲撞，一心要代他的哥哥复仇。然而高山仍不失其雄狮之姿，始终能够镇压得住。又看聂刚今天也施展出他所有的本领来了，很有几下杀手，薛小龙渐渐露出不够支持之势。自思前天聂刚败在我手，因此我更轻视他，以为他的本领终究浅薄，是父亲宠爱他，过于代他夸张，所以父亲对我说的话，我是毅然决然地反对。现在看他的身手十分便捷，也许他的前途倒并不是没有希望的啊。飞琼这样想，这样看，忘记了所以然。这时薛大武的拳法也有些散乱了。约莫斗至七十合以上，薛大武心中十分焦躁，觉得高山的拳术果然迥异寻常，名副其实。今天要让自己报仇，恐怕是很难的了。他这样一想，心中渐有馁意，手里益发不济。高山一拳正打向他的腰际，他忙弯身让过，还飞一足，直踢高山头部。这一脚是用的白鹤冲天之势，十分凶险，迅速极了。看看脚尖已到高山额角，旁边的人都代高山捏把汗。薛大武不防一脚踢个空，自己脚跟尚未立定，而高山已突然到了身边，教自己如何可以躲避？说声不好，高山的手已到薛大武左腰，忽觉自己背后一阵冷风，连忙回转身时一拳已到了颔下。原来那虬髯壮士见薛大武已到生死关头，他立即跳过来动手相助，解大武之围了。高山有意要试试来人的力气，所以便把左臂用力一抬，格住那人的拳头。虽然的给他拦开，而觉得臂膀上猛力一震，有些酸麻，便知此人果是劲敌了。自然不敢怠慢，还手一拳使个猛虎上山，直击此人的眼鼻。此人也往旁边一闪，躲过了这拳。而薛大武一掌又向他右边打至。这时候高山力敌二人，聂刚尚未打败小龙，不能过来相助，高山自然更要用力维持他的不败之势。可是那虬髯壮士的拳术更比薛大武高明得多了。他乘高山闪避薛大武之时，乘个间隙，径用右手两个指头向高山面门上使个二龙抢珠，来挖高山的眼珠子。高山不及避让，只听大喊一声，三个中早跌倒了一个。

第三回

潼关道上流星飞

倒的是谁呢？这却不是高山，而是那个虬髯壮士。本来高山已濒于危了，全赖他女儿飞琼银弹之力，得以转危为安。因为飞琼在那边罗汉松后看得清楚，早想助伊父亲了，银弹已装在弹匣里，扣弓待发，瞥见虬髯壮士加入后，用起毒手来，伊父亲已是危险非常，所以嗖嗖地发出两弹。飞琼的银弹百发百中，那虬髯壮士又是没有防备，所以一弹击中他左眼，一弹击中太阳穴，立刻踣于地上。薛大武猛吃一惊，忙向高山摇手，表示停止决斗，过去搀扶那虬髯壮士。那边薛小龙见此情景，心中一慌，肩窝上受着了聂刚的一拳，急忙退下，同他父亲一齐扶起虬髯壮士。瞧他满面是血，脸色大变，十有八九不济事了。薛大武咬紧牙齿，仍向高山恶狠狠地说道：

"好，今天算我们输与你了。你不要得意，暗箭伤人，不足为奇。隔一二年我再来找你是了。"

遂和小龙扶着那受伤的虬髯壮士退去。高山见自己方面业已占了便宜，也就不再苦逼，让他们回去。高福欣然跳跃向前道：

"这三个人都是很厉害。我家小姐的银弹子真好，一发而中，便

179

把他们打逃走了。恭喜老爷无恙。"

他只向高山半跪着道喜，却不去理会聂刚。镖局里的人也都向高山欢贺。高飞琼挟着弹弓，姗姗地走至伊父亲的面前，轻启樱唇，叫一声：

"父亲，方才那虬髯的逼得太紧。我恐父亲遭他的毒手，所以忍不住发了两弹将他击倒。父亲可知那虬髯壮士是个什么人呢？"

高山摇摇头道：

"不认识。大概是薛氏父子请来的助手，本领果然不弱。我若没有你发出银弹，恐怕要败于他手。好险哪！可是我们用的暗器胜人，总还是美中不足。大丈夫当用真实本领，打倒他人，方能使人家心服。"

高山说这话时，聂刚在旁暗窥着飞琼的面色，见伊初时笑嘻嘻的，后来听父亲话中有不惬意处，一张小嘴却又噘起来了。高山说了这话，知飞琼又要生气的，遂又说道：

"好了，我的危险时期总算过去了，让他们隔一年再来算账，别的话少说吧。你们都可以去休息一下。"

聂刚和高福等一齐退去，高山和他女儿一同步入里边，飞琼依旧噘起了嘴不作一声，高山对伊说道：

"怎么啦？为父的说了你一声，你就不高兴吗？唉！我也并非不知你在暗地里发弹助我，完全是一片孝心，并且今天那厮猝下毒手，若非你援救时，我必受伤而挫折了一世英名。不过人家约我比较本领，这般得胜他，恐被他人讥为不武罢了。你怎么又负起气来呢？"

飞琼道：

"薛大武若是真有本领的，理当他一人来和父亲决斗，为什么父

180

子俩一齐出马，还要请朋友相助呢？所以我用银弹击他一下，又有何妨？等他明年来时，父亲再和他斗本领吧。我看他的本领也不过如此啊。"

高山道：

"薛大武口里虽如此说，我料他自己不敢再来了，或者再请别的能人前来，和我较量，这事总有些麻烦吧。古人说，死生有命，富贵在天，我也听其自然，不用忧虑。但望向平之愿早了而已。"

飞琼听伊的父亲又要谈到伊的婚姻问题上去，连忙走到伊的闺房里去了。高山自经薛大武寻仇以后，知道自己在外边有了怨仇，终究是不利的，渐自韬晦，一意把自己的武艺尽量传授与他的女儿和徒弟聂刚。且常常带着二人出游，务欲去除二人中间的恶感。可是飞琼对于聂刚总带着几分藐视，不把他放在心上。而聂刚却因飞琼的轻视，益发自勉，刻苦练习。一心要追过飞琼，将来可以一鸣惊人，湔雪前耻。

时光很快，转瞬已是金风玉露，节届中秋。晚上高山端整一桌酒席，和他女儿飞琼，徒弟聂刚，在庭前举杯赏月。酒至半酣，高山端着酒杯，指着天上的一轮皓月，对飞琼说道：

"你们瞧这天边的明月，团圆光辉，使人何等高兴。所以古人有愿花常好，愿月长圆之语。然而盈虚消长，天道如此，明月又岂能长圆呢？曾几何时而下弦亏缺了。虽然如此，明月缺而重圆，圆而重缺，与天地同寿，人生却是聚散无常，祸福不定，又岂能及得明月？那么今岁中秋我等在此欢度良宵，未知明年又将何如？我年纪渐老，设有不测，别无留恋，唯我还有一件心事未了，终难安心呢。"

聂刚听得出高山话中之意，但他不便多说，且以高山语带萧飒，未免不详。飞琼也明白伊父亲之意，却不以为然，抬头望了一望明月，回头对伊父亲说道：

"父亲怎如此说？父亲要活到一百岁，说什么明年不明年？父亲尽寻快乐，何必发生感慨？父亲一生威名，两河南北有谁不知？即此一点，父亲足以自豪了。"

高山听了他女儿的说话，觉得女儿的骄矜之气终未能除，不由微微一笑道：

"这一点声名算得什么？想我有了这身本领，虚度一生，不过做一个老镖师，上不能为国家立功，下不能为地方除暴，庸庸碌碌惭愧得很。希望你们将来代我争一口气吧。"

又对聂刚说道：

"聂刚，你年少英俊，好自为之，他日倘有机会，扬名立功，这是最好的事，不负我教你数载之劳了。"

聂刚道：

"弟子受师父厚恩，终身感激。师父今夕的良箴，尤当铭刻心版，朝夕淬砺，以期有一天可以报答师父。今夜明月当头，良宵佳节，敬奉一觞，祝师父千岁长寿。"

说罢，斟满了一杯酒，双手托着，敬到高山面前来。高山听了聂刚的话，不由不扫愁颜，把这一杯酒咽嘟嘟地完全喝下肚去。又对二人说道：

"你们二人一个是我心爱的掌珠，一个是我得意的弟子，也该快快活活地在我老人面前对饮一杯。"

聂刚答应一声，提起酒壶，代飞琼斟满了。自己也斟个满，举起杯来，说声：

"世妹请。"

此时飞琼也只得举杯和聂刚对饮了一杯。聂刚心里稍微有些甜津津的，如啖谏果。直至月移花影，杯盘狼藉，大家都有些醉意，方才散席。高山吩咐高福撤去残肴，自回房中安睡。聂刚和飞琼向高山请过安，各返寝室。

隔了数天，忽然有一起关中的客商将有大批货物及银子运往陕西去，因为迩来潼关道上不十分平安，所以他们推了一个姓周的代表来靖远镖局拜见高山，要求高山为他们出行一遭，保护至陕，使他们有泰山长城之倚，不致中途生变。高山也知这条路好几年没有走了，自己也没有十分把握，起初不肯答应亲自出马，后经姓周的再三商恳，许以重重的酬谢，方才颔首许诺。谈妥在九月初一日动身启行。姓周的先送上三百两纹银作为定洋，于是高山又不得不远征一下了。

等到姓周的去后，他到里面去告诉了飞琼，说自己预备和聂刚同行，教伊好好在家里留心一切，兼管镖局之事。飞琼的意思却要自己跟随父亲赴陕，让聂刚留在天津。谁知伊和父亲说了，高山之意却不以为然，他对飞琼说道：

"此次出马十分重要。聂刚干练多才，必能助我，所以我要带他同行。你虽勇武多艺，究竟是个女子，还是守在家中的好。"

高山所以如此说，他无非要使聂刚出道，将来可以继续他主持靖远镖局业务，不免言语之间又有些偏袒了聂刚。飞琼知道父亲宠爱聂刚，决心要带他出马，自己拗不过父亲之命，只得作罢，然而心里却气不过聂刚，愤然说道：

"父亲不要我去，也就罢了。不过昔年曾随父亲出去，击退胡匪，女子未尝不及男子。我因父亲远征，放心不下，遂要跟随左右。父亲信任聂刚也好，但愿他能够忠心于父亲，平安往返才好。"

高山道：

"我知道你又要负气了。好孩子，你让聂刚走一遭吧，以后如有机会，我一准带你同行。"

飞琼勉强答应，心里终有些不快活。加以高福又在背后说些闲话，使伊更是厌憎聂刚，以为他父亲爱徒弟过于女儿了。

高山既得定洋，便把内外诸事着手预备。聂刚既得师父带他同往，自然喜不自胜，要想在飞琼面前争口气。到了那天，姓周的早把货物运到，分装镖车，一一插上了靖远镖局的旗帜。高山和聂刚各各扎束停当，佩带兵刃，和七八个伙伴以及夫子们离开靖远镖局。飞琼遂至门口，祝父亲途中平安，叮咛数语而别。

高山和聂刚跨上骏马，押着镖车，众客商也各坐上骡车，一行人离了八里堡，向前登程，镖旗猎猎，在风中翻动。一路秋光大好，景物可人，天气十分晴爽，行旅称便。高山等朝行夜宿，板桥明月，茅店鸡声，行了将近一个月，将至潼关，一路平安无事。虽然经过几处山寨，逢到有几路绿林大盗，但是他们一见金翅大鹏的旗帜，都知道高山的厉害，自然不敢出来行劫，让高山的镖车太太平平地过去了。有一次在卫辉附近野马岭边，遇见有五六骑在风尘中疾驰而来，马背上都是少壮健儿，聂刚最先瞧见，以为响马来了，忙知照他师父，教他留神，然而那些马上的健儿见了车上的旗帜，闪开在道旁，让镖车过去，竟没有一人动手，因此众客商大家佩服高山的英名，足以压倒一切后生小子。

到得潼关，十停的路程已去其九，只要进了关后，便至目的地，可以交货了。但这潼关是个险要去处，大家仍有些惴惴戒备。两旁山壁峻险，草木际天，一行镖车蜿蜒着从大道上迈进。前面正是一带松林，阴翳邃密，不知这林子有几许深。聂刚跨马当先，对着松林严密注意，恐防其中藏有强梁之徒。果然被聂刚料着，在那松林里头有数对眼睛，正向这边暗暗地偷窥着，聂刚没有知道。他的马安然过去了，背后便是镖车，车声辘辘，随着聂刚的马滚时，众客商的心里远望着天边的雉堞，只要一过潼关，便可无事。高山坐在大宛马上，在后面押着镖车，缓缓前进。不料他行近松林之前，突然有一支弩箭如流星一点，飞向他面前而来。高山正望着前面，没防到这弩箭从斜刺里飞至，闪避不及，正中鼻梁，大叫一声，从马上倒翻下来。左右伙伴见状大惊，慌忙过来扶起，喊住前面车辆。聂刚在前面听得背后人声哗乱，知是出了岔儿，连忙回马起来。见他师父这般情景，莫明其所以然。此时高山已入昏迷状态。聂刚跳下马来，凑在他耳边，大声呼唤师父师父。高山睁开眼睛，见了聂刚，遂挣扎着说道：

　　"聂刚，我中了毒箭，那边松林里有人埋伏着在暗算我。"

　　聂刚闻言忙道：

　　"师父莫动。待我去找寻凶手。"

　　便带领数伙伴，奔向松林边去。他从身边拔出宝剑来，护住头顶和咽喉，防备林中再有暗箭飞出。因为他从外面奔入，瞧不见里面的人，难免要吃人家的亏。等到他们跑入林子中搜寻时，阴森森地不见一个人影，偌大一片树林，何处不可藏身，教聂刚等从哪里去找寻得到呢？

那么放这冷箭的又是何人？原来就是薛大武父子了。当昨晚高山等一行人在旅店里投宿时，正逢薛大武父子和几个绿林中人从潼关来，也在那旅店里借宿。薛大武父子先到，及至高山等从人入内，薛大武父子早已窥见，有意回避，不和高山见面。但是一股怨气又勃然冒起。他们自从在天津复仇不成，反送去了薛大武好友贺固的性命，父子俩回转山西大同府薛家堡。薛大武早已探知高山的女儿飞琼善射银弹，此次他好友的性命就送在飞琼的手里，因此他也开始练习一种毒药弩箭，以便将来再去报仇。究竟他是精谙武艺的人，以前也曾练习过金镖，所以数月后他的弩箭已练成了。此次他们父子有事赴陕，事毕归来，顺道要至洛阳吃友人的寿酒，凑巧狭路相逢，冤家照面。薛大武告诉他的朋友白花蛇邹达，和邹达的同伴小鹞子濮四，他们都主张要在夜间去行刺，薛大武识得高山的厉害，期期以为不可。薛小龙说道：

"高山师徒都有很好的本领，若和他们明枪交战，恐难取胜。前次那老头儿的女儿用银弹伤人。今番父亲业已练就毒药弩箭，何不以此相报，教那老头儿死得不明不白，岂不妙呢？"

薛大武点点头道：

"我也以为这个办法是最好了。明日我们一天亮就动身，伏在途中狙击，高山必死无疑。"

于是他们决定这样做了。高山师徒等哪里知道死神已在背后狞笑呢？次日薛大武等四人一清早起身，付去了房饭钱，立即跨马上道。他们在来的时候，记得那边有一松林，预料高山等镖车必要经过的，遂到得那边下了马，牵马入林，拴住了马，大家猱升至树上，等候高山镖车到来。果然被他们达到了目的，一箭便中要害。薛大

186

武呼哨一声，大家跳下树来，逃出松林，跨马而逸。后来到了洛阳，祝过寿后，薛大武父子便和邹达、濮四等分袂告别，自回大同府去了。

当时聂刚等迟慢了一些，自然搜寻不着，没奈何回去见他的师父。连忙代高山将箭头拔出，洗涤干净，敷上了他们预备的万金良药，载上了骡车，向前赶路。午时找到了宿头，歇下旅店。但是高山僵卧炕上，奄奄一息，聂刚急得手足无措，要请医生也无处想法。高山气喘吁吁地说道：

"聂刚，我这次受人暗算，自知性命垂危，无法挽救，这是我的不幸。我死之后，希望你代我慢慢访问仇人，代你师父复仇，方才不负我收你为徒的意思。"

聂刚听了这话，益发悲伤，竟号泣起来。高山又对他微微摇手道：

"聂刚别哭，我还有几句要紧的话告诉你呢。"

可是高山要紧的话，尚未说出时，箭创大痛，又是陡地昏晕过去了。

第四回

寝苫枕戈孝女心

聂刚连忙又唤师父，众伙伴也一齐发急。隔了一刻，高山又醒过来，向聂刚看了一眼，然后挣扎着说道：

"聂刚，你是我心爱的徒弟。我死之后，靖远镖局之事要托给你代我继续办下去，谨慎将事，不要丧失了我的英名。至于我家中唯有爱女飞琼是我最爱的骨肉，我离开这个世界也只舍不下伊一个人。我早要了向平之愿，但是因循迟延而未成就。照我的意思，很欲将飞琼许你成为夫妇，把你招赘在家，这样你无家而有家，我也无子而有子了。所以我现在临终之前，把我爱女许配于你。你后日扶我灵柩回乡之时，不妨将我的遗嘱对我爱女直言无隐，且和伊说，伊若然孝思伊的亡父，那么这遗嘱不可不听从的。因为我知道我女儿的脾气很有些高傲，往往和人家执拗，我的说话有时也不能使伊必听的。不过这件事又是我切切期望，而眼前不能见诸事实的，无论如何，必要使伊遵我遗嘱，否则我死于九泉，更不瞑目了。将来你们结婚以后，两人合力，不但要守住这个镖局，而且要代我访寻仇人，务必报此一箭之仇，以慰阴魂。"

聂刚听了高山如此谆嘱，心中又是感激，又是悲伤，且泣且言道：

"师父这样待我，终身感恩不忘。想我本是漂泊天涯的孤儿，蒙师父收留我，教授我武术，任我镖局之事，视同一家人无异。现在又欲招赘我，把遗命托我，天高地厚之德，教小子何以报答呢！此番得奉师父保镖赴陕，中途出此岔儿，小子未得保护师父，救活师父，这也是我毕生的遗憾。自知罪孽深重，对不起师父的。将来若不代师父复仇，必要天诛地灭。"

此时高山已是说不动话了，听聂刚如此说，点点头道：

"好……你……你能……立誓为……我……报仇，我……死无憾了。"

说罢，面色大变，两脚一挺，竟撒手长逝。聂刚抱着他师父的遗尸，放声大哭。众伙伴也一齐举哀。客人见高山惨死，也觉十分哀悼。姓周的遂拿出钱来代高山购买一口上等棺木，从丰收殓。因在客地，灵柩暂厝在镇上普济寺内，等聂刚等送到客货后，回来扶柩归葬。一代英雄竟如此草草结束，大家不免格外感伤。高山既死，保镖的事自然由聂刚担任下去。大家在旅店内歇息一日，次日清晨束装上道，依旧向潼关进发。镖车上仍插着金翅大鹏的旗帜，却不知那位生龙活虎的大鹏英雄，竟不幸遭受人家的暗算而逝世了。人们的吉凶祸福真不可知呢。聂刚把镖车送至西安路上，却没再有岔儿发生。众客商因为高山身死，大家又提出一笔恤金以及保镖费，共送四千两银子，交与聂刚。聂刚领了银子，和伙伴马上回转，到潼关外普济寺里去取了高山的灵柩出来，用车子载着，挂了一面白旗，遄返天津。及至津门，已是十月下旬。北方气候早寒，彤云布空，玉龙乱飞，飘起大雪来，好似老天特地追悼这位老英雄，点缀大地素色，增人凄哀情调。当聂刚护送灵柩到镖局大门时，早已先差伙伴前去通报。

那飞琼自从高山等一行人去后，伊心里常觉闷闷不乐。因伊父亲宠爱聂刚，甚至情愿带徒弟出去，而不肯携带自己女儿，可见他亲信聂刚已到极点儿。明明自己的武术是胜聂刚，而父亲偏偏袒护聂刚，许聂刚为可造之材，而斥自己太有傲气，可知此行聂刚早已在父亲面前巴结下来了，自己怎不气恼呢？飞琼这样想着，而高福因受了聂刚的羞辱，衔怨不忘，常在飞琼面前媒孽聂刚的短处，所以飞琼对于聂刚更无好感了。伊在镖局中也没有事情可管，每日习武之暇，只在花园里看看花木和金鱼，沉寂无聊，因伊既无姊妹，在津也无亲戚朋友，一个人孤单单地更是沉闷了。屈指计算，父亲已去了两月有余，大概早将镖车护送到陕，策马回津了。天气已冷，不知老父途中是否安康？谅老父是常出门的，必能对付群盗，游刃有余，平安回来，欢度严冬的。这一天飞琼正在午睡，忽听外面人声，伊疑心父亲回家了，连忙起身下床，整一整头上的髻，走出房门。见高福哭丧着脸，忽忽地自外跑入，一见飞琼，便道：

"小姐，不好了！"

飞琼不由惊异，忙问道：

"高福，有什么事，这般大惊小怪？"

高福道：

"小姐小姐，老爷的灵柩回来了！"

飞琼起初还疑心自己耳中听错，又问道：

"高福，老爷怎样？你说得清楚一些。"

高福揩着眼泪说道：

"老爷死在外边，聂少爷扶柩回来了，快到门外。刚才有伙伴来报告，叫小姐快去迎接灵柩。"

飞琼骤问此言，真是意中万万料不到的，不由脸色惨变，喊了一声：

"啊呀！"

觉得眼前天旋地转，似乎要发晕的样子，忙强自镇定，顿了一歇，又问道：

"这事可真的吗？老爷怎么会死的？"

高福摇摇头道：

"这个我不知道。停会儿请小姐见了聂少爷，当面问个明白吧。这是出去的伙伴回来说的，小人怎敢妄报？"

飞琼瞪着双目正要再说时，外面人声喧杂，聂刚穿着孝服，打从外边走将进来。见了飞琼，立刻号泣道：

"世妹你不知师父死在外边，经我扶柩回来。请世妹快快接灵。"

飞琼闻言，哭出声道：

"聂世兄，我父亲好端端的，怎会死在外面呢？"

聂刚顿足叹道：

"当然这是猝然发生之事，停会儿我再告诉世妹吧。"

说着话，高山的灵柩已由扛的人昇至大厅正中搁住。飞琼随着聂刚出外，一见灵柩，更是放声痛哭，晕倒于地。小婢慌忙扶起。聂刚一边哭，一边又来唤醒飞琼。飞琼抚棺哀泣不已。聂刚忙着叫人设起灵座，点起两支白蜡烛来。小婢扶着飞琼先向灵前拜倒，飞琼哭道：

"父亲出去时候好好一个人，为什么回来时我不能再见你的慈容呢？"

哭得发痴了扑向灵座上去，众人在旁劝住。聂刚和众伙伴以及高福等一个个都来挨次下拜。拜毕，飞琼走至聂刚身旁，且哭且问道：

"聂世兄，你快告诉我吧。此次父亲保镖出去有你同行，以为再稳妥没有了。如何他会死的？究竟是何原因？生病死的呢？还是被人家所害？你快告诉我吧。"

聂刚揩着泪说道：

"世妹，这真是不幸的事！师父受了人家的暗算而故世的。"

飞琼双眉一竖道：

"谁敢害死我的父亲？仇人是谁？你可把那仇人擒住吗？快告诉我听。"

飞琼问得紧张时，高福也挨近来，站在一边，听他们讲话。聂刚便把高山如何在潼关道上被人放一冷箭，射中面门，毒发而死等情，一一告知。且说道：

"我要在世妹面前告罪的，就是此次我随师父出外，师父受人暗算而死，而我不能擒住仇人，这是我十二分对不起我师父的，请世妹原谅。我先扶了灵柩回来，待师父安葬后，无论如何，我必要为师父复仇，方可慰师父在天之灵。"

聂刚的话还没说完时，飞琼早板着面孔向聂刚责问道：

"我父亲一世英名竟死于竖子之手。我不明白，聂世兄跟随父亲一起的，我父亲中了毒箭，你就应该赶快寻找仇人，何以这般迟慢，致被兔脱呢？这一点使我父亲死也不瞑目了。不是我说现成话，若换了我在父亲身侧，一定要见那个仇人拼他一下。难道那仇人会插翅飞上天去不成吗？我不明白聂世兄本来是个很能干的人，怎么畏首畏尾，放那仇人遁去呢？"

飞琼责问时，聂刚低倒头，皱紧双眉像是十分负疚的模样，高福却在一边，面上露出一种奸相来，向聂刚揶揄。聂刚听飞琼责备得甚是严厉，自己不得不分辩一下，以释天津镖局中众人之疑，遂又叹了一口气说道：

"这是我应得之咎，也不能逃世妹的责备。实在那边树林丛密，路径曲折，我又在前面引路，当师父在后中箭之时，我回马去救，无奈那放箭的人始终未露面目，一箭射中之后，立刻遁去的。所以当我和众镖伙入林追寻之时，却已杳无影踪。我又惦念师父的伤，不得不回去救活师父。怎奈师父中得很厉害的毒箭，虽有金创药敷也是无效。世妹，请你原谅，那时候我实在难以兼顾，并非有心放走仇人。你如不信时，可问同去的镖伙，他们多是一起眼见的，并无半句虚言。"

聂刚说到这里，有几个伙伴在旁也帮着聂刚证明此事。聂刚又对飞琼说道：

"无论如何，世妹的大仇也是我的大仇，此仇不报，非为人也。稍缓我决定去报仇，你可知道我的心了。"

飞琼听聂刚如此说，众人又有证明，自己也奈何他不得。父亲总是死了，永远不得见面了，又伏在灵柩旁哀哀哭泣。经小婢再三苦劝，扶着回房。十余年来依依膝下，父女之情何等的深久？一旦遭此大故，孤雏情况，自是可怜异常，所以飞琼终宵泪眼未干，睡不成眠。次日聂刚早将灵堂布置好了，延了僧人前来念经，超度亡魂。飞琼全身缟素，拜祭成礼。晚间聂刚又和飞琼谈话，将他师父的恤金交给飞琼，且报告此行的账目，商议好散发众伙友的酬资。一切粗定，聂刚便对飞琼说道：

"师父临终之前，虽有遗嘱，命我继续他老人家的志向，承办靖远镖局，克保声名，但我实在不敢有此意思。因为世妹虽是女子，而巾帼英雄，名闻遐迩，正可让你继承父业，来办这个镖局，名正言顺。我有师弟之恩，很愿意在一边辅助着世妹，襄理一切业务。此后世妹如有驱遣，我无不乐从，愿效驰驱。"

飞琼本有好胜之心，无论高山的遗嘱自己亲耳没有听得，不能十分的相信，即使真有这么一回事，自己也决不肯让聂刚来继承父业的，因此伊点点头道：

"不幸父亲惨死，这镖局当然要使它继续存在。我虽是个女子，当仁不让，很愿维持下去。即请世兄照常在此帮忙。"

聂刚听到飞琼已愿自办，他也无可无不可。本来这个镖局是高家的，自己和飞琼的婚姻尚未成功，自然没有此资格，只要飞琼能够看得起他，不和他疏远，便是幸事了，遂也点点头说道：

"好，世妹既有此志，我早已说过，自愿效劳的。师父遗嘱中还有一句话，此时我也未便向世妹陈说，且等过些时再说吧。"

飞琼道：

"什么话？"

聂刚嗫嚅着一时说不出来。飞琼见他如此，也就不再逼问了。聂刚又和飞琼谈谈镖局里的事，然后退出。次日聂刚当众发表飞琼继续高山为靖远镖局女主人。出去的伙伴倒惊异起来，因为他们也都听得高山的遗嘱，以为聂刚可以代替高山主持镖局的，现在却归飞琼主理，似乎有背老主人的遗言。但飞琼终是高山的亲生女儿，且又知道伊的本领高强，所以也无异言，不过略代聂刚不平罢了。聂刚却忙着办高山的丧事，又和飞琼商定择一吉日，为高山设奠开吊。到了那天，大家前来慰唁，素车白马，颇极一时之盛。飞琼一一答拜，悲哀欲绝。开吊过后，聂刚又陪着飞琼到乡间去看墓地，造起坟来，为高山卜葬，以安英魂。忙了一个多月，已是隆冬天气了。镖局里的业务很清，一则因为高山死了，多少总有些影响，二则时逢冬令，客商们往来较少，也要度过了残冬，再做大宗的贸易。飞琼恐怕镖局业务方面要衰颓下去，所以和聂刚商量，务要振起伊的声威。聂刚代伊计划，先打起两面白旗，银地黑字，一面旗上大书"河北女镖师"，一面旗上大书"银弹高飞琼"，把来竖起在镖局屋顶上。镖旗猎猎翻风中，显露着十分威风。路过靖远镖局的人，都驻足而观，女镖师高飞琼的威名，更是脍炙人口。聂刚虽然对于飞琼，一心一意地代伊办事，要博取伊的欢心，无如一则飞琼对他久存藐视之心，二则高福在得便的当儿，常在飞琼身边有意毁谤聂刚，说老爷英名盖世，一晌不曾失败，如何此次带着聂大爷出去，反会遭人暗算？仇人是谁？聂大爷怎会说不出的呢？平日聂大爷的为人很是精明强悍，为什么此次他竟这样的不济事？非但不能擒住仇人，连仇人的面和仇人的姓名竟会茫然不知，岂不是变成了糊涂虫吗？又说这或许是聂少爷有心想做靖远镖局之主，所以故意放过凶手，让老爷中毒而死，坐视不救的。飞琼是个性子急躁的人，听了高福说许多不利于聂刚之言，更把聂刚怀恨，疑心他果然要利用伊父亲的暴死，而想攘夺这个镖局了。所以伊做了镖局女主人后，对于聂刚时常猜疑，而没有像伊父亲那样的信任了。

时光过得很快，腊报声中已是莺啼燕语报新年了。高山的百日是亦已过去。有一天早晨飞琼到后园去练习银弹。因为自从高山死后，伊心绪恶劣，不胜悲哀，这玩意儿也中辍了好多时，筋骨不免懈弛，故要照常打靶了。那时梅花已在盛放，暗香疏影，琼葩仙姿，园中起始有了一些春意。飞琼射了一会儿银弹，把弓弦松了套在臂弯里，在梅树下徘徊片刻。忽见聂刚从梅树后走将过来，叫声世妹。飞琼回头瞧见了聂刚，便有些惊讶似的说道：

"聂世兄，你早呀！"

聂刚道：

"我来了已有些时，因见世妹方在练习银弹，不敢造次惊动，所以在林中偷窥多时。世妹的功夫日臻纯熟，虽古之养由基，亦不过如是了。"

飞琼扑哧地笑一声道：

"养由基是古之善射者，他用箭，我用弹，不是一样。你怎把养由基来比我呢？我不敢掠美。"

聂刚道：

"箭与弹虽然式样名称不同，而为技则一，我何尝不可把养由基来称赞世妹呢？"

飞琼又仰首笑了一笑道：

"算了吧。"

一步一步向假山石边走过去，聂刚却追随在伊的身旁，亦步亦趋，走至一块太湖石畔，走上两步，对飞琼带笑道：

"世妹请坐一会儿，我有句话要和你谈谈。"

飞琼一怔道：

"什么事？"

聂刚把手拂拭着太湖石说道：

"世妹请坐了再谈。"

飞琼勉强把娇躯坐定，聂刚挨近飞琼身边坐下，向伊徐徐说道：

"自从师父逝世以后，世妹的玉颜也有些消瘦了。"

飞琼听聂刚提起伊的父亲，不由心中一酸，眼眶里已隐隐有些眼泪，低声说道：

"我父亲死得太惨，我有了不共戴天之仇，尚未得报，所以寝苦枕戈，这颗心一日也不得安宁。"

聂刚道：

"师父确乎死得可怜，莫怪世妹哀痛欲绝。我做徒弟的也是时时刻刻不能忘记的。"

飞琼冷笑一声道：

"承你的情，但我不知怎样报我父亲的仇呢？"

聂刚道：

"春晚了，师父的丧事也已办妥，我们当然要出外去寻找仇人，复此大仇了。不过我以前不是曾对你说过，还有一句话要和你稍缓再谈吗？"

飞琼道：

"什么话？我倒不记得了。你爽爽快快地说了吧。"

聂刚道：

"世妹，我说了出来，务请你要相信我的话。因为师父临终之时，也曾对我说过，照他老人家的意思，要将世妹许配与我，招赘我在家，一同支持这个靖远镖局的。师父对我说了这话，要我转知你而得你同意的。虽我承师父待我天高地厚之恩，只因世妹新遭大故，我恐冒犯，不敢就对你直说。现在我忍不住了，不辞孟浪，直言相告，请求你能顾到师父的遗嘱，答应这婚事，鉴谅我一片的诚心，和数年来相爱之意，答应了我吧。"

聂刚说了这话，怀着一腔的热烈情绪，等候飞琼的檀口一诺。

第五回

芳草天涯何日归

飞琼一听这话，脸上顿时露出一重严霜，绝没有含羞的样子，马上对聂刚说道：

"承你看得起我，真是受宠若惊。只是父仇一日未报，我的婚姻问题便一日不谈，虽有父命，我也顾不得。况当我父亲易箦之时，我也不在他的身侧，他的说话我也无从亲聆，所以我现在不能答应你，抱歉得很。"

聂刚见飞琼果真毅然拒绝，不由涨红了面孔，又说道：

"这是师父的遗嘱，他老人家教我对你如此说，而望你不要违背他的意思。镖局伙伴也有多人在旁听得，我岂敢妄言妄语呢？务请你细细思量，尊重师父的遗嘱不要有负他老人家的心，你就是尽孝了。至于我更是对你一片深情，此生心目之中唯有世妹一人，望世妹万勿拒绝，否则就是我个人为世妹所唾弃了，我还有什么生趣呢？"

飞琼又是冷笑一声道：

"不错，父仇未报，我还有什么生趣呢？总之在此时候，世兄请勿将此事同我絮聒。你不急急报师父之仇，而反向我来要求婚姻，这一点你就有些不是了。"

聂刚道：

"世妹责备得也是。不过师父的遗嘱，我不得不据实向你说明。至于师父的大仇，我自然也在心上，无论如何迟延必要去报复的，请世妹勿疑。"

飞琼听聂刚总是将亡父的遗言为前提，心中忍耐不住，又说道：

"先父虽有遗言，我却没有听得。即使果有此说，我自己也可做一半主，现在时候我绝对不欲提起婚姻，请世兄勿再多说。"

飞琼说毕，立起身来，翩然而去，头也不顾。聂刚碰着这一个钉子，瞧飞琼的神情如此落寞，对于高山的遗嘱也不在心，自己无奈何伊，足见飞琼完全没有爱他之心了。心中也不由大大一气，没精打采地走出园去，回到自己房间里，只是唉声叹气。到了此际，他对于飞琼方始觉得绝望了。师父虽有遗嘱，可是师父没有亲口同他女儿说，怎能强逼伊允诺呢？只好待到报了师父之仇，再作道理。

隔了数天，忽然镖局里有一个客人跑来要见镖局之主。聂刚当然代见。坐定后，一看那客人约有四旬年纪，头戴瓜皮小帽，鼻架眼镜，嘴边有一撮小须，身上穿一件灰色的薄棉袍子，外罩一字襟的黑缎马甲，手里拿着一个鼻烟瓶，时时倾些烟在手掌里，拈着向鼻管边送。聂刚问他来此何故。客人答道：

"我姓刁，名唤进高，一向在黄侍郎门下助理家中账目杂务，大家称为刁师爷。此番奉主人之命，将来贵镖局洽商，要请你们保镖往湖北襄阳走一遭。因为黄侍郎有一批宝贵的货物要运回他的故乡襄阳城中去，吩咐我和侍郎的二公子寿人护送回乡。但恐沿途盗匪拦劫，故欲请人保镖。夙仰这里靖远镖局的威名，特派我来向局主人商量，可否答应护送，倘得平安抵达，自当重酬。"

聂刚这几天本来很不高兴，不想做什么生意，所以他也没有去通知飞琼，立刻拒绝道：

"我们镖局里近来自从高山老主人逝世以后，有他的女儿代行保镖，可是这一阵无意出马，湖北那里也不甚熟悉，不比走熟的那些路，恕不能应命。"

刁师爷听聂刚拒绝，便皱着眉头说道：

"你们靖远镖局不肯答应，那就更困难了。而且侍郎指定要这里护送，他方才安心，所以恳商你们就辛苦一趟。寿人公子也是很伉爽的人，绝不会薄待。"

聂刚道：

"这个倒也无所谓的。只是我们现在并不走这条路，所以不能够遵命。"

聂刚和刁师爷说话的时候，高福正在屏后窃听。他听聂刚谢绝生意不做，便溜到后面去告诉飞琼了，聂刚都不知道。刁师爷再三央告，他终是不肯答应。刁师爷没奈何，只得告别道：

"既然聂爷一定不能赏脸答应，我也只得告辞了。但主人面前怎好交代呢？"

聂刚道：

"请你们鉴谅，稍缓些时我们也许可以出行，你真来得不巧。"

刁师爷听了这话，却又一怔。他不明白聂刚内心中的意思，所以又问道：

"聂爷，我是专诚奉请，怎么叫作不巧？"

聂刚也觉无以自圆其说，点点头道：

“实在不巧，对不住。”

冷不防屏风背后闪出一个人来说道：

“什么不巧不巧？客人且慢走，有话可同我讲。”

聂刚回头一看，不由一呆。刁师爷见一位少女出来讲话，知道这就是女镖师了。在飞琼背后还立着高福，对刁师爷说道：

“这位就是我家老主人的千金飞琼小姐，你老有话同伊讲便了。”

刁师爷便向飞琼深深一揖道：

“高小姐，我奉主人黄侍郎之命，要请贵镖局保护黄寿人公子运送货物，遄返襄阳，特地前来商恳。无奈聂爷不肯应允。高小姐，你若能许护送，此行全赖大德，侍郎当不胜快慰的。”

飞琼便点点头道：

“我们既然开设镖局，只要人家信任我们，要我们伴送的，我们自当效力。”

又对聂刚愤愤地说道：

“世兄为何有了主顾不告我一声，自己擅自拒绝？你不高兴出外，自有他人去的。我父虽死，尚有我在。靖远镖局一天开着门，天南地北都要去，岂有谢绝人家之理！这不是你有意和我捣蛋吗？莫怪近来没有生意，大概都是你回绝的。好，你存心要靖远镖局关门吗？那么你当初何以又推我出来，继承父业，当面说什么好话呢？这不是你的狭诈欺人吗？我父亲死得不明不白，任凭你一人讲话，否则何以仇人都不知道！不想代师父复仇的呢？你这种人……”

飞琼当着众人，向聂刚侃侃地数说不绝。刁师爷侧着耳朵恭听，两只眼珠子却不住地在他戴的玳瑁边眼镜下面骨碌碌地倾向聂刚藐视，露出揶揄的样子，而高福也得意地在背后窥笑。聂刚如何受得

201

下，涨红着脸，说道：

"近来我的主张，到南方去的生意不诚心接受，我们还是走北方。况且我这几天心绪大为不佳，所以回绝。至于复仇的事，我本未尝一日忘怀，请世妹不要疑心，说这种尴尬话。"

飞琼对刁师爷说道：

"我已答应你去了，请示行期，以便准备。这镖局是高家开设的，一切由我做主。你信任我吗？"

刁师爷忙道：

"信任信任，我本来奉请的，难得高小姐肯答应，这是赏我的脸，快活之至。"

他说着话，又对聂刚脸上望望。此时聂刚愤愧交并，无地可容，背转身走到他自己室中去了。这里刁师爷便和飞琼约定十五日动身，他和黄寿人准于十三日从北京押送货物先至天津，会合着高飞琼一起动身，以一千五百两银子奉酬。路中倘得安然无恙，到后再致酬谢。飞琼有心要做这笔生意，并无异言。刁师爷方才欢欢喜喜地回去了。飞琼自作主张，和聂刚拗了气，也不再去和他讲话，自回内室。到了明天，镖局里的伙计忽然入报聂大爷失踪。飞琼遂和高福等走至聂刚所住的卧室中去察看，只见别的东西都没有少失，唯有聂刚的衣服用具以及宝剑都已携去，桌上还留着一封书信。高福取过，呈与飞琼说道：

"这是聂大爷的留言吧。"

飞琼接在手中，撕开信封的边条，展阅笺上的字是：

飞琼世妹大鉴：

此书达览之时，刚已离去津门，不复晤对玉颜矣。刚

202

受师父厚恩，及其谆谆之遗嘱，何忍舍去？然今日之情势，刚亦不能不去矣。我妹疑我之心始终未祛，然刚之心可誓天日，绝无虚伪，镖局伙伴皆可质询。唯有耿耿于怀，歉歉无已者，则以我师之仇人未能获得耳。刚非不欲复此大仇也，实以师之窀穸未安，不能轻身，故扶柩归葬，以安阴灵，再俟机会复仇耳。且以刚之倾心于吾世妹，而又有师之遗嘱，言犹在耳，岂能忘之？满拟与吾妹成婚后同出复仇，以表此心。奈世妹不能鉴谅鄙悃，始终弃我如遗耳。是以近日中心如焚，寤寐永叹，彷徨中宵，几欲狂痫，驯致黄侍郎之相请保镖，亦拒不愿任。实以本怀未达，万念皆灰，非敢欺吾世妹也。孰知更以此撄世妹之怒，严词诘责，竟使我百喙莫辩，芒刺在背，坐立不安。思维再三计，唯有立即奔走天涯，专寻仇人，为师父复得大仇，然后可告无罪耳。噫，刚行矣，不得仇人之头，终身不复与世妹相见。愿世妹善承先志，努力自爱可也。

聂刚上言

飞琼读完了信封，似乎有一些感动，抬起头来，想了一想，说道："他走了！他去报我父亲之仇。倘然这信上不是虚言，他才算有志气的男儿。我也并非多疑，实在他的态度，太恋恋于儿女之情而缺乏勇气了。"

高福却又在旁边说道：

"聂大爷这个人真不可靠，昨天他拒绝黄侍郎的聘请，明明是和我家镖局捣蛋。恰巧被我听见了，告诉了小姐，撞破了他的虚伪，

203

他自己惭愧没有面目再见小姐的面了，所以不别而行。恐怕老主人的被人所害，其中也有疑问呢。"

飞琼听了，点点头道：

"你也说得不错。他既然要走，由他去休。此次我所以答应黄家保镖，因为顺便也要出门探探杀父的仇人。由襄阳回到潼关道路，尚称顺便，我必要前往。"

高福道：

"小姐本领高强，胜过聂大爷数倍，此次出马，一定顺利。小人祝老主人阴灵护佐，倘能找见仇人，取了他的头，挖了他的心，那么小人也快活了。"

飞琼给高福谄媚数语，心中大乐，就此丢开聂刚，把外面的事交给高福当心，伊自己和几个伙伴忙着准备动身之事。伙伴们和聂刚感情很好，聂刚一走，大家未免心里有些不起劲。可是一则因有老主人的情谊，二则忌惮飞琼的勇武，不敢不服从，仍维持着这个镖局的地位。

到得十三日那天，刁师爷陪着黄寿人公子，押送许多行李，到靖远镖局来，和飞琼相见。飞琼瞧那黄寿人，年纪也不满二十，衣服丽都，显出王谢门第的身份。容貌虽也平常，却好修饰，脸上敷着粉，帽上钉着一块小小翡翠，未免有些纨绔气。黄寿人也对着飞琼上下打量，不信这样美丽的女子却精娴武术，做镖局的主人。坐定后，大家略谈数语，刁师爷将许多行李一齐点交与飞琼，暂寄在镖局之内，约定后天动身。飞琼此次独自出马，自然格外奋勉，择定六个伙伴，雇了十多名苦力，推挽镖车，又取出聂刚代伊制成的两面旗子来。将局中的事托与高福掌管，并教小婢留心照顾内屋。

204

——安排已定，行箧亦已整理好，便在十五日的那天早晨，等到刁师爷陪伴黄寿人和三四个家人坐着大车到来时，靖远镖局的镖车一齐出发。黄寿人先见镖车上两面白旗，大书"河北女镖师""银弹高飞琼"，便觉得这位女镖师果然大有来历，威风无比，精神陡觉一振。又见飞琼头上裹着青帕，插着一朵白绒花，身上披着青布的外氅，里面隐见短衣窄袖，武装打扮，脚踏黑蛮靴，果然婀娜刚健，巾帼英雄。和黄寿人、刁师爷等相见后，便说我们行吧。黄寿人方要招呼飞琼坐上车厢时，早有一个伙伴牵过一匹白龙驹来。飞琼对刁师爷说道：

"你们请上车，我自有坐骑。"

遂耸身跃上雕鞍，顾盼自如。黄寿人只得和刁师爷坐入车厢，一行人离了天津，向河南赶程。这时气候已暖，路上风景如画，飞琼在马上左顾右眺，比较在家里胸襟舒畅得多了。打尖时，飞琼当然独居一室，和黄寿人等分开。但是黄寿人常教刁师爷来请伊出去一同饮啖。飞琼本没有女孩儿家羞涩之态，第一次伊同他们一起去坐饮，黄寿人添了许多菜，极尽殷勤。但飞琼觉得黄寿人很有些轻佻的模样，不足与谈，所以下一次便不去了。黄寿人却总是每天吩咐家人送了许多菜到飞琼那边来请伊吃，飞琼却处之淡然。伊只知一心赶路，送到了襄阳，便要转道潼关，一访伊父亲的仇人。路上在河北境内倒也平安无事，可是一到河南境内野鹿山附近，闻得人说山上有一伙强人盘踞，常常出劫行旅，最好绕道而行。黄寿人听了，有些胆寒。飞琼却以为无名之辈，不足畏惧，倘然绕道而行，非但不便，且又耽搁时日，所以仍主照着原路进行，如有损失，伊愿负责，黄寿人等只好依从伊的主张。这一天行近野鹿山，正在下午，飞琼跨马在前，看镖车循着大道而行。突然后面有一支响箭飞来，大家知道盗匪来了，一齐惊骇，黄寿人更是恐惧异常。飞琼却安慰众人道：

"你们不要畏怯，有我在此，盗辈不足顾虑。"

于是立马停车，等候盗众到来，作一场厮杀。

第六回

从容杀盗显身手

飞琼早已脱去外氅，从背上卸下弹弓，从腰囊里摸出弹子，扣在弦上，瞧着旁边的野鹿山窥探，有什么盗匪到来。一会儿果见尘土起处，约有二十余骑疾驰而至，背后还跟着徒步的儿郎十数人，刀枪耀日，声势汹汹，要来劫取镖车。刁师爷等早唬得瘫了半截身子，动弹不得。镖局伙友也跟着拔出兵刃，准备抵御。等到盗骑相近时，只见当先一骑乌骓马上坐着一个盗魁，身材伟岸，面目狰狞，手里挺着一柄鎏金锏，高声大呼：

"前面的镖客为何路过此地，不打招呼，不孝敬礼物？明明瞧我们不起。现在快快交出镖车，方能饶你们一死。"

飞琼见他手中的鎏金锏，估料去十分沉重，非有膂力的人不能使用这种武器。又听他呼声如雷，料是一个很骁勇的巨盗，必先除去他才能取胜。于是伊就娇声喝道：

"狗盗休要口出狂言。你们不生眼珠子的吗？不看看我家是谁。须知天津靖远镖局的镖车，断不容强梁拦截的，不要自讨苦吃！"

那盗魁见飞琼是个少女，哪里放在心上，哈哈笑道：

"我也知道你们是靖远镖局的镖车，可是听说高老头儿早已死掉，不复可畏。你是高老头儿的女儿吗？小小年纪有何本领？吃俺老子一枪。"

盗魁说罢，跃马向前，抬起蛇矛正要动手。飞琼觑个清楚，嗖的一弹发出去，直奔他的头颅。盗魁不防有这么一下的，急避不及，一弹正中在左额，大叫一声，一个倒栽葱跌下马去。盗众大惊，连忙上前抢救过去。飞琼又发二弹，又击中二盗，受伤退去。盗众的锐气已挫，早有一个瘦长的盗匪跃马舞刀，杀至飞琼马前，一刀向飞琼马头砍下。飞琼连忙放下弓，拔出宝剑，将马一拎，让过了这一刀，还手一剑，看准盗匪胸口刺去。盗匪把刀拦住，和飞琼用力狠斗，又有二盗，一使枪，一舞斧，左右夹攻飞琼。飞琼将手中剑舞成一道白光，和盗众酣斗不已。镖局伙友也和步下的盗党混战一阵。飞琼一剑又刺伤了一盗的右臂膀，退了下去。伊精神抖擞，愈战愈勇。瘦长的盗匪杀得汗流浃背，刀法散乱，遂一声呼哨，和那盗党一齐回马逃走。飞琼喝一声"哪里去？"拍马追上。跑了百十步，飞琼马快，早已追至瘦长盗匪的马后，一剑扫去，正中瘦长盗匪的头颅，削去了半个，倒毙马下。盗党唬得心惊胆战，正想逃到前面林子中去。飞琼追出他的马前，将他拦住。那盗喊声啊呀，再想掉转马首时，早被飞琼舒展玉臂，一伸手将他抓过马去，掷于地上。飞琼自己跳下马鞍，把剑向他脸上虚晃一晃，问道：

"你这厮叫什么？你们这伙狗盗是不是在野鹿山上的？盗魁何人？快说快说！"

那盗答道：

"俺叫小鹞子濮四。俺们就是野鹿山上的绿林弟兄。盗魁黑熊钱大超，刚才已被你用弹子击伤。瘦长的是他的兄弟钱大霸，今已死于你的剑下。姑娘你果然厉害，名不虚传啊。"

飞琼冷笑一声道：

"狗盗，现在你方知道我的厉害吗？但已悔之无及了。待我送你和钱大超一起去吧。"

说着话，把宝剑高高扬起，待往下落时，濮四早嚷道：

"飞琼姑娘，你有血海大仇不去报复，也未必见得果然勇敢。杀死俺濮某，也不谓武。"

飞琼听了这话，不由心里一动，立刻沉着脸说道：

"怎么？你说我有血海大仇未报吗？不错，我父亲高山，去年在潼关道上被人暗中放冷箭害死，我父仇未报，含恨在心，不知那仇人是何许人。我本要去找他的。你说此话，可是知情的吗？倘然你能够告诉我父的仇人姓名，那么我非但不杀你，反要谢你呢。但若有半句虚语，我就要把你一剑两段，了却残生。"

濮四道：

"高姑娘，俺哪里敢谎骗你呢？你父亲的仇人是姓薛的，名大武，住在山西大同府薛家堡，难道姑娘竟一些儿不知晓吗？那时候薛大武暗放毒箭，射死姑娘的父亲的当儿，我也在一起亲眼目睹的。"

飞琼闻言，不由惊奇道：

"原来在潼关道上射死我父亲的仇人，就是薛大武父子！怪不道他们要害死我的父亲。我本也有些疑心他们俩的。那么我父亲的死仍是死在仇人手里，并非他人。可怪聂刚太昏聩了，竟会一些儿得不到端倪。直到今天我始知道咧。你快把详情告诉我听我父亲怎会轻易受人的暗算？"

于是濮四就将去年自己如何与薛大武在关中相遇同行，如何在途中遇见高山的镖车，薛大武志欲复仇，预伏林中，施放毒箭后，立刻溜跑，直至洛阳分手的事一一告诉。飞琼听了，完全明白，方知自己以前错怪了聂刚，遂放起濮四，对他说道：

"很好，你能告诉我这消息，使我知道仇人的姓名，我很感谢你，你可好好地去吧。盗匪生涯，千万再干不得，男儿何事不可为，何以必要做这种杀人放火的事呢？"

濮四听了，面上不由一红，毅然说道：

"高姑娘，我谢谢你的不杀之恩。你的本领使我十分钦佩，你劝我的话我也非常感动的。此后我也不再回山，决定别处去找出路了。姑娘，再会吧。"

濮四说了这话，跳上他的马鞍，加上一鞭，跑向东南而去了。飞琼今天无意中闻得亡父仇人的消息，如获至宝，比较任何东西都欢喜，仰天笑了一笑，好似感谢彼苍者特地透露一点消息与伊。此番只要把黄家所保的财物送至襄阳以后，便可北上复仇了。于是伊把剑插入鞘中，返身上马，跑回镖车停下的地方来。见镖伙们也已将盗党击退，地下横着七八个盗尸和数匹受伤的马，和许多遗弃的军器。镖伙们见飞琼杀盗回来，一齐大喜。刁师爷探头探脑地迎上前来说道：

"恭喜高小姐，盗众已被你杀退么？高小姐真勇敢啊！方才野鹿山杀来的盗匪，多么凶猛，却给高小姐不费吹灰之力，悉数逐走，弹伤了他们的盗魁，高小姐真是女中豪杰，我们佩服得很。我们有了高小姐，到处去不用忧虑畏惧了。"

大家听着，益发欢呼起来。飞琼微笑道：

"这算什么？杀退区区狗盗，何足道哉！像我先父高山，以前到远地大战红胡子，那才使人惊心动魄呢。好！盗匪已去，我们可以赶路了。"

刁师爷向四下一望，忽然大声惊呼道：

"哎哟！不好了！我们的黄寿人公子在哪里呢？怎么不见他的影踪？莫非他被狗强盗乘隙掳了去吗？这……这……如何是好呢？"

飞琼听了刁师爷的惊呼，也不由惊愕，众人连忙去寻找黄寿人。寻来寻去，不见他的影踪。飞琼也跳下马，帮他们去寻找。到底飞琼眼尖，伊一眼瞧见在末一辆镖车底下伏着一个人影，一动一闪地探出半个头来。飞琼把手一指道：

"这不是黄寿人公子吗？"

刁师爷和众人闻声赶至。此时黄寿人也已从车下钻将出来。只见他面色灰白，股慄不已。飞琼生平没有见过这种胆怯的少年，不由扑哧一声笑。寿人颤声问道：

"强盗已去了吗？我们的镖车可被劫去？"

刁师爷也笑起来道：

"公子，你别害怕。强盗已被这位高家姑娘击走了。我们的镖车毫无损失，若被他们劫去时，怎得安然呢？"

黄寿人闻言，向飞琼望了一眼，又向四下一看，遂对飞琼拱拱手道：

"谢谢飞琼姑娘，使我们化险为夷，转危为安，姑娘真是勇武不可及了，佩服之至。"

飞琼并不答话，笑了笑。刁师爷道：

"公子请你拍掉身上的灰尘，上车坐吧！"

说时，他自己和两个下人，过来代黄寿人拂拭身上的泥灰。寿人道：

"方才盗匪来时声势十分厉害，我唬得无处躲避，没奈何下了镖车逃至后面末一辆镖车边，钻在车底下，以为这么一来即使盗匪行劫镖车，也挨不到末一辆的，也许可以侥幸获免呢。现在真是运气，靠托高姑娘的本领高强，杀退群盗。我听得没有厮杀之声，方敢从车下钻出来呢。"

众镖友听了，都在背地里嗤之以鼻。刁师爷遂扶着黄寿人返登骡车。高飞琼对众人说道：

"盗匪已败去，你们各人也可镇定心神，好好推着镖车上道吧。"

众人答应一声，便去推送镖车。飞琼也跨上坐骑，押着镖车前进。黄寿人坐在骡车里，和刁师爷谈起适才飞琼杀盗的情形。黄寿人是没有眼见，请刁师爷讲给他听。刁师爷自然口讲手画地说得高飞琼本领通天，神出鬼没。黄寿人叹道：

"人美于花，技高如天，比之古时聂隐、红线，有过之无不及了。我们男子汉真是惭愧得很。"

刁师爷也说这样的好女子生平从没有瞧见过，恐怕说给人听，人们也难相信的。黄寿人闭目冥想，静静的不说什么，唯听车辆辘辘的声音。飞琼在马上，心里却很欢喜。伊倒并不是为了杀退群盗而快活，是因巧遇濮四，无意中得知自己父亲的仇人就是山西大同府薛家堡的薛大武父子，这事就好办了。但等自己护送镖车到了襄阳，卸下仔肩，便可只身远行，去找薛大武了。至于薛大武父子的本领也不过尔尔，自己以前已见过，现在绝不会如何精进的，否则

212

他为什么见了我父亲，不敢出头来明枪交战，而竟用卑劣的手段，暗放冷箭害人性命呢？而对聂刚他们尚且要逃匿，可知他们父子自知技劣，不堪与人交手呢。凭着我这一身本领，要对付他们二人也非难事。但愿亡父阴灵护佑，马到功成，这才心愿得偿，使我父亲地下瞑目了。飞琼这样想着，恨不得一口气就赶到襄阳。过了野鹿山这个险要之地，一路很是平安，又行了十七八天，方抵襄阳，到得黄家大门，镖车一齐停住。黄寿人回到故乡，自然备觉快慰，跳下骡车，和刁师爷以及随从步入墙门。下人见公子回来，出而欢迎。黄公子便指挥家人近观镖车上的箱箧行李，一件一件地搬下，运入内厅，进去拜见他的萱亲。母子相见，喜悦无限。他母亲絮絮地问起黄侍郎在京近况。黄寿人一一回答，讲了半天的话，方才脱身走出。一见刁师爷，便问高姑娘在哪里。刁师爷答道：

"我已留伊在客室中憩坐，此番伊护送公子回里，杀退强寇，没有损及一丝一毫，其功不小。公子可要一尽地主之谊吗？"

黄寿人道：

"当然要的，今晚我就设一丰盛筵席，宴请高姑娘，且把大碗酒大块肉，分赏与众镖伙，大家快乐快乐。然后我再如约致酬，请你就去告诉一声吧。"

刁师爷遂奉命走到客室中去。其时天色垂暮，飞琼正支颐静坐，仍是想着濮四之言。刁师爷见过飞琼，把黄寿人的意思转达。飞琼是最优爽的，自己代人家出力保镖，既然平安抵达，自然扰他一餐，也不为过，一口答应。刁师爷去复知黄寿人。黄寿人好不欢喜，酒席摆在花厅上，张起明灯，极尽富丽。又着刁师爷去请出飞琼，让伊坐在上首，二人左右相陪。黄寿人斟满了一杯酒敬与飞琼说道：

"此番回乡，幸赖姑娘大力，平安无恙，野鹿山一役虽遇险而卒无恙，感佩异常。今夕聊备水酒，请姑娘畅饮数杯。"

飞琼喝了一口，说道：

"敬谢美意，这是我辈分内之事，何足言功？我们靖远镖局所保的镖，可说没有一次失去的。区区野鹿山鼠辈，焉能螳臂当车？现在教他们识得厉害也够了。明天我们因另有他项要事，亟须回津，请公子将护送费付给了，以便动身。他日有便，再当趋访。"

黄寿人听了这话，不由一怔，便道：

"鄙意欲留姑娘在此多住数天，使我可以一尽东道，报答姑娘之德。姑娘怎说要去呢？"

刁师爷也在旁说道：

"我们此番蒙姑娘慨许护送，非常感激。姑娘难得到此的，怎样立刻便要回去？况襄阳也有几处名胜，作客于此，不可不一寓目，故请姑娘在此宽住数日，容我家公子相伴出游，稍尽地主之谊。千乞姑娘不要坚辞。"

飞琼急于要报父仇，凭二人说得怎样恳切，伊总是不能应许，决定明日便要告辞。二人挽留不住，只得面面相觑。刁师爷道：

"且待明日再说吧，无论如何，多住一二日总可以的。"

飞琼也没说是与不是，喝了两杯酒，举箸用菜。二人也不便多说，且各敬酒敬菜。飞琼不肯多饮，恐要醉倒，所以只顾吃菜，众镖友都在外边大嚼大喝。席散后，飞琼谢了，告辞回客房安寝。

次日早晨，刁师爷走至书房里来见黄寿人，瞧见黄寿人独自坐在书室中发呆，一见刁师爷进来，便说：

"高姑娘要走了，我实在不舍得和伊离开。你可有法儿留伊在此盘桓多时吗？伊美丽极了，本领又好，若得……"

黄寿人说到这里，刁师爷带笑问道：

"高姑娘果然可爱可敬，公子如此爱伊，莫非公子有意钟情于伊吗？"

黄公子微笑道：

"被你猜着了。你可能代我做媒吗？倘能事成，我必重重谢你。"

刁师爷诡笑道：

"这媒人的职司我一定要做成的。听说高姑娘尚在待字之年呢，以公子的家世和宝贵，说上去自然容易。"

黄寿人道：

"那么你快去代我撮合一下吧。"

刁师爷欣然道：

"公子稍待，容我去见高姑娘，回来报知佳音。公子娶得这位姑娘，艳福不浅。我老刁也是乐观厥成的。"

黄寿人拍着手道：

"快去快去！"

刁师爷笑了一笑，马上回身走出书房，径至客室中来见高飞琼，做氤氲使者。

第七回

欲销魂处已销魂

飞琼坐在客室里，支颐遐思，想到亡父的仇人远在大同，自己虽然决志前去找寻薛大武父子报仇，不知可能如愿以偿。此刻便想及聂刚了，倘然聂刚没有负气出走时，那么他知道了这个消息，一定要同我前去取仇人之头了。如此说来，都是薛大武诡计阴谋，害死了我父亲，而我却自己多疑，错怪了聂刚。可是现在竟不知聂刚往哪方去了，未知他可否知道暗算我父亲的仇人，就是以前的对头薛大武父子。他若明白后，也要前去复仇的。飞琼正在沉沉地思想父仇，忽听室外咳嗽一声。伊抬起头来一看，见刁师爷已走进客室来堆着一脸的笑颜，向伊作个揖道：

"高姑娘你一人在此觉得寂寞吗？"

飞琼答道：

"是啊，我实在有要紧的事，须早日回去，所以昨晚你家公子留我在此多住数天，我也不能领情了。今天午后，我们一行人必要离开襄阳的，请你再代我向黄公子说一声，保镖费早些付给了我吧。"

刁师爷笑道：

"姑娘出力保护我家公子平安回乡，理当重重致谢的。这一笔保镖费，自当加倍照付，并要另酬大德。这并非公子吝于付出，实在公子一番好意，坚欲挽留姑娘在此小憩数日，俾尽宾主之谊。昨夜席上未蒙玉诺，所以今日公子再教我来，以十二分的诚意，款留姑娘宽住二三天，千万请姑娘赏脸允许，否则我又要被公子怪我不中用了。"

飞琼听刁师爷这样坚留，心里暗骂一声真讨厌，面子上只得说道：

"既然如此，我就再在这里多留一天。明日早晨，无论如何我是必要动身的了。即使黄公子再不付给我保镖费时，我也情愿不要了。"

刁师爷连忙说道：

"万无此理。镖费一项，我也要负责任的，今天晚上我教黄公子敬奉与姑娘就是了。像姑娘这样地出力保护我们，岂有吝付此区区之费呢？还有一件事，我也要不揣冒昧，敢和姑娘启齿。"

飞琼一怔道：

"刁师爷，你还有什么话讲？"

刁师爷道：

"姑娘为人真好，又慷爽，又妩媚，不愧一位侠女。我已向贵镖局伙探问过，知道姑娘尚在待字之年，还没有乘龙快婿，这倒再巧也没有了。我家公子是黄侍郎最宠爱的文郎，才貌很佳，翩翩年少。前在京师时，黄侍郎常要代他和人家结秦晋之好，早日授室。无如公子，眼光很高，都不如意，以致迟迟至今，尚未赋《关雎》之诗，得画眉之乐。此次他见高姑娘绮年玉貌，又有惊人的本领，堪称女中丈夫，所以心中非常钦佩。由钦佩而生了爱心，对我说了好多回，自誓此生非得姑娘这般人才，宁愿一辈子做鳏鱼，不娶妻室。我想以黄公子的年华门第，若和姑娘配成一对儿，真所谓天生佳偶，福禄鸳鸯了。所以我才高高兴兴地跑来做媒，一片诚心，尚乞姑娘不以为忤，而答应这桩亲事，不胜诚惶诚恐，急切待命之至。"

刁师爷说完了他的话，立在一边，坐也不敢，低倒了头，双手下垂，专候飞琼樱唇里迸出一个是字来，他便可以奉到纶音，立刻去黄公子面前报告喜信，又可立下一次大大的功劳了。飞琼听了刁师爷这几句话，认为这是侮辱伊的话，便正色说道：

"多谢你如此关心。"

刁师爷先听得这一句，以为飞琼谢谢他，这婚事便有成功的希望了。立即带笑说道：

"不敢不敢，这也是姑娘和我家公子的缘，所谓有缘千里来相会，姑娘答应了这亲事，姑娘的幸福无穷。将来瓜瓞绵绵，早生贵子……"

刁师爷满拟多说几句好话，极尽他掇臀捧屁的能事。谁知耳边听得一声"啐！"抬起头来一看，飞琼的脸上罩着一重严霜，并无丝毫和悦之容，便料这事情反有些僵化了，只得说道：

"高姑娘，我是不会说话的，请姑娘莫恼，要打耳巴便重重地多打几下，我也很愿意的。有时我得罪了黄公子，黄公子把我踢一脚，我身上顿时觉得轻松舒适，绝不嚷痛的，将来请你瞧着吧。"

飞琼道：

"不要多说闲话。我是送你们回乡做保镖的，现在保镖的事完了，不必再谈别的事。你家黄公子虽好，可是我早抱定宗旨，不嫁富贵人家。况且在父亲丧服中，不用谈这事，恕我不能允诺。我业已答应你多留一天，言出于口，照此行事，明日我便要走了。刁师爷，其余的事请你一概莫谈，免得我要得罪人。"

刁师爷再要说时，飞琼早已背转身去理也不理。刁师爷讨了一场没趣，只得掉转身躯，走回黄寿人那边来。黄寿人在书房里等了好一歇，方见刁师爷走来，便迎上去问道：

"这事怎么样？飞琼姑娘答应了没有？"

刁师爷一心要做丑表功，偏偏事与愿违，哭丧着脸说道：

"不成功，不成功。"

黄寿人一听"不成功"三字大为扫兴，便遂板着脸说道：

"你自己说可以有成功的希望，所以我教你去做媒。怎么你这点事情也办不成呢？平日怎样吃我家饭的？"

刁师爷勉强带着笑道：

"我当然渴望此事成功，可博公子的欢喜。无奈高姑娘口口声声说有服制在身，不能和人家谈婚事。"

黄寿人道：

"你常自以为会说话，怎样不会劝动伊的心呢？"

刁师爷道：

"伊很是坚决。我说了许多话，总是无效。"

黄寿人听得烦了，飞起一脚，正踢在刁师爷的大腿上。刁师爷不敢喊痛，只说公子不要发怒，待我再想法儿。黄寿人怒叱道：

"你有什么法想呢？你不必再在我家里吃饭拿钱了。"

刁师爷又对黄寿人鞠了两个躬，恭恭敬敬地说道：

"我不会骗公子的。飞琼姑娘既不肯许诺，我只得用计策来使公子达到愿望了。"

黄寿人一听此言，很兴奋地问道：

"你有计策吗？快快告诉我。倘然能够使我达到目的，你仍可以得赏。"

刁师爷回头看了一看，走近几步，又说道：

"高姑娘虽没有允许亲事，可是伊已答应今日暂留一天，待到明日动身了。那么请公子装作若无事一般，便在今天晚上邀请伊喝酒小宴，并将保镖费及酬谢伊的银子，一起奉送与伊。"

刁师爷话未说完，黄寿人怒道：

"这算计策吗？送伊金钱，伊本来要拿的，不能打动伊的心。伊既然回绝了，又有何用呢？亏你想得出。"

刁师爷道：

"公子且不要怪，我的话尚未说毕呢。当然自有妙计。"

遂附在黄寿人的耳朵畔低声说了几句，黄寿人方才回嗔作喜，说道：

"很好，你就去照此行事吧。伊既然不肯答应，只有这样做了。"

刁师爷作双肩一耸，凑着黄寿人说道：

"公子，我的主意可好吗？公子快乐之时，不要忘记我啊。"

黄寿人笑道：

"我在快乐之时，想起你作甚？你无非要得着一些谢仪，事后我给你一二百两纹银，也无不可。"

刁师爷作个揖道："谢谢公子。"立刻退出去了。那飞琼自刁师爷说婚不成，走了回去后，勾起了伊心中的烦闷。想想黄寿人这种纨绔子弟，却只是在女色上用功夫，却不知我是何许人，岂是富贵两字所可打动的呢？自己留在这里，更是毫无意义了。伊这样想着，只见刁师爷又走来了。伊一见就生气，又背转脸去，装作没见。刁师爷却绕了伊面前，深深一揖道：

"高姑娘！"

飞琼眉头一皱，说道：

"你又有什么事来了？"

刁师爷道：

"我没有什么别事。高姑娘既是明天要动身北返，我们也无法劝留。只是大德未报，耿耿难忘，所以黄公子想在今天晚上，在碧玉轩内设宴饯行，并奉薄酬，请高姑娘不要辞却。"

飞琼很坦白地说道：

"好，谢谢黄公子，我准叨领盛情。"

刁师爷又道：

"到时我再来邀请吧。"

说毕，便轻轻地走去了。飞琼以为这是应有之事，也不放在心上。午饭后，在客室中闲坐。伊是好动不好静的人，要伊坐在室中是不惯的，所以伊走出室来，在回廊散步，渐渐走到后面去。那边有一个月亮洞门，门边有一个木香棚。飞琼立在木香棚下，听枝上鸟声奏着曼妙的清歌。忽听洞门外甬道边有人在那里喊道：

"黄富黄富，你到这边来，我有话叮嘱你。"

飞琼听得出是刁师爷的声音，跟着便见黄富从后边走出来，二人悄悄地走至一座假山石后去讲话。飞琼知道黄富是黄寿人贴身的男仆，也是一个豪奴，和刁师爷朋比为奸，串通一气的，在途中赶路时伊已看出来了。此刻这二人鬼鬼祟祟的不知又将作何勾当。恰近这个木香棚，伊躲在棚的一隅，偷看过去时，恰巧看得清清楚楚，见刁师爷从身边取出一个白色的纸包，凑在黄富耳边，低低说了几句话，听不清楚，只听有数句，是说：

"成功以后你也有上赏，可是要守十分的秘密，因那雌儿也不是好惹的人啊。"

飞琼听着，心里一动，暗想刁师爷不是好人，莫非他们要暗算我吗？我拒绝了亲事，他又来约定我喝酒饯行，言词卑而甘，一定包藏祸心，挟有诡计，我倒不可不防了。又听刁师爷对黄富说道：

"你须要秘密，也不要给厨子知道。"

黄富接了纸包，趄到后面去了，刁师爷也走开来。飞琼却仍站在木香棚下，自思自想，想了一刻，好似主意已定。伊就回到自己室中，从行箧里取出一包药粉，这是伊在途中带着的内服防暑药，遇有头晕目眩，胸怀不适，服下后便可回复健康的。飞琼也用白纸包着，揣在怀中，悄悄地走到后面来。伊知道黄家下人的卧室都在后进房屋之内，想找到了黄富，怎样去赚取那包药粉到手。恰遇见一个小厮，忽忽地走过来。飞琼便向他问黄富的卧室在哪里。小厮答道：

"后面朝东一排矮屋左首第二间便是了。"

飞琼照了小厮的话，走到后面去。恰见黄富从第二间矮屋中跑出来，双手捧着肚皮走向后面去，像是上坑的样子。飞琼要想喊住他，也不及了。但伊见房门没有关闭，灵机一动，四顾无人，连忙很敏捷地飞步跳进黄富的室中。留神一瞧，已见桌子上放着一包白色的药粉，心中好不欢喜。很迅速地从怀中取出那包药末来，向桌上掉取那包刁师爷交给黄富的药粉，藏在怀里，很快地退出去，心中觉得一松，专待刁师爷和黄寿人怎样来算计自己了。天色将晚时，刁师爷果然走来邀请飞琼前去赴宴，飞琼跟着他便行。走到了碧玉轩，轩中灯烛通明，筵已摆上，黄寿人已在那边等候了，一见刁师爷伴同飞琼走至，心中暗暗喜欢，便请飞琼上坐，自己和刁师爷左右相陪，且指着桌上两锭纹银和四包银子，对飞琼说道：

"这一些是奉酬高姑娘的，戋戋之数，菲薄得很，千乞不要客气。"

飞琼微笑道：

"谢谢公子了。"

桌上放着两把酒壶，一把是白滴子的盖，一把是红滴子的盖。刁师爷取过一把白滴子的酒壶，递给黄寿人道：

"请公子敬酒。"

黄寿人便将酒壶代飞琼斟酒。刁师爷又取红滴子酒壶代黄寿人和他自己斟满了一杯。黄富送上热菜来，黄寿人请飞琼喝酒用菜。飞琼并不客气，举杯便饮，且用箸夹着菜吃。黄寿人瞧着刁师爷脸上，现有得意之色。黄富也站在一边，眼看着飞琼喝酒，暗暗和刁师爷扮鬼脸。飞琼如何不理会得，只装作不知情。刁师爷见飞琼杯中的酒已干，便又提起白滴子盖的酒壶，代飞琼斟个满，且称赞飞琼好酒量，可以多喝数杯。飞琼果然连喝二杯，假意将手向桌子边一按道：

"怎么今晚我竟这样不济事？快要醉了！为什么天旋地转的头晕起来呢？"

刁师爷道：

"不要紧，再喝一口。"

却听飞琼喊了一声啊哟，娇躯伏在桌子上，竟不动了。刁师爷又喊一声：

"高小姐，请用酒啊。"

飞琼不答。刁师爷便对黄寿人哈哈笑道：

"公子，我的计策灵不灵？"

黄寿人点点头道：

"果然不错。"

刁师爷遂教黄富扶高小姐到轩后一间小室中去睡吧。黄富答应一声，来扶飞琼。飞琼任他扶持，走至碧玉轩后面一间精舍中，里面床帐都有，十分清洁，是刁师爷临时特地布置好的。刁师爷和黄寿人酒也不喝了，跟着飞琼一同步入小室。黄富把飞琼扶至床前，飞琼和衣倒头而睡，不省人事。刁师爷对黄寿人说道：

"现在伊已中了麻醉药品，一时不会醒转，一任公子摆布。公子且到外面去畅饮三杯，然后再登阳台，遂你于飞之乐何如？"

黄寿人是个急色鬼，便道：

"不要喝了，我欲早寻乐事，免得伊醒过来时便不好对付。只要伊贞操已破，木已成舟，事到其间，就好讲话了。"

刁师爷见黄寿人心急，便笑了一笑，立即同黄富退出室去。二人且在碧玉轩里饮酒吃菜，专待事成后领赏。刁师爷自诩多智，喝了一杯酒，对黄富说道：

"我的计策好不好？公子没有我，今晚怎能如愿以偿？"

黄富点点头道：

"刁师爷，你真有主意。你给我的药粉，我在天暮时带入厨房，乘厨子没留意之时，遵你的命，放入那白滴子盖的酒壶中，请那高家姑娘喝了！果然醉倒。这是什么药，如此灵验呢？"

刁师爷颠头晃脑地说道：

"这种药只有我秘藏着，若给不论什么人吃了，都要迷倒。然而并无大碍，待到天明时药性一过，人也就醒了。"

黄富道：

"这莫非是江湖上所用的蒙汗药吗？刁师爷你怎样有的？"

刁师爷正要回答，忽听小室内喊出一声救命来，像是黄公子的声音。二人陡吃一惊，酒也不敢喝了，连忙一齐跑进那个小室去，灯光下，只见飞琼仍闭目仰睡在榻，可是黄寿人长衣已脱，伏在飞琼身边，嘴里不住喊道：

"你们快来救我一救，痛死了。"

二人走近一看，方见飞琼的一只右腿正把黄寿人的身体压在下面。黄寿人额汗淫淫，只是呼救，二人更是惊异。黄富和刁师爷动手去掀开飞琼的大腿时，好似蜻蜓撼石柱，动也不动。看看飞琼仍闭目睡着，毫无知觉，不由瞪目称奇，不信飞琼这样纤丽身体，却如石做的。黄寿人极声喊道：

"你们快快救救我吧，我要压死了。"

刁师爷道：

"高姑娘尚没醒，公子怎样被伊压在腿下的呢？"

黄寿人道：

"方才我脱下长衣，刚登榻时，伊一个转身，一只腿竟把我翻转身压住，动也不能，背上好似压着千斤大石，你们再不救我时，我可要压死了。"

刁师爷听了，再和黄富用力去拉开飞琼的右腿时，飞琼又是一个翻身，左腿一起，把刁师爷、黄富也一起压在下面。三个人连声喊着哎哟哟，都被飞琼压得动不得分毫。刁师爷知道有异，连忙哀

225

求道：

"高姑娘，你饶了我们吧。"

飞琼依旧不响。黄寿人也向飞琼哀求道：

"高姑娘，恕我冒犯了你，下次不敢了。"

黄富也求道：

"高姑娘，饶了我这条狗命吧。"

飞琼睁开双目，向三人娇声叱责道：

"你们诡计多端，欲加非礼于我。幸我先事预防，换得你们的药粉，方没有堕入你们的暗算。如不略加小惩，你们也不知我的厉害呢？"

说罢，又把双腿望下一沉，三人杀猪也似的叫起来。刁师爷道：

"高姑娘，你果然是厉害的。大人不计小人之过，幸恕狂悖，放了我们吧，我对你磕头。"

飞琼冷笑一声道：

"你们如此不中用，却要暗算人家吗？真没有眼珠子的。待我挖去你们的眼睛吧。"

黄寿人听了，更是发急，忙又哀告道：

"高姑娘，你有上天好生之德，饶恕我们这一次。"

刁师爷道：

"高小姐！你对强盗尚肯释放，就饶了我们吧，功德无量。"

飞琼道：

"你们的心比强盗还要恶毒，试想黄寿人，你既然是一个官家子弟，应该守礼行道，好好念书上进，为什么学了纨绔一流，专在色字上用心思，自误青年。大概你家老头刮地皮，积下了罪孽，以致生出你这个不肖子来。从今以后，务要悔过知非，立志从善，重新做起一个人来。"

又对刁师爷道：

"这个助纣为虐的小人，吃了黄家的饭，应代黄家做些好事。现在却掇臀捧屁，代你家少爷想出为非作恶的事来，天良何在？"

刁师爷连连说道：

"是，是，是，这是我的不好。经高小姐说了以后，一定痛改前非。"

飞琼又对黄富说道：

"你做了一个下人，却奉着主人非命，来害人家，贪得金钱，也是不肖之尤。"

黄富道：

"这是小人不是，请高小姐高抬贵腿，饶了小人一命。"

飞琼对三人惩戒了一会儿，方才双腿一松，坐起身来。三个人如释重负，都庆更生。黄寿人抚摩着自己的身体，连连呼痛，两颊涨红，几如猪肝一般，十分惭愧，面面相觑，默默无言。飞琼饭也不要吃了，走回自己房中去，隔了一刻工夫，见刁师爷和黄富托着一盘银子和一盘干点心进来，向飞琼谢罪，并送酬金。飞琼老实不客气都收了，却拿干点心先给刁师爷尝过，然后自己敢吃。刁师爷和黄富鞠躬退去。飞琼料想他们再没有胆量干坏事了，遂把银子收拾，放在行箧中，自己静坐一会儿，熄了灯，上床安睡。

次日早起，梳洗毕，下人送上早饭。飞琼也教人先尝试过了，然后自己进食。早餐已毕，便出去会集诸镖伙，一齐动身。黄寿人和刁师爷恭送如仪，再也不敢挽留了。送出大门，见飞琼跨上雕鞍，押了空镖车，向二人点点头，说声再会，领着镖伙们扬鞭而去。黄寿人宛如做了一场噩梦，身上的痛正未消去呢。飞琼出了襄阳城，一路回去，行至河南、山西、河北三省交界相近之处，伊方对众人说明了自己的志愿，要去大同府为伊亡父高山复仇。教他们先回天津，好好照顾镖局，暂不接受生意。众镖伙见伊已决定主意，也就唯唯应命。于是高飞琼带着轻装，匹马单身，望大同道上飞奔而去。

第八回

入山幸遇少林僧

天苍苍，地茫茫，在偌大一个世界中要去找寻仇人，这不是很困难的事吗？飞琼虽已侥幸得着了线索，而聂刚却尚是在暗中摸索呢。聂刚自从在天津遭受到飞琼和高福的侮辱而负气出走后，立下了志，务要走遍天涯海角去找寻他师父的仇人。他只怪高福是个小人，在内搬嘴弄舌，专向飞琼说离间的话，对于飞琼倒很能原谅伊的。他知道飞琼的性情最是直爽不过，唯带有数分骄矜之气。还有最大的美德，就是天性至孝，无怪伊此次遭逢大故，惨惨戚戚，一定要求报此不共戴天之仇了。此次师父在外边受人暗算而死，自己随在身边，既不能保卫师父，又不能访得仇人姓名，单是扶柩回乡，自己心里也觉对不起师父在天之灵的。飞琼如何不要怪怨他呢？所以飞琼虽然嫌恶聂刚，而聂刚并不十分怨恨飞琼。且他愧武艺未精，不及飞琼高明，这也是很可羞愧的。飞琼的轻视他，大半为此。若是自己有了很好的本领，也不难使飞琼折服。遂想此次出外，一半找寻师父的仇人，一半也要访问异人，使自己再学得一些超越的武艺，那么将来重返津门，也有光荣了。他孤独一身仍向潼关那条路

229

上走去，在途中朝行夜宿，也没有大事可记。

有一天已近河南嵩山，他素闻嵩山少林寺以武术名闻天下，其中代有能人。现在既然路过嵩山，不妨入山一游，兼入少林寺，探访寺内究竟有没有异人，可以拜他为师。主意既定，遂循着山径，走上嵩山，果然气势雄厚，山脉绵亘，巉岩峭壁，幽林曲涧，一团团的白云起于足下，许多山峰在云雾中若隐若现。还有石梁中间的瀑布，远远地听得奔腾如雷，近看又似银河倒挂，珠帘下垂，溅珠跳玉，时时有轻细的小点滴沥飘洒到身上来。山中有许多说不尽的美景，真不愧为雄踞中州的中岳。聂刚翻过了几重小峰，却不知少林寺在哪一处。四顾回崖沓嶂，不知走向哪里去才好。听得那边林子里有伐木之声，他走过去一看，见有一个樵子拿着斧头，正在那里丁丁地伐取树木。他便上前向樵夫叩问少林寺在哪里。那樵子将手指着西南面一个矗立的山峰，形如莲花一瓣的，说道：

"你问少林寺么？就在那边莲花峰上，你自己去找吧。"

聂刚道：

"上峰去有没有什么危险？"

樵子听了这话，对聂刚脸上相了一相，微笑道：

"你既然有胆量跑到深山中来访问少林寺，还怕什么危险？不错，在这嵩山深处也时有虎豹出来啮人的，但大概在晚间。至于少林寺是佛地，香火甚盛，寺中的老和尚对待四围的乡民很是和气，到那边去，只要你自己不越规矩，有什么危险呢？"

说完了，依然运斧伐木，不再理会。聂刚遂向莲花峰一步步走去，他在入山的时候，带有干粮，所以等到肚子里饥饿的时候，拿出来就吃，口渴时掬着清澈的泉水喝几口。及至他走上莲花峰，已

230

是下午，红日已渐渐移西了。他远远地瞧见有一带黄墙露出在丛林中间，偶然听得一二钟声，便知少林寺已在前面了，心中很是兴奋，又瞧着古木幽径，杳渺曲折，四下里没有个人影，却又不禁有些狐疑。既想自己以前跟着师父也曾经历过几处龙潭虎穴，何必畏葸起来呢？于是他对着黄墙头走去，一会儿隐，一会儿现，一会儿在左，一会儿在右，曲曲折折地走了好一段路，方才瞧见寺门。在寺前左右，有两排松林，都是千百年古物，风卷松涛震耳如雷。距离寺门的对面，百步左右，有一条清溪，流水淙淙，如鸣琴筑。有几头苍鹰盘旋在松林上面，却仍不见一个人影。聂刚立停脚步，对寺门上下相视一遍。见那寺造得果然气像雄伟，门上悬一幅巨匾，上书勒建少林寺五个斗大的金字。两扇庙门，外加木棚，却紧闭着杳无人声。聂刚以前闻人说起少林寺怎样怎样，甚至有人说门外有五百个梅花桩，进去的人非从梅花桩上行走不可。就是在寺中习艺的人，等到技成出处时，也要从那五百梅花桩上出来的。而且桩上有守门的和尚本领高强，非打退他不可出入。又有人说少林寺山门内的弥勒佛便是守门将军，在他身上伏有种种机关，进寺的人一定要晓得怎样的走法，方才可以安然通过。若然乱闯乱跑，触着弥勒佛的机关，在佛的眼里鼻里口里耳里以及肚脐眼里都有毒药弩箭，向人射出。人中了弩箭时，在二十四小时里必要毒发殒命。这些话当然都是夸张少林寺的厉害，自己既然以前没有到过，也不知是虚是实了。但现在很清楚地瞧见寺门外很平坦的，没有什么梅花桩，或是在山门里吧，欲待上前去叩问，却又取着谨慎的态度，不敢去惊动寺中的人。

他在寺门前徘徊良久，自念不入虎穴焉得虎子，决定要到寺中去一探究竟。遂沿着寺墙绕行过去，见左边是一带竹林，墙垣稍低，自己可以从那边进去。他向左右一看，并无人踪，就缘着竹竿，猱升至顶，趁着一阵风势，跳上了少林寺的围墙。俯身下视，乃是一个庭院，静悄悄的不见人影。他就大着胆子，飞身跃下。那庭院中都种着花木，有几间客房，门窗都紧闭着，似乎没有人居住在内。对面有两扇小扉，正虚掩着。他轻轻地走过去，开了双扉，见外面是一条甬道，一头是通到大雄宝殿去的，一头却通后面，也并没有什么梅花桩。他想偌大一个少林寺，怎么没有一个人撞见，岂非奇怪的事么？于是他就走向里面去，曲曲折折，通至大雄宝殿后面。耳边忽听得叮叮当当的刀剑之声，方才心里一动。蹑足而前，见前面有一个大庭心，中间放着许多石锁石担，练习武事的东西。有两个小和尚一个手使双刀，一个展开宝剑，正在那边打对子。一个身材微胖，面黑如铁，一个十分瘦长，两眼凸出，正打得起劲。那使双刀的黑脸小和尚，一刀向那瘦长的下三路扫过去，险些劈中他的大腿，幸亏他跳让得快，说声好厉害。黑脸小和尚哈哈笑道：

"师兄，你输了，还是我的刀法略胜一筹吧。"

瘦长的摇摇手道：

"不算数，师弟，我稍一松懈，遂被你乘隙进攻。但是我的杀手剑法还没有使出来呢。我们再来一下吧。"

黑脸小和尚说道：

"好，你不服输么？我们再打一回，无论如何，你总要败在我手里的。"

于是两人一刀一剑，重又对垒起来。聂刚在旁瞧他们的武艺也属平常，自思人家都说少林寺僧怎样怎样的技高力大，现在自己亲临其地，也没有外面人说的那样虎穴龙潭般凶险。可笑世人以耳为目，一味虚夸，即如这两个小和尚在那里习艺所使的刀法剑法，凭着自己的一口剑，不难击败他们。这样看来，少林少林何足道哉？聂刚心中如此想，胆子更壮了，益发大意。他立的地方也没有掩蔽，全个身子显露出来，早被那黑脸小和尚一眼瞥见，他连忙将刀拦住瘦长的剑，跳出圈子说道：

"师兄，那边什么人？莫非有奸细来寺中窥探我们吗？"

瘦长的听了他的话，也向聂刚站立之处一看，两人都瞧见一个少年站在一隅，冷眼旁观。今天庙中没有佛事，庙门关着，守门的独臂和尚也没有走开，这个少年从哪里走来的呢？瘦长的小和尚说道：

"此人大概不是善类，我们去收拾他。"

两人遂跑向前来，黑脸小和尚把刀指着聂刚喝问道：

"你这厮是从何处来？到我寺中偷偷摸摸，意欲何为？可知少林僧的厉害吗？"

聂刚笑道：

"少林僧，少林僧，我方才已见过你们的高技了，徒有虚名，不过尔尔。我本是来此瞻仰贵刹的，请你们的师父出来见见吧。"

黑脸小和尚听了聂刚的话，黑脸也涨得红了，大声叱道：

"你这小子胆敢在此口出狂言，不给你尝尝我的家伙，谅你也不服的。"

说罢这话，一个箭步跳至聂刚的身畔，举手一刀，使个御带围腰，向聂刚腰际刺来。聂刚急忙向旁边一跃，避过了这一刀。瘦长的又向他舞剑进逼，此刻他不得不动手了，遂从背上拔出他的宝剑，和那两个小和尚交手起来。聂刚久经大敌，虽然以一敌二，却是不慌不忙，把剑上下左右使开来，倏忽成一道白光。那两个小和尚究竟功夫尚浅，斗了五六十合，竟敌不过聂刚。聂刚越斗越勇，而两个小和尚已是汗流浃背，有些不支了。聂刚觑个间隙，向那黑脸小和尚的左肩一剑刺去，喝声着，黑脸小和尚急忙把刀架住时，手指已触及剑锋，已被聂刚刺伤了，鲜血直流，不得已跳出圈子，气喘吁吁地说道：

"好小子，竟敢如此猖獗，我去请我师父来。你是好汉，不要遁走。"

聂刚哈哈笑道：

"我正要见你们的师父，你快去唤他出来。"

聂刚的话方才说毕，只听庭院后面一声咳嗽，踱出一个老和尚来，披着深黄色的缁衣，足踏草履，状貌清癯，不像吃人间烟火物的，徐声问道：

"悟非、悟尘，你们在这里胡乱舞剑吗？这一位是哪里来的客人？"

黑脸小和尚早垂手立定，对那老和尚恭恭敬敬地说道：

"师父，我和悟非师兄在庭院中练习武技，不知这厮从哪里偷入我们的寺中，在此偷瞧。我们二人过去向他责问时，他就出言不逊，骂我们本领低劣，又说少林僧徒有虚名，心存轻视。因此我们忍不住和他交绥。那厮果然勇武，我们自愧没有从师父精心学习，以被败在他手，请师父动手收拾这厮，以去他狂悖之心吧。"

老和尚听了黑脸小和尚之言，并无愠怒之色，向聂刚徐徐说道：

"借问这位客人从何方到此，为何不待通报，私入我寺，和我的徒弟起衅?"

聂刚因为那两个小和尚本领平常，所以益发起了藐视的心思，便对老和尚说道：

"我是特来贵寺观光的，久闻少林拳棒天下著名，故欲领教一二。不料令高徒所有武技也属平常，所谓少林派也不过空言惊世罢了。老和尚必技术高强，愿意请教。"

聂刚说了这话，黑脸小和尚在旁嚷道：

"师父师父，你听这厮大言欺人，轻视我们少林宗派，若不给他一个厉害，有损少林威名。"

老和尚微微笑道：

"悟尘，少安勿躁。我们少林宗派自有流传之道，此人大概也是一个有来历之人，你们不肖，不能传我衣钵，技术未臻上乘，擅和人家动手，致有些辱。这位客人尚在青年，初生之犊，辄不畏虎，自恃技高，故来少林寺中显些本领，是不是?"

老和尚说了这话，又对聂刚微微一笑。聂刚见这老和尚一些儿没有火气，也许为了他的徒弟败在我的手里，所以连他自己也有些气馁了，更欲和老和尚一较身手，他就挺身走上两步说道：

"老和尚，你敢和我较量一下吗?"

老和尚见聂刚如此好斗，遂点点头道：

"客人既然必要和老衲交手，那么悉听客人怎么办法。"

聂刚道：

"老和尚，你快去取了家伙，我们就在庭中交手一百合，如我输了，我愿拜在你少林门下。否则少林威名，也就一败涂地，莫再欺骗世人了。"

老和尚道：

"好，我也不必去取什么家伙。手里一对拳头便是随身法宝，你若胜得过我，少林寺的住持我也不做了。"

聂刚道：

"此话当真吗？"

老和尚道：

"谁和你说着玩的？"

聂刚立即跳过去，恶狠狠地一剑刺向老和尚的腹上去。但那老和尚并不退让，反把肚子挺得高高的接受聂刚这一剑。聂刚以为这一剑一定刺入老和尚腹中去，白剑进，红剑出，老和尚性命休矣。谁知剑尖碰到老和尚的腹上，软绵绵的好似刺着极软极韧的东西，剑尖竟刺不进去。聂刚有些不信，用出生平气力，尽向前送，依然不透分毫。看看老和尚面上依然神色自若，笑容未减。他知道遇到能人了，急欲缩手。可是自己的剑说也奇怪，竟像遇到了吸铁石一般，吸住在老和尚的肚子，休想拖得转来。他涨红了脸，几成进退狼狈。那两个小和尚在旁拍手笑道：

"这厮遇了我们的师父，再不能逞能了，你尽刺吧，师父是不怕你的。"

聂刚无法收回自己的宝剑，只得将手一松，放弃这剑。谁知他一放手，好像有物把自己弹出去一般，踉踉跄跄倒退十数步，扑倒在地，十分狼狈。那剑也当啷地跌落地上。聂刚爬起身来，便向那老和尚拜倒地上，说道：

"小子聂刚不知轻重，得罪了大师，尚请大师海涵勿责。小子愿列门墙，祈望大师破格收录，使小子武术得以进步，感恩不浅。"

老和尚道：

"我们少林寺的规矩不能轻易收人。看你尘心未净，无学佛之骨，怎能到我寺中来潜行苦修呢？"

聂刚道：

"小子虽无佛骨，而学艺之心甚切，为慕少林之名，所以不远千里而来，投奔名师。方才抛砖引玉，识得师父绝顶高艺，渴欲拜列门下，俾有寸进，万望师父不要拒绝，幸甚幸甚。"

老和尚依然摇摇头道：

"你的骄气未除，不能学艺。倘然学得更深的武术，不但更要目空一切，且恐贻害于世，也不是你的幸福呢。"

聂刚听老和尚不肯收他做弟子，竟长跪于地，不肯起来，仰天浩叹道：

"天哪！我一心要想学好武艺，报复师仇。现在这位师父不肯收我为徒，恐怕我这大仇报不成了。"

老和尚听了这话，又对聂刚相视了一下，问道：

"你要代哪一个报仇？你的仇人又是谁？"

聂刚道：

"小子以前的师父就是天津名镖师高山。至于仇人是谁，却还要寻访呢。"

老和尚听了这话，不由奇异道：

"高山，就是那天津靖远镖局的高山吗？唉！他是一位侠义的老英雄，怎么已溘然物化了呢？"

聂刚道：

"大师怎和高山师父相识？"

237

老和尚道：

"这事大概在二十年前吧。你的师父高山，在洛阳附近地方和一家响马有些嫌隙，那些响马故意和你师父捣乱，是老衲路过那边，以鲁连自任，代双方排难解纷，释去前嫌的。因此老衲便和你师父认识，叙数日之欢，方才分别的。虽然这事已隔长久，而听你一提起高山的姓名，你师父的雄姿，依稀还在我脑中呢。但不知他被何人所害？"

于是聂刚就将高山在潼关被人暗算，以及自己出来的经过简略奉告。老和尚道：

"原来高山如此惨死，真是意想不到。可是他还有一个女儿，以及有你这一个高足，将来必能代他复仇的。我看在高山面上，破例收你了。实在近数年老衲鉴于人心不古，不再收外来的在家人，以致多生事端，并非故意矫情啊。"

聂刚听老和尚已允收他为徒，十分欢喜，连忙在地上磕了二个响头。两个小和尚在旁瞧着，暗暗好笑。老和尚扶他起来。聂刚道：

"弟子粗莽，还未请教师父法名，尚乞见告。"

老和尚道：

"老衲名唤心禅，因师兄溜清，在外云游未归，故为此寺住持。近日有几个年纪稍大的徒弟，出外募化去了。这两个是最小，资质也太愚鲁，进步很迟，所以败在你的手里，也教他们得一警戒。"

心禅说罢，便教悟非、悟尘过来，和聂刚相见。且让聂刚收起宝剑，把聂刚招待到里面。才见有几处云房内都有僧人在那里静坐，也有几个在念经。到了心禅的云房中，只见陈设非常雅洁，壁上也挂着一口宝剑和一张弓，窗边琴桌上焚着一炉名香。心禅坐在禅床上，聂刚侍立右侧。心禅又对他说道：

"我虽收你为徒，但你是并不削发皈依我佛的，我自然另眼看待，和寺中僧侣稍异。但你一切也须谨慎，不可违反寺中的清规，致干咎戾。至于习艺的事，我们寺中也有一定的等级，起初不谙武事的人，只许在大厨房里挑水，以后渐渐入门，现在你已是有了根基的人，这些杂役可以不必操作了。我起始教授你少林拳法吧。"

聂刚闻言，拜倒道：

"多谢师父宏恩。"

心禅便教悟非领导聂刚去客房休息。一会儿天已昏黑，寺中钟声大鸣，悟非、悟尘两个引聂刚至食堂，同进晚膳。众僧侣共有五十余人，聂刚和悟非、悟尘同坐。众僧侣见了聂刚，也有些奇异。寺中地方很大，这五十余人散处在内，也不见多，所以聂刚进来时没有遇见了。晚餐后，众僧侣有些去上夜课，梵呗声和钟磬声间作，聂刚和他们相距较远，有时微闻钟声。他今天得到了名师，得到了暂时归宿之处，心里十分快乐，非常宁静，所以解衣而睡，梦魂中也觉愉快。次日清晨起身，众僧侣已在殿上念经。他吃了早餐，要去谒见心禅师父。恰巧心禅正在做功夫，他不敢造次惊动，挨至午时，方才得见。心禅便领聂刚到后圃中去教授他拳法。初时只教两路，果然和外边所习的不同。

从此聂刚就住在少林寺里，从心禅和尚学习武术，空闲的时候和众僧侣练习拳棒，觉得众僧侣都有特长的本领，尤其是守山门的独臂和尚，武术最是高强。有一次聂刚和他做游戏比赛，交手不数下，被独臂和尚一手将他擒住，高高地举起，在庭中绕行三匝，聂刚休想挣扎得脱，后来独臂和尚把他轻轻地放下，聂刚方才识得独臂和尚的真实本领。自思前番自己进寺时，幸亏没有从正门进去，否则早已败在独臂和尚的手里了。至于悟非、悟尘那两个小和尚，正是少林寺里功夫最浅的人，自己凑巧遇见他们两个，侥幸把他们击败，遂以为少林武艺不足观，岂非大大的错误呢？于是他决定在这里早晚用心练习，等到自己武术有了进步时，方才下山去报师父的仇。他有时也要想念飞琼，不知伊代黄家保镖南下，途中情形如何？伊可要单独去代师父复仇？只可恨师父的仇人不知究竟是哪一个，自己当时没有侦查出来，这是自己的不好了。聂刚在山上学习少林拳棒将近三个月，果然武术大有进步，吴下阿蒙，非复昔日可比。

有一天，聂刚被心禅唤到云房中对他说道：

"现在我告诉你一件事，就是你师父高山的仇人已有了着落了。"聂刚听了大喜，便问师父，怎么知道，请即见告。心禅道：

"昨天这里有一个游方僧，从山西到此，说起大同府薛家堡有一个恶霸薛大武和他的儿子薛小龙勾结官吏，鱼肉乡民，常做凌弱侮寡之举。近在堡中雇了许多工匠，构造种种机关，防备外来的人。闻薛大武的心腹说起，因为薛大武父子在潼关地方用暗箭射死了天津名镖师老英雄高山，恐防高山的女儿和朋友要来复仇，所以如此严密防备的。这个消息却是千真万确了，所以我要告诉你了。"聂刚道：

"原来害死我师父的仇人就是薛大武父子，这本是宿仇，弟子也认识他们的。既然他们都在山西大同府薛家堡，只要有了着落，弟子必要前去代师父复仇，方才对得起师父在天之灵。"

心禅点点头道：

"很好，你有这个志向，我也不能阻挡你。明日你可下山复仇，好在你的武术已非庸人可敌。听说薛大武父子本领，也不过尔尔，谅你一人也足够对付得过了。"

聂刚闻言拜谢道：

"谢师父的指示，弟子不得不远离了。"

心禅道：

"我本说你不是学佛的人，世间之事未了，你还是好好去干你的事业吧，勿以我为念。不过出家人以慈悲为怀，你有了本领，千万不要好勇斗狠，多所杀伤，能够少杀一个人，多救一个人，就是功德无量了。"

聂刚又拜道：

"师父金玉良言，弟子敢不遵守。"

又说了几句话，方才退出。这天晚上聂刚忙着收拾行李，要预备下山去，悟非、悟尘两个小和尚听说聂刚要下山去了，也觉得有些依依难舍，说他在山上的日子太短了。

到了明天，聂刚又去拜别心禅。心禅拿出一盘银子赠与聂刚，作为路上的费用，吩咐悟非、悟尘送聂刚出寺。聂刚向心禅拜了数拜，同悟非、悟尘两个走出寺门，见那独臂和尚正坐在山门口蒲团上，见了他们，便问往哪里去。聂刚向他说明了，他方才吩咐小沙弥开门，放他们出去。悟非、悟尘送到莲花峰下，方才止步，道声珍重，自回寺中去。聂刚独自一人，下了嵩山，向山西大同进发，要报他师父之仇。

第九回

赴汤蹈火气如云

高飞琼为报父仇，单身赶路，不辞戴月披星之劳，长途仆仆，这一天早到了大同郊外。那边地方较为僻静，道旁树木很多，有许多松林都排列在斜下的山坡上，野风吹着，发出波涛的声浪来。飞琼正低着头走，忽然那边林子里扑棱棱地飞出一头老鹰来。飞琼跟着抬头一看，恰瞧见有一株松树上面滴溜溜地悬着一个人身，伊知道在那树上有自缢的人了。走近一看，乃是一个男子，儒生装束，尚没有断气。她就取出弹弓，向那绳子上发了一弹，绳子立刻迸断，那儒生跌下地来，挣扎着起身，坐在地上。飞琼走过去，对他脸上相视了一下，见他双眉紧锁，面有泪痕，好像在他内心里有极不得已的事情，所以要自经沟渎，便问他道：

"好端端的人为什么要自寻短见？"

那儒生答道：

"姑娘，你不知道我也是不得不死了！姑娘，你为什么要救我呢？"

飞琼冷笑一声道：

"好，我救错了你么？你为什么决心要死呢？"

儒生答道：

"我活在这世上难过得很，所以不如一死。"

说罢，叹了一口气。飞琼道：

"天下没有解决不下的事情，难道你贫困不能过活么？我可以帮助你的。"

儒生摇摇头道：

"并不是为了这个缘故，圣人说得好，士志于道而耻，恶衣恶食者，未足与议也。"

又说：

"饭疏食饮水，曲肱而枕之，乐在其中矣。从前箪食瓢饮的颜渊，称为孔门高弟，群弟子不敢几及，所以穷是我不怕的。"

飞琼听他咬文嚼字地念出一连串书句来，不由笑了一笑说道：

"那么你为什么要寻短见呢？"

儒生又叹了一口气道：

"我的娇妻被人家夺去了，同命鸳鸯，一朝分散，伊不得活，我也不得活，偷生在人间做什么呢？还不如一死可以解除我的苦痛，消失我的悲哀呢。"

飞琼把足一蹬道：

"你们读书人真没用！你的妻子怎样会被人家夺去？你不好把伊夺回来的么？即使你力量不足，也可到地方官面前去控告，国法俱在，谁也不能强夺人妻。你太懦弱了！"

儒生又叹了一口气说道：

"姑娘，你大概是从远道来此的吧，你不知夺我妻子的人是有大大的来头，像我这样无权无势手无缚鸡之力的怯书生，怎样能和人

243

家去交涉呢？"

飞琼听得有些不耐，皱了一皱眉头，又问道：

"到底夺你妻子的人是谁？你快快告诉我吧。"

儒生道：

"姑娘，那人就是此地的大同府总兵老爷余炳业。"

飞琼鼻子里哼了一声道：

"做了总兵爷，可以强夺民间妇女么？大同地方的人难道都像你一样，袖手旁观，噤若寒蝉，不问不闻，任他猖獗吗？你姓谁？你妻子怎样遭那贼总兵夺去的？你快快告诉我吧。"

飞琼又这样地紧问着。儒生说道：

"小子姓骆名琳，拙荆陈氏。虽然是个寒士，而家中尚有些薄田，和几椽茅屋，一年衣食，差可无虑。伉俪间爱好甚笃，可以说和古时的梁鸿、孟光一般。拙荆又生得貌美于花，十分窈窕，人家都恭贺得一贤妻。谁知便为了这个关系而发生今日不幸的事情了！因为那余总兵不但是个犷悍的武人，而且荒淫好色，常要觊觎民间的妇女。他在这里天高皇帝远，拥着些兵马，擅作威福，鱼肉良民，本地的其他官吏都是怕他的。绅士们也都仰他的鼻息，小百姓又谁敢奈何他呢？在昨天，不幸的事加到我们身上来了，就是昨天的下午余总兵跨马出外，打从家门前经过，恰巧拙荆在楼窗边晒衣服，竟被余总兵瞧在眼里，向他部下探问明白。在他回去以后，傍晚时分，差下一队武士到我家里来，假借搜查为名，硬生生地把拙荆夺了去。我救伊不得，反被武士们打了数下。事后我也曾多方奔走，要援救我的妻子。但是我已说过，大同地方的人见了余炳业，无异畏之如虎，又有什么效验呢？我知道拙荆生性贞烈，知诗识礼，绝不肯受人家的污辱，那么伊一定要死在总兵衙门里了。我既救伊不得，心中的悲痛宛如万把刀刺，使我一刻也不得安宁。我又何忍独自偷生人世？所以跑到这个冷僻地方来借树枝自缢的。又谁知有姑娘来救我呢？唉！姑娘，你的心是很好的，使我很感谢。但你能救我而不能救我的妻子，也是无用，还不如让我死了的好。"

骆琳说到这里，眼眶中泪如泉涌，滴得衣襟尽湿，他心中的悲哀也可想而知了。飞琼听他这样说，便道：

"你说得也不错。我既要救你，同时也要把你的妻子救出总兵衙门来，方可使你们同活，很好，我就一做这事吧。你在此地静静地等候我，千万不要寻死，我可以答应你，迟至明天，必要把你的妻子送到这里来重见，除非我去的时候你妻子已死了，那我也没有什么办法了。但那姓余的贼总兵，我也饶他不得的。你们大同地方的老百姓见他害怕，可是我姓高的最喜欢诛暴锄恶，代抱不平，无论如何，我必要把那贼总兵铲除去，为你们地方上除去一害。"

飞琼说到这里，脸上罩着一重严霜，柳叶眉边平添杀气。骆琳还不认识伊，似信不信地说道：

"姑娘，那余总兵有力如虎，二三十人近他不得，手下又多不少助纣为虐的武士，你一个人怎样能够前去把他铲除呢？"

飞琼又冷笑一声道：

"你们读书人真是只知拈弄笔杆儿。你不要轻视我是个女子，须知我身边挟有三尺龙泉，区区余总兵，我看他如腐鼠呢。你且在这林子里守候着，若不在今天晚上，迟至明日，我一定把你妻子送到这里，让你们破镜重圆，到那时候你就知道我不是大言欺人了。"

骆琳听飞琼说得这样有把握，又瞧伊身边果然佩着宝剑，想古书上也有红线、聂隐娘一流侠女，莫非我今天有幸，遇见了这种女剑仙，那么我妻子也可以得救了。心里这样想着，连忙折转腰向飞琼拜谢道：

"姑娘，我准听你的话，谢谢姑娘，望姑娘前去格外小心。"

飞琼道：

"我自有道理，你不要管账，你若再要寻死时，那么便是白死了。"

骆琳忙又叩头道：

"我绝不敢再死，守在此间，等候你姑娘把我妻子救回来。"

等到骆琳抬起头来时，飞琼早已去得远了。骆琳立起身来，暗谢上苍。见地上留着飞琼行箧，遂代伊取了过来。就听了飞琼的话，果然守在这里不去，饥饿时向附近村子里农人家中去吃得一饱，等候飞琼前去把他的娇妻从虎窟中救回来。

飞琼许了骆琳，便向大同城关跑去，城门口虽有兵士驻守，盘诘行人，但因飞琼是个女子，所以一些儿也不留难，让伊进城。飞琼进了城，时候已过午刻，腹中有些饥饿，便到市口一家饭店里，将就吃了一顿，向人问明总兵衙门所在，便走至那里去侦察一下。果然门第巍峨，守卒森严。恰逢余炳业操练兵丁回来，远远的号筒声响，吓得行人两旁倒躲。飞琼借此机会，要一认余炳业的庐山真面，便向衙的前门左边石狮子身旁一闪，露出了半个身体，等候余炳业进衙。这时已有一小队兵士荷着亮晃晃的刀枪，步伐整齐地走进衙去。背后一匹高头白马上坐着一个戎装的将军，正是余炳业总兵。瞧他年纪约有四旬开外，生得又大又胖，很有些威风，紫棠色的面皮，粗眉大眼，高鼻子，嘴边是一排络腮胡须，手挽缰绳，顾

246

盼自如。马前马后拥着七八名佩刀的武弁。飞琼瞧着余总兵，见他是个粗莽之人，面貌又很凶恶，却倒能勤于操练部伍，大约尚能治兵，但是好好地绾着一方虎符，为什么偏要骚扰民间，夺人妻子呢？这岂不是失去了做官的人格吗？飞琼正在这么想，可是余炳业的两道目光已紧射到飞琼身上来了。当然飞琼可以瞧见他，他也可以瞧见飞琼的。他刚从外边阅兵回衙，蓦地见自己衙前石狮子旁躲着一个妙龄女子，面目娟秀，身躯纤巧，腰佩宝剑，不觉令人可爱，又有些奇怪。他就勒住马辔，伸手向石狮子旁一指，说道：

"这人从哪里来的？"

部下见衙前有人半藏着身子，认为刺客，加着余炳业一问，以为总兵下令提拿，遂一迭连声地喊起捉刺客来。飞琼也不由暗吃一惊，不得已挺身而出。余炳业知道自己部下误会，便向部下摇摇手道：

"这是一个女子，哪里是刺客？你们不要吓了伊，快快教伊过来，待我询问一下，便可明晓了。"

于是左右前去唤飞琼来见。飞琼毫不惧怯，走至余炳业马前。余炳业又对伊全身上下细细瞧了一个饱，点了一下头，便向飞琼问道：

"小姑娘，你从哪里来的？本总兵阅兵回衙，大众都要回避，为什么你敢单身在我衙前窥探？身带兵器，究竟怀的何意？莫非你是刺客吗？快快实说。"

飞琼听余炳业向伊盘问，也不便直告，想了一想，然后答道：

"我姓高，本是天津人氏，自幼父母双亡，被族叔把我育与一个姓滕的卖解老翁。那老翁专在外边走江湖鬶技，遂将武艺传授于我，且教我走绳之技，带了我出外到各处卖解。我的年纪也渐渐大起来，虽知那老翁不是我的生身父，而卖解的事实在辛苦得很，不愿意做这生涯，可是那老翁管束甚严，我也违拗不得。谁知这一次我们从河北来此，将近大同的当儿，老翁在旅寓里忽患急性恶疾，医药罔效，不到三天竟撒手长逝。我们草草把他棺殓，葬在义冢上。众人遂散了伙，各走各路，有一个姓王的要带我同行，我不愿意再随这些人走，所以独自溜到这里来。身在异地，举目无亲，不知投向哪里去才好。适才在此，闻得总兵爷虎驾回衙，躲避不及，并无歹意，千祈恕宥。"

飞琼说时，呖呖莺声，清脆悦耳。余炳业听着，完全相信伊的说话。他既是个好色之辈，见了飞琼这样长身玉立、丰肩修颊的美女子，怎肯轻易放过？遂对飞琼说道：

"听你说得如此可怜，使我很有些不忍之心。既然你变得流落他乡，无家可归，那么本总兵可以收留你在衙中，快快活活地度日，只要你知道我的好心便了。"

余炳业说罢，也不待飞琼同意，吩咐左右即刻把飞琼带入衙中，好好看待，不要惊犯了伊。左右答应一声，便将飞琼带入衙内。飞琼到了这时，仗着一身武艺，抱定不入虎穴焉得虎子的精神，不慌不忙地跟了武士过去。见衙中屋宇高大，庭院宽畅，禁卫森严，戈矛耀日，换了别的女子到此，怕不要吓碎心胆吗？武士把伊引至一间精室中坐定，只有两个武士守在室外。一会儿便有二个婢女端了衣裙盘匜，进来侍候飞琼，且对飞琼带笑说道：

"请高姑娘更妆后，随我们去见总兵爷，今夜总兵爷要在衙中欢宴了。"

飞琼这几天在途中奔波，衣服也脏了，现在见有清洁的新衣，也愿一换，不过这衣服似乎太华丽夺目，而有些富贵色彩罢了。遂掉了一身衣裙，贴身的衣服都没有更换，摸摸那包东西尚在怀中。一边心里转着念头，一边洗脸敷粉，修饰一番，这样越显得容光焕发，美艳无伦了。等到飞琼妆毕，余炳业又已差人来召。武士教飞琼放下武器，不要带去。飞琼不肯听他们的话，说道：

"少停总兵爷若要我献技时，我必须这两样东西的。"

武士听伊如此说，只好由伊带着。二婢前导，武士后随，簇拥着飞琼，曲曲折折地走到衙中后花园去。飞琼一边走，一边留心记着路径，且默察屋上下的形势，找寻出路。这时天色已暮，阳鸟西逝，飞琼走到怀素堂上时，灯烛辉煌，四壁通明，正中放着酒席。那余炳业坐在正中虎皮椅上，两旁有五六个将士陪坐着。飞琼走进厅堂，站定娇躯，向余炳业掀启朱唇，叫一声总兵爷，这一声似睨睨黄鸟，叫得余炳业遍体熨帖，心花大开，一摆手叫飞琼在他下首椅子里坐下，早有侍从代伊添上一付杯箸，斟了酒。众人都对伊注目不释。飞琼向余炳业谢了一声。余炳业乜着一双色眼，向飞琼紧瞧着，对伊带笑说道：

"高姑娘，你真是到处不脱本行，我请你到衙门里来喝酒的，为什么身上老是带着家伙不放去呢？"

说着话，将手向飞琼身边佩着的宝剑和弹弓弹囊一指。飞琼也笑笑道：

"大人，这是我吃饭的家伙，所以没有放去，请大人莫怪。"

余炳业道：

"你到了我这里不怕没饭吃，何用带在身边，快些解下来吧。"

飞琼不得不将宝剑和弹弓弹囊等一齐卸下，交给一个侍婢拿去，且对伊说道：

"你好好代我看守着，我要用它的。"

余炳业听了这话，点点头道：

"不错，停会儿我也要请高姑娘显一些技艺给我们看看呢。"

飞琼笑了一笑，似应非应。余炳业十分得意，举起大觥，对众人说声请。众人谢了一声，各各举起向余炳业上寿。余炳业向他右面一个瘦长的将士说道：

"卢千总，昨晚我因那个姓骆的妇女誓死不从，十分没趣。今天却逢这位高姑娘，好似老天特地为我送来的，大概可以补我的缺憾了。"

卢千总胁肩谄笑道：

"大人洪福齐天，所以有此艳福，可见得大人方兴未艾，无往不利。"

余炳业听卢千总说了这许多好话，哈哈大笑，把左右代他斟满的大觥，又举起来一饮而尽。吃了几样菜，侧转身体来和飞琼握着手，絮絮地问长问短。飞琼耐着性子，虚与委蛇。酒至半酣，屏后走出十多个少女来，手里都拿着各种乐器，向余炳业环立着，行了一个礼。早有一个紫衣女子敲了一声金钟，立刻丝竹竞奏，笙璈和鸣，奏出一片沨沨的声音来。原来这就是余炳业衙中平时私畜着的女乐，遇有宴会时必要出来佐觞娱客的，都是北地胭脂，环肥燕瘦，各擅其美，向四处物色而来的。可是余炳业玩得腻了，不复在意，譬如吃东西，常常要换新鲜的。他今天得了飞琼，更不把这些莺莺燕燕放在心里。众人也瞧着坐在余炳业身边的飞琼，知道又有一位新人来了，既羡且妒，不免有些酸素作用。更有几个怨余炳业弃旧恋新，毫无惜玉怜香之情。而余炳业却是春风满面，喜气盎然，等到一曲告终，便挥手叫她们退去。他喝了一杯酒，便对飞琼说道：

"方才的乐声没什么好听，现在我要看看你的技术。你本是个卖解女儿，常演技惯的，今宵当然不会害羞的呢。"

飞琼听了，只得答应一声，立起身来，向侍婢手中取过伊的宝剑，缓步下堂。此时庭中早已燃起几盏灯笼来，在伊的四周照得光亮。飞琼扫着宝剑，暗想自己此来是要乘机救人的，余总兵的本领虽没知道，但自己总不宜在他面前显出真实的本领来，以启他的疑窦，不如胡乱舞几下，混了过去再说吧。遂将伊先前学的浅易的剑法舞将开来，在飞琼心里以为是无足观的，可是余炳业的部下已觉得龙飞凤舞的十分好看，早一齐拍起手来。飞琼把一路剑使完，走回席上，向余炳业说一声献丑献丑。余炳业点点头道：

"很好，你很有些功夫了，本总兵这里正缺少一个女将军，从今以后，你在这里做官吧。我可以招些女兵，给你操练成一队娘子军岂不是好吗？"

飞琼含糊谢了一声，把剑仍交与那个侍婢。余炳业这番格外珍视伊了，亲自代伊斟了一杯酒，送到伊的面前。飞琼连忙谢了接过，喝了这一杯。余炳业心中非常快乐，对飞琼说道：

"你真不是平常的卖解女，今天虽和我萍水相逢，而我却对你更有十二分的好感，不知道你的心里觉得怎么样？今后你住在我衙内，富贵与共，誓不相忘。你可以锦衣玉食，终身无忧，只要和我好好一同快乐便了。你懂得不懂得？本总兵虽然有了这一把年纪，而尚没有一个正式的夫人呢。"

说罢，哈哈哈地大笑不止。飞琼听了余炳业的话，暗骂一声狗贼，当时不好回答什么，只得低下头去装作害羞的样子。余炳业笑声更纵，众将士又举杯道贺。这时席上已上大菜，余炳业大嚼大饮，且叫飞琼吃这个吃那个。飞琼为要吃饱肚皮，也就举起筷子，跟着众人同吃。那个卢千总很凑趣地向余炳业说道：

"大人，今夜正逢良宵，大人正有风流妙事，不要多贪杯中物，误了一刻千金的光阴。"

余炳业带笑点点头道：

"你说得不错，我们不妨明天再行畅饮，现在适可而止了。"

余炳业说了这话，就此散席，众将士都道谢告退。余炳业握了飞琼的手，带着几分醉意，对伊说道：

"我方才已和你讲过了，你是聪明人，必能明白我的意思。现在众宾皆去，黄昏人静莫要辜负了良宵。"

说罢，不待飞琼同意，拉着伊的纤手，便向屏后走去。飞琼只得跟了他走，侍婢们也跟在后面。转了不少弯，早到得一个院落，朝南一排三间上房，珠帘绣阀，十分华丽。飞琼跟着余炳业走到第三间内室，室中点着明灯，焚着好香，陈设得十分富丽，床上鸳枕绣被，耀眼生光。余炳业一挥手叫侍婢们退去，他拍着飞琼的香肩，叫伊安坐。飞琼侧转身子坐了，心中在盘算如何对付的方法。余炳业却又笑嘻嘻地对伊说道：

"高姑娘，今日我竟会和你无端邂逅，可称天赐良缘，从今以后，你做了我家的人，我和你富贵共享，且可保荐你做一位女将军。不久我还有惊天动地的事业做出来，你等着瞧吧。到那时我姓余的岂但做一总兵而已。总而言之，你遇见了我，便是你的幸运呢。"

飞琼假意说道：

"小女子漂泊江湖，不遑宁息，幸得一枝之栖，于愿已足。承蒙大人青眼，把我抬举，我真是感谢得很。然恐蒲柳之姿，不堪侍奉巾栉罢了。"

余炳业听了这几句话，早又遍体酥麻，把身子倚在飞琼的娇躯上，正要动手动脚，忽听侍婢在门外说道：

"启禀大人，亲随余德有要事面禀，大人可要见他？"

余炳业听了这话，把手搔搔头，向门外说道：

"你叫余德到外房来听话。"

侍婢答应一声。余炳业便对飞琼说道：

"真不巧，我差出去的下人，有些要事和我一谈，我不得不去见他，只好把你冷落一会儿。我讲好了话再来和你快乐。"

飞琼趁势把他一推道：

"大人既然有事，快去吧，我在此坐一刻也不妨的。"

余炳业于是立起身来，就往外房走去，飞琼好奇心生，蹑足走至门边，余炳业已坐在外房和一个人谈话。伊把耳朵凑在门缝里，又用一只眼睛向外房偷窥时，只见有一个身躯长大的武弁，立在余炳业的面前。余炳业对他说道：

"你这次奉了我的命令，到那边去可曾见和硕特王？"

那武弁答道：

"小的奉令出去，曾亲自见过和硕特王，把大人的手书和所赠的礼物一齐奉上。和硕特王看了大人的信，很是满意。他亲口对我说，请大人火速预备，他那边在本月中旬便可发动人马，直扑而进，故望大人到了那时候准时接应。且有一封信，四样礼物在此，礼物放

253

在外间，书信在小的身边，敬请大人亲启。"

说着话，伸手从长袍里面探出一封长长的信封来，双手呈上。余炳业接过，在灯下慢慢地展读完毕，摸着自己的胡须，对那武弁说道：

"余德，这几天我在此间天天操练兵马，准备粮草和军械，卢千总等诸将士也已和他们讲妥，他们都一致服从我的命令。至于那大同府，一向不在我的眼里，到了那时一刀了却了他的性命，也是很容易的。和硕特王何时举兵，我这里也何时发作。哈哈！余德，这事倘然成功，你也可以升官发财呢。现在待我去检点礼物，和硕特王送来的，一定非常名贵。"

余炳业一边说，一边立起身来，跟着余德向外边走去。飞琼听得明白，暗想余炳业那厮不但荒淫酒色，鱼肉良民，而且又要私通他人，做出图谋不轨的事来，真是肆无忌惮，人人得而诛之，我倒不可放过他的。现在我且先救了骆琳的妻子出去，再作道理。一转念间，瞧见桌上的茶壶，灵机一动，立刻走过去，从伊贴身衣袋里掏出一包东西来。解开来，乃是绝细的白粉，伸手开了壶盖，把这一包药粉都洒在茶壶里，依旧盖上。听得履声响，余炳业已走回房来，对伊带笑说道：

"你嫌寂寞么？我一会儿就来了。此刻我与你一同睡眠吧。莫要辜负了良宵，便再有什么天大的事，我也不出去的了。"

说罢，又是一阵哈哈。飞琼伸手去取过杯子，用茶壶倒了一杯茶，双手奉与余炳业，微微一笑道：

"大人辛苦了，请用一杯茶，既蒙不弃，自当侍奉枕席。"

余炳业听了这话，接过茶杯，凑在嘴唇上咽嘟嘟地一起喝下肚去。飞琼接过茶杯，仍放在桌上。余炳业伸手便来和飞琼拉扯。飞琼笑道：

"且慢，我还有一句话要问大人。大人衙中既有女乐，后房姬妾必然不乏其人，何以偏偏垂青于一个卖解女子？"

余炳业道：

"那些粉白黛绿，哪里及得到你的秀丽妩媚？况且我也看得厌了。像你真是我心目中喜欢的人儿。"

飞琼摇摇头道：

"我不信，难道大人衙门里竟没有一个美妇人么？大人要哄我。"

余炳业哈哈笑道：

"有是有一个的，此人是本地儒生骆琳的妻子，生得貌如王嫱，十分美丽，前天骆琳曾亲自把伊的妻子陈氏送与我为妾。但是那陈氏见了我却很害怕，不肯和我亲昵，伊还不肯陪我同寝，怎有你这样的令人可爱呢？"

说着话，紧紧捏着飞琼的玉手。飞琼又道：

"那陈氏在哪里？既然是他们情愿的，为什么伊不肯和你亲昵呢？"

余炳业被飞琼这样一问，险些对答不出，勉强哈哈笑道：

"这个……这个，你不要管她吧。我已经把陈氏关闭在后院，着人好好看守伊，倘然明天再不肯答应时，也要送伊回去了。我有了你这样心爱的人，连那陈氏也不喜欢了。"

余炳业说到这里，药性发作，身子晃了一晃，口里说道：

"不好！咦！我今天并没有多喝酒，怎的有些头晕眼花起来呢？这屋子也在那里旋转了，怎的……怎的？啊呀！"

余炳业立即倒下地去，迷迷糊糊的不知人事了。原来他已中了飞琼潜放的迷药而昏倒了。这迷药就是飞琼在黄家换来的，藏在身边，想不到今天竟有很大的用处，帮助伊成功。此刻飞琼指着地上的余炳业，轻轻骂一声：

"狗贼，你一向跋扈，今天遇到了我，该是倒灶了。"

便将余炳业双手拖起，放到床上去睡。伊本待要把余炳业处死，为大众出气，为地方除害，可是伊在大同还有私事去干，父仇未报，尚不能闹出大的乱子来，妨害自己的行动，不得不让这个跋扈的军人多活几天了，遂拉过一条锦被覆在余炳业身上。自己立刻回身出房，把房门反带上。听听外面四下里人声寂静，唯有远处的更锣声响。伊大着胆子，走到外房去，首先紧要的要找寻自己的家伙。暗淡的灯光下，见外房有两个婢女正伏着桌子打瞌睡，其中有一个便是方才把剑交与伊的小婢。运用眼力，向四下一瞧，果见自己的宝剑和弹弓弹囊都挂在东首壁上，心里暗暗欢喜，便去取下来，佩在身上。悄悄的不敢惊动侍婢，轻启门户，走至院落中。隐隐见前面有两个武士蹲在廊檐下，好似半睡着一般，只有两个人影。伊就伏身越过，走出院落，向后边走去，虽是黑暗而天上有些星光，伊又具一双夜眼，还能瞧得出前面的东西。但偌大一个总兵衙门，究不知陈氏被藏在何处，一时要去寻找，也很不容易。万一遇见了人，泄露了秘密，也就足以偾事。伊心里这样想着，便觉有些焦急。转了一个弯，又见后面一排屋子，隐隐有灯光射出。东首屋里又有女子哭泣之声。伊心里一动，便轻轻踅到那边，在窗下立定。听里面有妇人哭道：

"我再也不愿意活了！我本是良家妇女，和我丈夫好好地守在家里。又不曾触犯国法，你们余总兵把我抢到衙中来，竟欲强占人妻，逼我失身。哼！他还像个地方大吏吗？我是宁为玉碎，不求瓦全，绝不肯被他玷污的。你们既不肯放我出去，那么还是让我死了吧。"

飞琼听着，心中暗喜，知道在这室中哀哭的妇人，一定是骆琳的妻子陈氏了。又听另有一个妇人声音说道：

"古语说得好，好死不如恶活，你是一个布衣之妻，总兵老爷看中了你，特地请你到衙门里来做总兵夫人，这不是一个求之不得的好机会么？你为什么不接受总兵老爷的美意呢？现在你虽然要死，可是我奉总兵老爷的命令，在此看守着你，不容你自尽的。请你再自己想想吧。今天听说总兵爷在衙门前邀了一个卖解女，在后花园张宴奏乐，一定要和那卖解女寻欢作乐了。你却在此哭哭啼啼，不是个痴子吗？我劝你快快服从了吧，将来仍可以不失富贵。"

接着听那哀哭的妇人说道：

"放屁！我是宁死不辱的，你不必再同我多说什么不入耳之言。"

飞琼在外边听到这话，更是千真万确了，伊不欲多费时间，立刻把剑撬开窗户，一跃而入。见室中一灯如豆，床上坐着一个美妇人，泪痕满面，旁边还有一个中年妇人，和伊讲话。他们两人见飞琼跳了进来，也不由一惊。飞琼便对美妇人说道：

"你可是骆琳的妻子陈氏么？你不要吓，我是来救你出去的。"

陈氏点点头。飞琼立刻把那中年妇人一脚踢翻，那妇人哀呼饶命。飞琼恐怕被人听见，从妇人身上解下一根带子，把伊缚在床柱上，又用剑在妇人衣服上，割下一块布来，塞在妇人口里，使伊呼唤不得，遂想怎样去救陈氏出险了。陈氏是个伶仃弱质，如何能够跟伊扒上跳下地走夜路呢？飞琼就觉得为难了。况且有一个城关，也是万难出去的，倘然把陈氏驮在自己背上，那么自己纵有本领也难飞越城墙。伊想了一想，便对陈氏说道：

"你且不要动，在此等候一刻，我去去就来。"

说罢，又耸身跃出窗去，把窗子带上了，仍旧跑到余炳业那边的内室来。仗着自己的轻身本领，果然人不知鬼不觉地又到了那间外房。两个婢女仍如死人一般地睡着。伊因为方才找寻宝剑的时候，无意中曾瞧见在上首一张桌子上，有三支令箭插在架上，此刻伊就想利用此物了。过去拔了一支令箭，拿在手里，悄悄地仍回到陈氏那边，开了房门，扶着陈氏出来。且对陈氏轻轻说道：

"你的丈夫骆琳，现在城外等候，我来救你出去的，你不要声张，跟我走就是了。"

陈氏出于意料之外，惊喜非常，向飞琼谢了一声，随着飞琼一路走去，早到了后园门口。那边有园丁睡着。飞琼叫陈氏立在黑暗中，不要行动。自己便用剑撬开窗户跳到园丁房里去，听得鼾睡声，摸索到床边，向床上伸手一抓，果然抓住了园丁。那园丁从睡梦中惊醒，忙问怎的怎的，飞琼将剑在他面上摩擦了一下，说道：

"不许声张！开口，就请你吃一剑。"

那园丁吓得不知所云，果然不敢开口，也不敢挣扎了。飞琼便对他说道：

"花园外门的钥匙在哪里？你快代我去开园门，好让我们出去。"

园丁不敢违拗，只得从抽屉里取出钥匙，跟着飞琼，开了房门，走到外边。飞琼一手扶着陈氏，一手把宝剑和令箭捏在一起，监视着园丁，向后园外门走去。凑巧走过一个马厩，内中有马嘶了一声，飞琼便进去牵了一匹黑马出来。虽然没有鞍辔，也可将就一用。叫园丁牵着马，跟园丁走到后园的外门。园丁上前将钥匙开了锁，放飞琼等出去。飞琼立即把园丁按到地上，从他身上解下带子，将他四马倒攒蹄地捆住了，抛在一边，嘴里又塞了割下的一角衣襟。然后开了园门，牵出马去，想了一下路径，让定方向，抱起陈氏，和伊一同乘在马上，把宝剑和令箭都插在背上，一手扶住了陈氏，一手拉着缰绳，向街道上走去。飞琼虽然不识途径，而尚认得方向，转到前面一条街上，伊便有些认识了。因为伊方才来的时候，用心地辨识路径，所以一路安安稳稳跑到了城关。飞琼便在城下叫开城门。守城门官出来向飞琼查问，飞琼取出令箭，对他说道：

"我奉余总兵的命令，限时限刻，送这妇人去的。你快快把城门开了，让我们出去，免得误了要事。"

城门官验过令箭，没有舛错，只得叫人把城门开放，飞琼立刻将马一拎，跑出城去，城门官虽然有些怀疑，却不敢拦住飞琼，这就是完全靠着一支令箭的功效了。飞琼出了城门，心里宽松了不少。这时候已有四鼓时分，跑到那座林子边，将马停住，喊一声："骆琳先生在里面么？"

只见林子里闪出一个黑影来，正是儒生骆琳。飞琼抱陈氏下马，上前和骆琳相见。骆琳和陈氏二人彼此握着手，心中说不出是欢喜还是悲伤，大家哭泣起来。飞琼坐在一块石上休息，让他们夫妇各人诉述劫后的事。彼此讲明白了，夫妇二人一齐走到飞琼面前向伊跪倒，谢谢飞琼援救的大恩，且请问飞琼的芳名。飞琼告诉了他们，又说道：

"这种事是我辈所优为的事，你们不必放在心上。不过此刻你们不能回去居住了，不如到附近亲戚那边去躲避些时日。我料余总兵在大同不久也要完结了，你们放心，千万不要骇怕，静静地等着吧。"

二人又向伊拜谢。飞琼道：

"我要向你们探问一个信息，就是薛家堡在哪里？请你们快快告诉我，我要往那儿去走一遭呢。"

骆琳道：

"薛家堡离此不远，不过十里多路，此去望南走，沿着一条河，顺手转弯，从河边走到一个大马镇，过了镇，再向西南面走上三里路就是了。听说那边居民也不多，有一个恶霸姓薛名大武的，常在江湖上行走，十分厉害。"

飞琼听了，点点头说一声知道了。这时雄鸡四唱，天色已明。飞琼恐怕城中的事情快要发作，急催骆琳夫妇上道。于是骆琳把飞琼方才去的时候留下的行箧交还飞琼。飞琼又从箧中取出五十两银子，送与骆琳夫妇。二人起初不肯接受，经飞琼一再说了，方才拿下，又向飞琼拜谢。飞琼催他们快走。二人感激飞琼的恩德，倒觉得依依不舍，不愿意离开伊了。飞琼催了又催，二人不得已又向飞琼谢了数语，拜别而去。飞琼等他们去后，仰首望天，微微笑了一笑，然后出了林子，遵照着骆琳的说话，向薛家堡去找寻薛大武父子，以报不共戴天之仇。

第十回

风尘仆仆复仇归

一间大厅上椅子里坐着一个须髯很长的老者，精神矍铄，相貌雄武，旁边坐着一个年轻的壮士，正在那里谈话，老者道：

"我们现在有了这一个很好的机会，比较干那绿林生涯好得多了。将来你的前程更有无限希望。且喜我们在此做了二十多年的独脚大盗，在江湖上结识了许多英雄，一向没有破过案，出过乱子。这里的余总兵又是非常看得起我们，自古道，士为知己者死，我们应该跟着余总兵，戮力从事。但生平所引为耻辱的事就是一度失败在那个高老头儿手里，牺牲了我的老友。虽然去年在潼关道上报了此仇，然而留下了高老头儿的徒弟和女儿，恐怕他们不肯干休，早晚必要跑到这里来复仇的。"

壮士说道：

"父亲怕什么？即使他们要来时，谅他们有什么多大的能耐，难道我们父子二人还敌不过他们吗？万一他们真的厉害，我们也早安排了陷阱的机关，恐怕他们来时有门，去时无路。飞蛾投火，自来送死，一齐把他们斩草除根，免得日后的担心。"

二人正在讲话，忽见一个庄丁进来报道：

"庄门外有一个姓高的女子要来求见庄主，不知庄主见不见？"

老者一摸须髯，对旁边的壮士说道：

"莫不是那话儿来了？"

壮士道：

"来了也好，待我先和伊斗一百合。"

老者遂吩咐庄丁道：

"你去叫伊进来便了。"

庄丁回身出去，一会儿早引导着一位年轻貌美的姑娘走到厅上来，正是天津靖远镖局高山的女儿飞琼。飞琼冒着危险，大着胆子，跑到这庄里来，在伊的心中只知道为亡父复仇，不知其他，所以伊见了老者，便把手一指，厉声说道：

"你就是薛大武么？"

又回顾那壮士说道：

"我认识你的，你就是仇人的儿子小龙，以前你们到我们镖局里来寻衅，我父亲手下留情，没有将你们杀害。谁知你们衔恨在心，包藏恶意，在潼关道上暗放毒箭，射死我的父亲，你们却逃走了事，自以为没有人知道这事，你们可以安度岁月，不怕人家来找你们了。又谁知天网恢恢，疏而不漏，偏逢着小鹞子濮四告诉我听。所以今天我是特地不远千里而来，找你们两个人，要报不共戴天之仇。现在你们可有什么话说？"

薛大武听了飞琼的一番数说，又羞又怒，遂咬紧牙齿说道：

"很好，你就是高山的女儿飞琼？久闻你的大名。既然你要跑来复仇，我们也绝不畏惧你的。你要如何便如何。"

飞琼竖着柳眉，怒气满面地说：

"明人不做暗事，我和你这老贼不妨就在庭中决斗一下，拼个你死我活。如我不能报父亲之仇，我也死而无恨，否则就是你的末日到了。"

薛大武站起身来说道：

"好，老夫遵命与你见过高低。"

小龙在旁边也立起身来说道：

"谅这小小女子有什么天大的本领，杀鸡何用牛刀，待我先和伊斗一百合。"

这时候庄丁早将二人用的刀剑送上。二人接在手里，和飞琼走到庭心里，那庭心十分广阔，右边有条甬道是通到大厅后面去的。此时众庄丁已闻警毕集，手里各各拿着兵刃，在旁边围着半个圈儿，助张声势。薛大武抱着宝剑，站在庭阶上，看他儿子和飞琼交手。小龙早把外面的长衣脱下，手挟双刀，和飞琼对面立定。飞琼也已拔出伊的宝剑，握在手里，对小龙说道：

"你要先来代老头儿做替死鬼吗？今天我都要送你们上鬼门关去的。"

小龙怒道：

"你休要夸口，少停教你知道我们的厉害。"

舞动双刀向飞琼进攻。飞琼便把宝剑使开，上下左右，倏忽间成白光一道。伊今天是为父复仇，有死之心，无生之气，把全身的本领一齐使出来。所以薛小龙怎能敌得过伊？斗到三十余合，小龙已不能支持，额汗直流，刀法散乱。薛大武瞧得清楚。他觉得飞琼果然厉害，小龙不是伊的对手，非自己亲自出马不可，遂把宝剑一

263

挺，抢上前去说道：

"小龙你且退下，待我来和她决一雌雄。"

此时小龙只得虚晃一刀，退在一旁，让薛大武去和飞琼狠斗。飞琼见薛大武自己来了，分外眼红，就将宝剑使一个白蛇吐气，一剑猛可里刺向薛大武的胸口，薛大武见来势凶恶，将剑向下一摆，身子向旁边一跳，铛的一声，将飞琼的剑格在一边，让过了这一剑。他也使个长虹掠空，一剑横扫到飞琼的头上。飞琼把头一低，早从剑底下钻过身来，又是一剑，向薛大武下二路劈去。薛大武一剑扫了一个空，不防飞琼已反攻到自己的下部，急忙向后一跳，退避七尺以外，方才让去这一剑，心里也暗吃一惊。小龙和众庄丁在旁边都代薛大武捏把汗，险些着了飞琼的道儿。薛大武更不敢怠慢，悉心用力和飞琼狠斗，斗到五十余合，不分胜负。薛小龙见飞琼拼命死斗，很有几下杀手，幸亏父亲都能躲过，恐怕久战下去，也许要吃伊的亏的，还是用诡计取胜吧。所以他就走上前对他父亲说道：

"高家女儿果然厉害，我们还是让伊吧。"

薛大武听了他儿子的话，心里明白，遂虚晃一剑，跳出圈子，对飞琼说道：

"高飞琼，我们杀你不过，让了你吧。你休要追赶。"

说了这话，父子二人一齐向右首甬道上逃去。飞琼虽然知道他们父子俩或有什么诡计，但自己怎肯放走仇人？立刻跟在背后，紧紧追去。薛大武父子一先一后，奔逃得倒也不十分快，和飞琼相隔只有十数步。飞琼恨不得一步就追到薛大武后面，早些手刃了仇人，所以伊却飞快地追去。只见薛大武父子曲曲弯弯地逃进一个小门里去。伊想不能再顾冒险了，不入虎穴，焉得虎子，于是跟着二人跳进小门里去。不料自己的脚方着地，地下的地板忽然轰隆一声，陷了下去，自己再也缩不住，身子一脱空，立即往下直沉，跌到一个铁笼子里去，上面又落下一罩，将伊罩在笼里，在笼里四周伸出铁钩把自己身上的衣服一齐钩住，不能动弹，方才知道中了人家的机关，不由叹了一口气，瞑目待死。薛大武父子见飞琼果然中了他们的诡计，堕身铁笼，不克自拔，当然心里十分快活，回转身来，拨动机关，那铁笼便冉冉地升到上面来。见飞琼圆瞪双眼，对他们怒视着，可知伊的心中愤怒极了，谅伊死了也不瞑目。父子二人对着伊哈哈大笑。小龙指着飞琼说道：

"现在你可要复仇吗？恐怕这仇今世报不成了，待我们来慢慢地收拾你吧。"

飞琼气得一句话也不说。薛大武唤庄丁取过最坚韧的绳索，开了铁笼，先夺去飞琼手里的宝剑，然后松下铁钩，把飞琼捆绑结实，押送到前面来以便处置。这时候薛大武父子心里都轻松不少，要想把飞琼慢慢地处死。小龙坐在一旁，见飞琼虽是他们的仇人，而容貌艳丽，不由心中又起了淫念，他就指着飞琼说道：

"高姑娘，你本领虽好，又有何用？你可知道我们父子的厉害了？"

飞琼瞪着眼睛骂道：

"狗贼，你们的本领也属平常，敌不过人家时专以诡计胜人，鬼蜮伎俩，有何足道？我和亡父都死于你们的暗算，给江湖上人知道了，也要笑你们不武。但我们还有我父亲的徒弟聂刚在世，他必能代我们复仇的，你们终不能高枕无忧啊。狗贼，你若要做个大丈夫，敢释放我缚，重决雌雄吗？"

薛大武笑道：

"高姑娘，须知道缚虎容易纵虎难，我们佯败，驱你堕入陷阱，把你擒住了，岂肯再放你呢？"

薛小龙道：

"你要我们释放吗？须得听我的言语，我或可在父亲面前代为缓颊，只要你能够懂得我的好意，不辜负我一片之情。"

飞琼听了，骂一声：

"呸！小狗贼，你有什么好意？今日我既被擒，你们把我杀了，倒也爽爽快快，日后自有人代我报仇的。"

薛小龙冷笑一声道：

"你要爽爽快快吗？我们偏不爽快，要慢条斯理地处置你呢。"

他们正在询问时，忽然又有庄丁入报，说余总兵衙门里有使者前来。薛大武便说声请，跟着庄丁引导一个武弁，大模大样地走进来，乃是余炳业的心腹亲随余德。余德一眼瞧见了飞琼，不由大为惊奇，指着飞琼，向薛大武问道：

"请问薛爷，这个女间谍怎会在此地被你们擒住的？奇哉怪哉！"

薛大武也惊异道：

"余总管，你怎么也认识伊的？"

余德道：

"实不相瞒，昨夜余总兵衙门里出了一个很大的乱子，我们总兵险些被人害死……"

薛大武听了一惊道：

"什么？这是谁做出来的？"

余德又指着飞琼说道：

266

"就是此人，恐怕伊是一个女间谍呢。"

遂将飞琼昨夜如何被余总兵召入衙内，余总兵饮了伊的迷药，以致不省人事的话，说了一遍，且说：

"直到今晨方被卫士发觉，救醒了余总兵，一查衙门里少了一个骆家的民妇，是总兵一时高兴唤入衙内的。还有一支令箭也不见了，大约被伊混出城门去了。余总兵正忙着大肆搜索余党，也许是一个女间谍，不知奉了谁的命令，到此暗探我们余总兵的秘密的。怎样会被你们捉住呢？"

薛大武遂说道：

"原来如此，我们知道伊来历的，伊姓高，名飞琼，是天津靖远镖局高山之女，因和我们以前有了仇恨，所以找到我们门上来决斗，遂被我们用计擒住的。却不料伊何以又到你们总兵衙门里去做间谍，这却不知道了。余总管，你到此可有什么要事？"

余德点点头道：

"有的，我本奉总兵之命，到府上来请薛爷前去一商要事。总兵要请你们贤父子火速前往的。不如便将这姓高的女子一同带去，让我们总兵亲自审问，不难水落石出了。"

薛大武立刻说道：

"很好，但恐途中逢见羽党，倘然被劫，却不是玩的。"

余德道：

"这也不难，外边还有我带来的马弁，教他们飞速回去请总兵爷调一营兵来，把囚车押送伊前去，包管可以无事了。"薛大武道：

"就是这样办吧，我把自己的仇人，交给总兵去代我处置也好的。"

267

小龙在旁也不便再有异词。余德遂出去吩咐马弁骑着快马回去，禀告余总兵，立调兵马前来。他回到大厅上，和薛大武父子谈起和硕特王起兵之事，却将飞琼推到廊下去教人守着。午后已有二百名官兵，由一位王把总率着，开到薛家庄来。薛大武父子已陪着余德用过午饭，又预备茶点款待那位把总，将飞琼押到庄外，打入囚笼。飞琼知道薛大武父子要把自己送到余炳业那边去了。初不料余炳业已和薛大武父子勾结一起，将要举兵叛反呢。自己千里到此，欲复父仇，反中仇人阴谋，这要怪我自己过于鲁莽了。伊越想越恨，几乎将一口银牙咬得粉碎。薛大武父子即将飞琼打入了囚笼，便和余德跟着把总，各骑骏马，押着囚车启行，二百名官兵荷着刀枪，直前开道，向大同城里走去。一路上看的人很多，大家对着囚车里的飞琼现出惊奇之色，交头接耳，议论纷纷，不知道这女子犯了什么大罪。一行人进了城关，渐渐行近闹市，看热闹的人益发多了。沿街有一家酒楼，挂着"悦来店"三字招牌，酒楼上面也有许多人倚栏下视，其中有一个客人，乃是一位少年，剑眉星目，相貌威武，一手扶着栏杆，一手支着下颐，向这一队兵士望去，等到囚车推进酒楼下面时，少年眼快，早已瞧见囚车中的飞琼，不由脸上突然露出惊讶之色，双眉一皱，几乎失声而呼。又见后面马上坐着薛大武父子二人，又不禁怒容满面，暗暗点头，好像已明白这一回的事了。囚车刚推过时，少年蓦地把双手向栏杆一按，好似要跳下去的样子。但他身体才腾起，忽又缩住。旁边的人不知道他心里的事，连忙喊道：

　　"使不得！你要跳下去时，怕不脑浆迸裂吗？哪里来的疯人？"

　　少年冷笑道：

　　"我哪里会跳？你们不必为我担忧。"

这时囚车等一行人业已过去，少年回至东边座头上，依旧坐着酌酒独饮，酒保代他添上酒菜。他遂乘机向酒保问道：

"方才过去的囚车里坐着一个女犯，不知是犯了什么大罪，送到哪儿去？"

酒保答道：

"那女犯是谁，我们也不能知道。只知道是押解到余总兵衙门里去的。"

少年又问道：

"余总兵的衙门在哪里？他在地方上能够爱老百姓吗？"

酒保虽然当着众人不敢说什么话，可是对于余炳业也说不出什么颂扬之辞，于是把余炳业的名字和衙门的地址一齐告诉了少年。少年点点头，依旧喝酒。

那薛大武父子和余德，押着飞琼到得衙门里，已是薄暮时候了。余炳业听薛大武父子已来，便请到办公室里相见，屏退左右，先将和硕特王约期举兵的事告诉了薛大武。且说这里发动的时候，要薛大武父子率领一辈弟兄相助，担任开路先锋，薛大武自然遵命。余炳业又说自己曾约那位周总兵一同起事，可是他那里没有确实的回音，恐怕周总兵的态度有些不稳。万一被他泄露了出去，这大事不免要受到影响。昨天衙门里来了一个女间谍，自称卖解女儿，姿色美丽。自己一时不察，留在衙门里，中了伊的药，险被伤害。现在人已逃去，自己为了这事，很放心不下。难得已被你们捉到了，真是再好也没有的事。但不知那小贱人怎会送上你们的大门的？于是余德在旁先禀明经过的缘由。薛大武也将自己如何和飞琼的父亲高山结下怨仇，以及飞琼找上门来，代父亲复仇的事，略述一遍。余炳业点点头道：

"那小贱人手段狠辣，胆子不小，伊不但和你们有仇，且敢混入我衙门里来，花言巧语，将我欺骗，无疑地也是一个间谍。幸亏你们把伊捉住，少停我们可以在怀素堂上设筵欢聚，且鞫问那小贱人的口供。"

薛大武父子都说声是。余炳业遂叫余德出去，吩咐厨下快排筵席，自己又和薛大武父子谈谈起兵的事，如何号召民众，如何攻取城池。薛大武父子都是江湖上人，并不懂得兵法，只跟着余炳业胡乱说了几句。一会儿余德来说酒筵已备，余炳业遂陪着薛大武父子走到怀素堂上去坐席，又召了卢千总、王把总等来，团团坐定。酒过三巡，余炳业吩咐余德把飞琼押来审问。余德遂到外边去，打开囚笼，吩咐四个武弁，各拿着明晃晃的鬼头刀，推着飞琼到怀素堂来。这时飞琼第二次到这堂上，情形又不同了，昔日座上客，今已变阶下之囚。只见堂上灯烛辉煌，余炳业等傲然高坐，各有喜色，而余炳业的脸上更是狰狞可怖。他见了飞琼，便戟指骂道：

"你这小贱人，好大胆！我昨夜不察，吃了你的大亏，且喜今日你已被获。我要问你究竟奉了谁的差遣，到这里来做间谍？快快老实招来。"

飞琼此时早拼一死，当即破口大骂道：

"余贼，我虽然没有受人的差遣，但是我一到此间，就闻得你种种跋扈无道的事，使人发指。你把儒生骆琳的妻子强抢到衙内，要逞你兽欲，我本是来救伊出去的。但知道你不但是个横暴的人，且是个叛反之徒，你已勾结外边的和硕特王约期起兵，扰乱起来，糜烂地方。然而不想你手下乌合之众，岂能成就什么大事？一遇堂堂正正的王师到来，恐怕你们便要土崩瓦解了。还有助纣为虐的薛贼父子，平日作恶多端，到后来，难免国法。我虽死于你们之手，自有人代我复仇，你们绝不能幸免的。今晚要杀便杀，我没有什么口供。我只有四个字，叫作诛恶除暴。"

余炳业听了拍桌怒道：

"你已死在临头，还敢信口骂人么？我也不管你是不是哪里的女间谍，总而言之，今晚绝不能放你活。"

薛大武在旁也冷笑说道：

"高飞琼，你要复仇，你要诛恶，但是恐怕你今生都不成了。"

余炳业吩咐余德将飞琼绑在下面柱子上，说道：

"且待我们再喝了几杯酒，然后来发落你。"

余德奉了余炳业的命令，果然把飞琼缚在下首柱子上。这里余炳业便和众人喝了几杯酒，渐渐提起了兴致。他对薛大武说道：

"这姓高的贱人，我昨天在衙门前见伊姿色甚美，所以唤入衙中，十分优待，本想纳伊为妾，谁料伊对我如此，真是三十年老娘一旦倒绷了婴儿，又好气又好笑。现在伊要求速死，我偏不让伊痛快地死，却要当众侮辱伊一番呢。"

遂令余德和两个武弁上前去，先将飞琼的衣服一齐褫下。当余德等上前动手的时候，飞琼正发了急，万不料余炳业狠毒如此的。伊当然情愿从速一死，不愿意受贼子的污辱，于是伊又骂起来了。余德不顾伊骂，刚才动手去解下飞琼上身的束缚，要把伊剥除衣服。这时候忽然外面飞来一样东西，正打在余德的头上，跟着哗啦啦落在地上，跌个粉碎，原来是两大块瓦。但是余德的头已被击破了，双手抱着头退下去。余炳业等众人见了，一齐大惊，当然这不是偶

271

然的事，外边恐有飞琼的党羽到了。连忙吩咐武弁快把高飞琼一刀杀死，免得被人劫夺。一个武弁听了余炳业的话，恶狠狠地挺着鬼头刀，跑上前，照准飞琼胸口便刺。但是他口里忽然啊呀一声，撒手扔刀，仰后而倒，在他的颈上已中了一支袖箭了。余炳业等一齐跳了起来，堂上大乱。这时候对面屋顶上早跳下一个黑影，宛如飞燕穿帘，跳到了飞琼的身旁，不顾一切，将手中明晃晃的宝剑迅速地割断了飞琼身上的绳索，又向地上拾起那把鬼头刀来，递与飞琼手中，说道：

"我们先对付了仇人再说。"

飞琼瞧着他，也不由突然一怔。这时余炳业和众人也已取出兵刃在手。薛大武认得那个来救飞琼的少年，不是别人，正是高山的徒弟聂刚，一齐大惊。飞琼手里有了兵器，身子已得自由，伊更是胆壮了，一个箭步，跳到薛大武面前，喝道：

"老贼，我方才中了你们的诡计，现在却不肯饶你了。"

一刀向薛大武劈去。薛大武只得硬着头皮，舞剑迎住。聂刚也挺起宝剑径奔薛小龙。小龙战战兢兢地挥着双刀和聂刚交手。余炳业也挥动手中朴刀来助小龙，双战聂刚。聂刚精神抖擞，将手中宝剑使得如银龙飞舞，和二人酣战。卢千总等不晓得外面到了多少人，连忙溜出去，调一营兵来捉拿刺客。飞琼在这时候，更是勇猛，恨不得把薛大武立刻一刀剁死，以雪方才的耻辱，刀光霍霍，只自在薛大武头上盘旋。薛大武倒有些胆怯，手中的剑法常常露出破绽来，给飞琼杀得他手忙脚乱。斗至七十合以上，飞琼故意将身子一侧，好像要滑跌的样子。薛大武大喜，连忙踏进一步，一剑向飞琼腰里刺去，不防飞琼眼快手快，一弯身让过了这一剑，而自己的刀从侧面劈到薛大武的肩膀上。薛大武叫得一声啊呀，肩上已着了一刀，鲜血淋漓，受了伤更不能抵御了，方要回身逃走。飞琼怎肯失此机会，又是一刀猛力刺去，刺中薛大武的肋下，立刻跌倒在地。薛小龙在一边瞧见，赶紧丢了聂刚，奔过来援救他的父亲时，飞琼早已唰的一刀，割下了薛大武的首级。小龙见父亲已死，咬牙切齿地来和飞琼拼命。这时卢千总已带官兵跑进衙来要拿刺客，飞琼对他们大喝一声道：

"你们这些人须要认清事理，不要助纣为虐。余贼炳业，他并不是你们的总兵了，乃是谋反作乱之徒。他私通了外边的和硕特亲王，要举兵作乱，涂炭生灵，现在机已泄露，朝廷已派大军前来剿灭了。你们须要帮助我们捉住这叛逆之徒，可保你们平安无事。否则你们便是甘供驱策，大兵一至，玉石俱焚，一个也不得饶赦的。"

飞琼这话当然一半是真，一半是假，伊也不知道有没有大兵派来，不过借此威吓这些兵丁罢了。卢千总等听飞琼说得如此确实，声色俱厉，一定是大军中派来的间谍了。大家都是你望着我，我望着你，逡巡不敢上前。那余炳业也听得飞琼的说话，说破了自己的阴谋，心中未免有些虚怯。他手里的一口刀本来尚能勉强和聂刚鏖斗，但是心中已怯，手里刀法也渐迟慢。聂刚此时的本领真像吴下阿蒙，已非昔日可比，余炳业自然斗他不过了。他想三十六着，走为上着，咬紧牙齿，恶狠狠地向聂刚头上一刀劈去。聂刚急忙低头避让。余炳业趁势跃出圈子向怀素堂后面逃去。聂刚岂肯放过他，喝声不要走，飞步追上。追到后面一个庭心里，余炳业回转身来，对聂刚说道：

"你这汉子姓甚名谁？本领果然高强！你若肯放过我，我和你一同起兵，先酬谢你黄金十万，将来不失封侯之赏。今晚何苦和我如此作对呢？"

聂刚听余炳业要拿金钱来运动他，便骂道：

"余贼，你不要小觑了聂某。你作恶多端，今天便是你的末日，不必多言，快快送上你的头颅。"

余炳业闻言，只得硬着头皮，又和聂刚狠斗。聂刚的一口剑使得神出鬼没，把余炳业紧紧裹住，绝没有半点间隙。被他寻得余炳业的一个破绽，一剑刺去，刺中余炳业的肚腹，余炳业大叫一声，倒在地下。聂刚把剑抽出来时，余炳业腹中的大肠也拖了一段出来，鲜血满地，躺在血泊里，出气多，进气少，眼见得不活了。聂刚割下他的首级，提在手里，走回前面怀素堂上来。此时飞琼也将薛小龙结果了性命，正和卢千总立在一起讲话。聂刚上前立正了，笑嘻嘻地叫声世妹。飞琼见了聂刚手里的人头，也含笑道：

"师兄，你已把余贼斩首吗？很好！我已和卢千总说了，他们愿意服从我们的命令，再不肯赞助余贼，做不正之人了。"

聂刚点点头道：

"这样很好，卢千总你且率领兵丁退去，各各归营，不得妄动，待等明天，我们自有发落。"

卢千总诺诺连声地带了兵士们退出去了。这里聂刚和飞琼将余炳业、薛大武、薛小龙三颗人头系在一起，高高地挂在庭中树枝上，这就是作恶者的下场。飞琼等为大同地方除去了两害，大同的人民知道了这事，真不知要如何感激呢。飞琼和聂刚此时各人也觉得有些疲倦，并且腹中十分饥饿，遂喝令衙中的下人端了热水来，大家洗净了手。又吩咐下人令厨房里预备几样精美的菜，给他们果腹。

衙中的马弁已四散逃去，下人们当然不敢走开，小心翼翼，伺候二人，以为二人是朝廷派遣到此捉拿余总兵的人呢。聂刚和飞琼坐在怀素堂上，一边吃饭，一边谈话。飞琼先向聂刚说道：

"师兄，我以前错怪了你，请你原谅。今天我在这里中了阴谋，堕入陷阱，险些失去了性命，幸亏有你来相救，但不知师兄怎样也会跑到大同来的？你一向在哪里？你离开天津以后，我也常要思念你的。"

聂刚微微笑了一声说道：

"多谢师妹。师父死在薛大武父子手里，我一时不得端倪，未能为师父复仇，心里常常歉疚，好似刺芒在背，一天也不得安宁。所以我立志离开天津，出去再要拜访名师，学习武艺，报我师父的仇。且喜现在果然达到了目的。"

遂把他自己怎样闯入嵩山少林寺，跟从心禅上人，学习少林武艺，以及从游方僧口里探问得仇人的消息，遂拜别了师父，下山到此的经过，略述一遍。又说：

"我今天方才赶到大同，恰巧在悦来店酒楼上独自小饮，想要打听薛家堡的消息，忽然瞧见你坐在囚车里，被薛大武押送到余总兵衙门里去，不由十分惊奇。初欲当街拦劫，既思孤掌难鸣，不得不稍忍须臾，便向人探明了总兵衙门的所在。薄暮时又到衙门前后探看虚实，乘无人时，冒险越墙而入。听得人说余炳业在怀素堂欢宴薛贼父子，且审问捉到的女间谍。我遂伏在怀素堂对面的一座亭子上，那里正有一株大树，可以蔽身。等到我见他们动手时，我遂飞下两块瓦片，打倒了那个人。后来他们要杀你，我又用我在山上练习的袖箭，发了一支，立即跳下来援救师妹。仗着师父在天之灵，侥幸已把仇人杀却，且斩了余炳业，为地方除害。今天我真是快乐极了！但不知师妹怎样到此，落在他们手里的？"

于是飞琼也将自己经过的事告诉了聂刚，二人心里都觉得非常快慰。吃完了饭，二人又坐着谈谈。飞琼道：

"我们已代父亲复了大仇，今后我可以和师兄一齐重返津门了。但是这里的事却怎样发落？"

遂又将余炳业暗中勾通和硕特王举兵谋反的事告诉了聂刚。聂刚道：

"这事很容易办的，待到明天早上大同府必然也知道了此事，自然要来见我们的。我们可以搜查出余炳业企图谋反的证据，交给他，且告诉他一切，将这三个人头也交与他，号令城上，以资警戒，朝廷自然有人来收拾这地方的。我们既不想得功，也不必越俎代庖，可以放下了这事，回到故乡去。"

飞琼笑笑道：

"照你的办法也好。"

二人又谈着别后的事，坐以待旦。到了天明后，大同府吴祥贤闻得这事，果然亲自到总兵衙门里来拜见二人。二人便将余炳业谋反的事实，以及自己的来历，和歼贼的经过，都告诉了吴祥贤。吴祥贤听了，自然对于飞琼、聂刚二人非常的敬重，说了不少钦佩的话。且和二人商议之后，决定立即飞禀省垣的上宪，如何派遣人来代理总兵之职，将余炳业的谋反罪状详细报告。此时业已在余炳业的内室里抄获秘密的文件，有和硕特王的书函数通，可称证据确实了。又把余炳业和薛氏父子三个人的人头号令在城门上，且出示布告，以安民心。吴祥贤既是这样办了，飞琼和聂刚急欲回乡，便向吴祥贤告辞。吴祥贤哪里肯放他们就走，他就对二人说道：

"二位英雄到这里来为地方除害，为大众造福，其功不小。下官已嘱幕府据情直告，日后大吏一定要引见二位，酬以爵禄的，二位怎么就要走呢？"

飞琼哈哈笑道：

"我等此来志在复仇，不过眼见余贼作恶情形，抱着侠义心肠，所以把他们一齐诛掉，并不是要想得什么功劳的。我们也不想做官，怎肯借此为终南捷径，有所取利呢？"

吴祥贤道：

"二位的高义固是可敬，但这里的情势尚不能十分安定，下官是个文职，不能统驭官兵，万一二位走了，省垣里接替的人没来，余炳业的余党死灰复燃，蠢蠢妄动起来，那么如何是好呢？所以下官要恳求二位，即使你们不慕荣利，也请在此地少待数日，一俟有人代理总兵以后，二位再平安回乡吧！"

飞琼、聂刚都是有义气的人，听吴祥贤这样说，他们倒不好意思置之不顾了，只得颔首应允。吴祥贤欣然道：

"二位真是善始善终的侠义英雄，下官何幸而遇此？便是大同的百姓，都要感恩不尽的。"

遂在衙内设宴款待二人，敬若上宾，二人也只得在衙内住下了。此时大同城里城外的百姓都已知道这个消息，人人称快，有许多百姓都拈着香，成群结队的要到衙门里来求见二位英雄。可是二人不欲多事，一概没有接见。卢千总等在营内也按兵不动，静候发落。至于薛家堡那边，飞琼已请吴祥贤派捕役前去抄封，以除余孽。那骆琳夫妇在乡下亲戚家里躲藏着，本来不敢出面，但闻得这个喜讯以后，心花怒放，都说皇天有眼，报应不爽，天遣二位异人来此，除去二个害民的贼子。他们就欢欢喜喜地回转城里老家来，探得飞琼尚在总兵衙门里，夫妇二人设备了几样礼物来拜谢飞琼。飞琼立即请他们进去相见。二人见了飞琼，一齐拜倒。飞琼亲自把二人扶起来，且介绍聂刚和二人见面。骆琳见聂刚是个磊落英俊的侠少年，自然也非常尊敬。飞琼陪二人坐谈一会儿，且向骆琳劝勉了几句话，骆琳夫妇方才告退出来。

不数日省垣里已有公文到来，新调总兵曾荣，已带领兵马，兼程驰至。飞琼和聂刚便要告辞回乡。吴祥贤要想再留，却挽留不住了。吴祥贤不得已，邀了卢千总在总兵衙门里设宴饯行，且送上一大盘金银，和二匹名马，作为赆仪。二人接受了名马，对于金银，坚不肯受。吴祥贤请求再三，二人方才拿了一半，辞别吴祥贤，各各跨马登程。吴祥贤和卢千总等许多人，坐轿的坐轿，乘马的乘马，一齐恭送二人到城外十里长亭，方才分别。当二人从衙里出城的时候，众百姓闻得消息，夹道争观，万人空巷。有几个地方，在二人行过的时候，陈列香案，燃放鞭炮，欢呼而送。二人路过城门时，又见余炳业和薛大武父子的三颗人头兀自高挂在城墙上呢。二人这番来到大同，分而复合，不但报了仇，而且除去巨憝，博得人民万口歌颂，真是意想不到的事。各人心里无限快慰，在途中也不寂寞。这一天早回到了津门，二人在靖远镖局门口下了马，走进去时，高福和众镖友见了二人一齐回来，都觉得有些奇异。大家上前问讯，经飞琼一一告诉之后，众人都说这是老英雄的英灵在暗中呵护驱遣所致，大家不胜欢喜，齐向二人道贺。唯有高福怀着一肚皮的鬼胎，对着聂刚，更不胜愧怍。聂刚却抱着宽容的态度，并不去理会他。

飞琼回家以后，立刻吩咐厨下预备几样茶肴，点了蜡烛，和聂刚在亡父灵前拜祭一番，告慰英灵。飞琼又哭了一番。休息了一天，聂刚照常处理局务，二人和好无间。高福也不敢再在飞琼门前挂嘴夹舌，说聂刚的不是了。

有一天早上，飞琼因为长久没有练习银弹，所以又到后园中去打靶，开了几弓后，忽见聂刚笑嘻嘻地从外边走来，对伊说道：

"师妹的银弹已有了纯熟的功夫，却还要这样勤习不辍吗？大家谁不知道你是河北女镖师、银弹高飞琼！"

飞琼笑笑道：

"你现在已可称得少林门下，非复昔比了。"

遂放下弹弓，和他并肩走到去年所坐的那块大石旁，一齐坐下，娓娓清谈。聂刚触景生情，一颗心又活跃起来。虽然前次曾遭失败，似乎再也振不起勇气。然而现在情随事迁，大不相同，自己复了师父的仇，又救了飞琼，可谓立下大功。且觉得从大同一路回乡，飞琼对于自己的感情已增进了不少，也不妨旧事重提。所以他鼓起勇气，又向飞琼开口乞婚，要得到这位女英雄的千金一诺。飞琼听了他的话，果然并不着恼，微微一笑，对聂刚说道：

"我前次向你坚决拒绝，似乎对不起你。但想若你不是这样，恐怕我们也不能早复父仇。现在你要重申前请，我却再要和你比一回剑术。倘然你能够胜我的，我当然对于你的乞婚也没有异议，甘心侍奉巾栉。"

聂刚带笑说道：

"很好，那么今天我们便在这里比赛一回吧。"

飞琼说声好，于是二人立起身来，跑到里面去，各人取了宝剑，回转园中，在草地上将剑使开，交起手来。此时的聂刚果非昔日可比，使出他平生的本领，将少林僧所授的剑术，一齐施展出来。飞琼也不甘弱，悉力周旋，两柄宝剑如龙飞凤舞一般往来击刺，斗到八十合以上，飞琼忽然有破绽，被聂刚一剑扫到伊的颈上。飞琼急忙退缩时，不知是伊有意的还是无意的，足下一滑，轻轻地仰天跌倒下去，宝剑也抛在一边了。聂刚连忙也抛下宝剑，俯身来扶起飞琼，凑在伊的耳朵上说道：

"这是师父在天之灵，暗中使你跌倒的，因为你不肯遵从他的遗嘱。现在你可以不再拒绝我的请求了。"

飞琼红着脸不响，聂刚就大着胆，趁势拥抱着飞琼，凑在伊的樱唇上接了一个甜吻。在这一吻以后，这一双侠男奇女，便成就了百年好合。

图书在版编目(CIP)数据

龙山王·侠女喋血记／顾明道著. — 北京：中国文史
出版社，2018.3

（民国武侠小说典藏文库·顾明道卷）

ISBN 978 - 7 - 5034 - 9922 - 7

Ⅰ. ①龙… Ⅱ. ①顾… Ⅲ. ①侠义小说 - 小说集 - 中
国 - 现代 Ⅳ. ①I246.5

中国版本图书馆 CIP 数据核字（2017）第 330947 号

点　　校：袁　元　清寒树
责任编辑：薛媛媛

出版发行：**中国文史出版社**

网　　址：http://www.chinawenshi.net

社　　址：北京市西城区太平桥大街 23 号　邮编：100811

电　　话：010 - 66173572　66168268　66192736（发行部）

传　　真：010 - 66192703

印　　装：廊坊市海涛印刷有限公司

经　　销：全国新华书店

开　　本：720×1020　1/16

印　　张：18.5　　字数：199 千字

版　　次：2018 年 3 月第 1 版

印　　次：2018 年 3 月第 1 次印刷

定　　价：59.80 元